鋼索上的譯者

安娜·艾斯蘭揚 ANNA ASLANYAN

Dancing on Ropes: Translators and the Balance of History

王翎——譯

翻譯如何引發戰火、維繫和平、促進外交或撕裂國際社會？口、筆譯者翻轉歷史、牽動國際大局的關鍵譯事

First published in Great Britain in 2021 by Profile Books Ltd
29 Cloth Fair London EC1A 7JQ, UK
www.profilebooks.com
This edition is published by arrangement with Profile Books Ltd through Andrew Nurnberg Associates International Limited.

臉譜書房　FS0164

鋼索上的譯者

翻譯如何引發戰火、維繫和平、促進外交或撕裂國際社會？口、筆譯者翻轉歷史、牽動國際大局的關鍵譯事

Dancing on Ropes: Translators and the Balance of History

作　　者　安娜·艾斯蘭揚（Anna Aslanyan）
譯　　者　王翎
編輯總監　劉麗真
總 編 輯　謝至平
責任編輯　許舒涵
行銷企畫　陳彩玉、林詩玟

發 行 人　凃玉雲
出　　版　臉譜出版
城邦文化事業股份有限公司
台北市民生東路二段141號5樓
電話：886-2-25007696　傳真：886-2-25001952
發　　行　英屬蓋曼群島商家庭傳媒股份有限公司城邦分公司
台北市中山區民生東路二段141號11樓
讀者服務專線：02-250077一八；25007719
24小時傳真專線：02-25001990；25001991
服務時間：週一至週五09:30-12:00；13:30-17:00
劃撥帳號：19863813　戶名：書虫股份有限公司
讀者服務信箱：service@readingclub.com.tw
城邦網址：http://www.cite.com.tw
香港發行所　城邦（香港）出版集團有限公司
香港灣仔駱克道193號東超商業中心1樓
電話：852-25086231或25086217　傳真：852-25789337
馬新發行所　城邦（馬新）出版集團
Cite（M）Sdn. Bhd.（458372U）
41-1, Jalan Radin Anum, Bandar Baru Sri Petaling,
57000 Kuala Lumpur, Malaysia.
電話：+6(03)-90563833　傳真：+6(03)-90576622
讀者服務信箱：services@cite.my

一版一刷　2023年5月

ISBN 978-626-315-280-9

售價：NT$ 399
（本書如有缺頁、破損、倒裝，請寄回更換）

國內推薦

語言是交流的基礎，創造分裂也帶來和解。這是一本窺見人類文化與語言多元的著作，從譯者站在文明交織與權力撞擊中心的角度，看見人類歷史的最精采時刻。

——李可心／美國台灣觀測站共同編輯

安娜・艾斯蘭揚成長於莫斯科，現居倫敦，常年從事新聞業、文學翻譯與公共服務通譯，為資深的英俄口筆譯者。作者將本書定位為大眾讀物，內容生動活潑、深入淺出，藉由一則則史實、故事以及親身體驗與觀察，再現有如在鋼索上跳舞的譯者，如何維持異語言與異文化之間的平衡，扮演中間人的角色，在人類歷史與國際外交上發揮關鍵性的作用，並不時帶入有關翻譯的本質與功能之討論。全書取材寬廣，從西元前兩百年的聖經翻譯到當今熱門的人工智慧翻譯，遍及希臘、羅馬、中、美、英、法、蘇、德、日、義、土耳其、阿拉伯、阿根廷、阿富汗……不僅是有關翻譯史與翻譯論的另類呈現，也是難得一見的「譯普」之作。

——單德興／中央研究院歐美研究所特聘研究員

外交工作是一門對於文字精準度要求非常高的行業，外交官的日常工作中，很大一部分正是在不同的語言間轉譯，不論是新聞輿情的翻譯，或是外交電報的撰寫，甚至是外交會議上的即席口譯，都需要對兩種以上的語言高度熟悉且能夠轉換自如。

很高興有《鋼索上的譯者》這本書，將翻譯這門學問的巧妙與趣味寫了出來。誠心推薦給對翻譯以及外交事務有興趣的朋友們。

——劉仕傑／前外交官、【台北民主孵化器】創辦人 劉仕傑

目次

前言

一九四五年七月二十六日，總部位於華府的美國戰時新聞局向日本發出最後通牒《波茨坦宣言》，要求當時仍與同盟國處於戰爭狀態的日本投降。日本外務大臣東鄉茂德於翌日早上接獲消息時，並不認為《波茨坦宣言》是在命令日本無條件投降，他提議與同盟國協商，力勸政府「在國內和在國際上皆審慎以對」。其中一位內閣成員並不贊同，他主張應將此宣言視為荒謬，但是首相鈴木貫太郎贊同東鄉茂德的看法，於是內閣決定向國內公開《波茨坦宣言》內容，但對內容則不發表評論。然而新聞媒體忍不住對這份最後通牒大發議論，其中一家報社甚至在標題中直斥「可笑」。還有一事也讓日本的態度顯得曖昧不明：首相聲明《波茨坦宣言》並不重要，但並未表示要予以拒絕。鈴木首相於記者招待會上表示，日本政府認為該份宣言並無重大價值，並補充說「對此我們必須採取『默殺』（mokusatsu）態度」。

美國人將「默殺」翻譯為「忽視不理」以及「默然蔑視」，然而鈴木首相後來告知其子，他原本想表達的是「不予置評」，但在日文裡並沒有直接對應的詞語。七月三十日，《紐約時報》頭版刊出以「日本正式拒絕同盟國最後通牒」為題的新聞。廣島的命運就此註定。

歷史學家指出悲劇的成因絕不只是翻譯的難題，此言頗有道理。然而長久以來關於譯者角色的論辯，總是繞著譯者能動性（agency）的問題打轉，而相關論辯就與關於翻譯這項職業本身的論辯一樣歷史悠久。在我們所處的多語世界裡，世事時局即使在情況最好時也絕不穩定，而其平衡穩定取決於對字詞不同的詮釋解讀。有些譯者認定自己只不過是傳聲筒，最理想也頂多是傳達意義的隱形過濾器；也有人持不同意見，認為翻譯絕非如此直截了當，而譯者最終仍要自己選擇用字遣詞、抑揚頓挫和強調的重點，也無可避免會對事物造成影響。譯者能不能夠自由詮釋原文？譯者應該這麼做嗎？在本書中我們將會看到，翻譯工作的本質即意謂譯者很難完全置身事外。

當唐納．川普於二〇一八年形容某些國家是「shit-hole countries」，世界各地的譯者絞盡腦汁賦予這個詞語比較和緩的意思。其中以台灣的譯法「鳥不生蛋的國家」最為客氣；日本將這個詞語翻譯為「跟廁所一樣骯髒的國家」；德國則將該詞語理解為「垃圾場」。同一年巴西舉行總統大選，全球各地的媒體將總統候選人雅伊爾．波索納洛（Jair

Bolsonaro）所說的「limpeza」一詞解讀為「重整政壇」。當時這位候選人要表達的究竟是什麼意思？「重整政壇」的譯法是否將波索納洛的政敵所處困境輕描淡寫帶過，而他們實際上卻面臨可能遭到「整肅清洗」的威脅？無論原始訊息涵括的意義範圍有多大，譯者選擇的譯法皆可能造成極為深遠的影響。自一九七九年伊朗革命之後，字面意思為「美國去死」（Death to America）的口號在伊朗相當普遍，但要等到這個詞語被翻譯成「打倒美國」（Down with America），大家終於比較容易理解。

就我所知，身為口筆譯工作者的我到目前為止不曾對歷史造成任何重大影響。然而口筆譯工作帶給我充裕的思考素材，也得以看見譯者置身不確定性極高的事件中，不得不介入干預的鮮活形象，這就是我希望在本書中勾勒出的畫面。

人與人之間的溝通，即使是使用同一種語言，永遠有一個前提，就是我們理解他人和被他人理解的程度都不會如自己所期望。剛開始從事口譯工作時，某次擔任司法通譯的經驗讓我對這點更是心有戚戚。那場聽證會是關於一個孩子的監護權，我負責幫孩子的母親口譯，她從頭到尾雙手掩面。我一開始並沒有發現，法律用語對她來說幾乎沒有任何意義（為了展現自己剛學會這些法律術語，我很賣力地翻譯），她只想知道自己能不能跟兒子團圓。當法官說到「關於此項上訴，我認為應行許可」，她對這樁好消息還是沒有任何反應。之後她的律師以淺白英語向她解釋判決結果，而我盡責翻譯，看到她終於抬起頭來點著頭，我覺得自己終於卸下肩上無數本字典疊加成的重擔。這次她全都聽懂了。

任何人如果曾試著翻譯，肯定會對不同語言之間的間隙特別有興趣：這些間隙源自概念上的差異和不同的文化定見。這些縫隙空間往往遭到忽略，但譯者必須在這樣的空間裡下決定，而且往往只能以一己之力取捨判斷。如果所有牌都在你手上，你還能怎麼做？決定的過程，端看你對於人類經驗可翻譯性的信念為何。

西班牙哲學家荷西・奧德嘉・賈塞特（José Ortega y Gasset）於一九三七年發表名篇〈翻譯的苦難與輝煌〉（The Misery and Splendour of Translation），文章一開頭就聲明翻譯是烏有空想之業。奧德嘉・賈塞特認為人類是用概念而非字詞來思考，沒有字典能夠列出任何兩種特定語言相互對等的詞語，因為一般認為可以互相翻譯的兩個字詞所指稱的事物不可能完全一樣。也有其他人提出類似說法，主張有所謂「思想的語言」（language of thought或mentalese），是人類大腦所處理的一種非語言編碼。

根據這套理論，要做到精準翻譯必須要有一本同義詞詞典，其中詳盡收錄每個詞條的所有同義詞，以及每個字詞在所有想像得到的文意脈絡中的使用範例。接著，假設另一種語言也有類似的參考書，其中不僅收錄字詞，還囊括所有的經驗，那麼或許有可能在兩種語言中找到最確切的對應字詞。除非有這樣的字詞大全，否則完美的翻譯只是空想（同理可證，完美的寫作、閱讀、言談甚至所有智識上的努力嘗試都是空想）。有鑑於此，翻譯看起來可能是無法解決的問題，但卻值得想方設法處理，特別是已有證據證明，不同語言的使用者畢竟還是可以相互溝通。有無限多種實踐方式，但很少人會採用逐字翻譯。在理想中的世界，情況會大不相同：因為理想上，每個字詞在每本字典裡都有完美對應的字詞，每個句子都寫得清楚易懂，每則訊息都表述得精準確切。我們所處的世界並非如此——這樣更好。

譯者真正關注的並非字詞，而是意思。為了保留意思，譯者可以梳理原文中的陌異特徵，讓譯文更容易傳達意義，或者譯者可以在譯文裡保留一些異國韻味，同時也確保讀者仍然能了解意思。這些策略必然互斥嗎？在定義翻譯實務的方式中埋藏著線索。翻譯實務可能被視為藝術、技藝、休閒活動、興趣嗜好或必要活動，取決於當事者從事翻譯的動機。翻譯可能天馬行空發揮創意，但也是一種從屬性質的活動：必須先有原文存在，才會有翻譯。翻譯可以是一種職業、一種天職、一種主要行業，但也可能是一種副業：是覺得想從本業休息轉換一下、渴望獲得嶄新經驗，或只是走投無路時可以做的工作。從古到今，譯者往往身兼詩人、奴隸、醫師、學徒、律師、間諜、傳教士、外交人員、士兵或其他職業。「所以就讓我們把翻譯當成一種行業，像是家具木工、石工或烘焙。」作家暨翻譯家艾略特・溫伯格（Eliot Weinberger）如此提議，「翻譯這一行，任何業餘人士都能做，只不過專業人士做得比較好。」

是故，翻譯就如同任何一種工作，是由供需所驅動，你可能因為受到啟發而當翻譯；也可能只是為了糊口而當翻譯，無論是離婚官司口譯、實驗性質小說、車主手冊或旅行社文宣，任何譯案都來者不拒。在你進行翻譯工作時，你的行動對周遭世界造成的改變可能遠遠超乎自己的預期。本書將會討論那些譯者透過自身作為形塑了從事翻譯工作的方式，即使發揮這種影響力並不屬於他們的職權範圍。本書也將談到譯者工作品質這個難以捉摸的概念，以及探究譯者與需要譯者的案主之間的關係，這樣的關係有時因為雙方相互溝通理解時無可避免的間隙而變得特別複雜。最後，本書將會一窺似乎不怎麼遙遠的未來，設想將來的譯者或許須練就十八般武藝，才有辦法和機器競爭的情境。

本書中蒐羅的故事會呈現譯者工作中的狀況，描述他們所做的事及後續的發展，包括具體行動，以及所產生或重大、或微小的結果。至於理論則是「翻譯糾察隊」（即翻譯研究領域之中那群比較固執武斷的學者）的管轄範圍，他們以依據語言學、倫理學和政治學的翻譯規則嚴加執法為己任。「翻譯糾察隊」是翻譯圈生態系統的一部分，但不在本書討論範圍之內。本書要講的，並不是那些在抽象概念之間跌跌撞撞的人，而是關於那些奮不顧身埋頭苦幹的人——這些人希望能解決一個可能有、也可能沒有解決方式的問題。之所以夜不能寐，不是因為他們想到翻譯如何可行，而是因為在苦思如何翻譯特定的慣用語、論文、詩篇、演講稿、小說、判決書或笑話，如何在保留原文字面和精神的同時又能讓讀者清楚易懂，如何掌握原文的意義，以及又該如何呈現精準有效的譯文。

如果翻譯是在間隙之間找到空間，或是在不同的意義之間妥協，那麼要怎麼做才能達到最理想的平衡？「既要逐字翻譯，又要譯得好，兩者兼顧幾乎是不可能的事。」約翰・德萊頓（John Dryden）於一六八〇年在與多人合譯的《奧維德之女傑書簡》（*Ovid's Epistles*）前言中如此寫道。

> 簡而言之，亦步亦趨貼著字面翻譯者同時陷困於諸多難題，永遠無法脫身。他須得同時考量原作者的想法和用字遣詞，在另一種語言中為每個念頭和

字詞找到對應；此外，他還遭到字數限制所束縛，並為韻腳所奴役。

在審慎思量翻譯事務之後，德萊頓有了如下裁決，此番評論至今仍適用：

> 翻譯如同戴著腳鐐在繩索上跳舞：或許謹慎小心可以避免失足跌落，但期待動作優雅曼妙卻是奢望；即使說得好聽些，翻譯終究是愚蠢之舉，畢竟再努力也只能以僥倖沒摔斷脖子的表現搏得掌聲，明智的人不會冒這種險。

繩索上的舞者這個意象，既洋溢歡樂，也步步凶險，用來比喻翻譯這一行再貼切不過。譯者在工作時必須兼顧多個目標：既要傳達訊息，又不能打破特定限制，既要保持身姿端正，同時又要保持靈活有彈性。為了讓一切保持平衡，譯者持續在許多的「近乎不可能」之間挪騰舞動，而世界也隨之挪騰舞動。

第一章 「翻」天覆地

想要和平，就要有開戰的準備。冷戰期間，美國與蘇聯相互對峙，努力想要證明本國的意識型態更為優越，兩大強權也都聲稱一切作為都是為了維護世界和平。美蘇不僅分別推動各種新穎科技，也開始運用一套全新語彙：「電腦」、「模控學」（cybernetics）之類的詞彙變得無所不在；在鐵幕之後，俄文裡意為「同伴」的「史普尼克」（sputnik）一詞成為人造衛星的名字；「資本主義」和「社會主義」幾乎不需要翻譯，儘管敵對的美蘇陣營對這兩個詞語的定義各有不同。雙方在衝突對立中——既是不同意義的戰爭，也是不同信念的戰爭——往往言詞閃爍、模糊其辭：有時候打從心底不確定要說什麼，有時候試圖達到某種目的，有時候反而落入自身政治宣傳語言的陷阱。美蘇的對話經過翻譯的曲折傳達，有時演變為僵持局面，或者釀成真正的攤牌對決。

理查·尼克森（Richard Nixon）與尼基塔·赫魯雪夫（Nikita Khrushchev）於一九五九年即將首度會面之前，大家都預期會有一場俗話諺語之戰。由於當時蘇聯的部長會議主席偏好使用成語俗話，美方的幕僚於是建議時任副總統的尼克森也溫習一下美國的俚語俗話。尼克森從善如流，且根據為赫魯雪夫立傳的作者威廉．陶布曼（William Taubman）所述，在雙方「激烈的唇槍舌戰」之中火力全開。美國國會在雙方會面不久之前通過「受奴役民族決議」（Captive Nations Resolution），表達支持「受到蘇聯支配的民族」（蘇聯則基於某種理由偏好使用「受到奴役」〔enslaved〕這個較不明確的形容詞），美蘇雙方在討論此項決議時陷入僵局，尼克森大膽表示：「再鞭打死馬也無濟於事，不如換個話題。」赫魯雪夫反擊：「這項決議臭不可聞，跟新鮮馬糞一樣臭，沒有比這更難聞的味道。」有備而來的尼克森回敬：「恐怕主席誤會了，有一種東西的味道比馬糞還臭，那就是豬屎。」赫魯雪夫的口譯員或許是希望讓空氣清新一些，他將英文的「屎」翻譯成俄文的「肥料」，在場的記錄員盡責地記錄下來，但後來的政治評論人都偏好直譯，無視口譯員選擇的譯法。

赫魯雪夫在莫斯科舉行的「美國國家博覽會」（American National Exhibition）的發言十分著名，他在此場合聲稱蘇聯很快就會「迎頭趕上」美國，或另一種譯法為「追上並超越」美國。尼克森不甘示弱地反駁道，東道主或許在研發火箭方面領先，但是「也許在某些方面，例如彩色電視機的研發——我國還是略勝貴國一籌。」他邊說邊揮手朝著對準他們的攝影機比畫示意，在此之前遠東地區可能從來沒有錄影帶這種東西。「非也，非也，」赫魯雪夫打斷他的話，「我國在這項科技的發展也已經勝過貴國。」進入博覽會中的「奇蹟廚房」（Miracle Kitchen）展間之後，雙方的「廚房辯論」（kitchen debate）仍未結束，赫魯雪夫只覺得展間裡各種光鮮亮麗的先進廚房設備無比荒謬。「你們有沒有可以把食物放到人的嘴裡再往下推的機器？」他問。看完展示的IBM 305硬碟機之後，赫魯雪夫同樣只是不以為意擺了擺手，說蘇聯也有電腦，有非常多台，不僅威力一樣強大，而且比美國的更大台。

無論是赫魯雪夫大聲喧嚷的發言風格，或是包括「足以令銅管樂隊指揮豔羨的豐富手勢」的肢體語言，都令尼克森印象深刻。這絕不表示他的即興演說因此更容易翻譯。繼「糞來屎往」的對話之後，赫魯雪夫接下來的浮誇言詞和威嚇話話更加多采多姿，尤其他隨興發揮講出的俄文俚語俗諺，更為隨行翻譯人員帶來特別艱鉅的挑戰。外交口譯人員與文學譯者不同，通常會盡可能照著字面逐字翻譯，即使翻譯出來會少一些韻味或不那麼流暢。所以當赫魯雪夫承諾要讓美國人看看「庫茲瑪的母親」（Kuzma's mother）——這句俄文諺語帶有某種威脅意味，意思大概是「我們會讓你們認清事實真相」——口譯人員是照著字面上翻譯，而後續的解釋也並未說明得更清楚。

之後好一陣子，這名神祕的母親一直令美國人大惑不解。同年稍晚的另一場會議中，當赫魯雪夫再次說出「我們要讓你們看看『庫茲瑪的母親』」，他的口譯員維克多・蘇柯德瑞夫（Viktor Sukhodrev）選擇翻譯成一句嘲弄的話語。所有人都做好心理準備，預期可能會引發爭議，但是赫魯雪夫接著轉向蘇柯德瑞夫：「『庫茲瑪的母親』又有什麼問題嗎？聽著，你跟他們解釋一下，很簡單，意思是『他們從來沒看過的東西』。」眾人恍然大悟：赫魯雪夫從來都無意威嚇任何人（至少說這句話時沒有這個意思），他只是從頭到尾都誤用了這句俄文諺語。

翻譯時採取直譯可以降低行內所謂「將比喻過度延伸」的風險：在這種情況下，一句看似無害的說法失去了帶有喻意的特質。長久以來有無數類似號稱真實的案例流傳，儘管細節略有不同，而且未必每個案例都能追溯當初的具體情況。無論是否以訛傳訛，這些例子都清楚展現俗話諺語不可靠的本質。其中一次類似事件據說發生在一場重大國際會議上，一名蘇聯代表說了意思接近「將截然不同的蘋果和橘子混在一起」的諺語，而豁盡全力的口譯員將此句翻譯為：「在丹麥有東西腐爛了。」當一名丹麥代表搶過麥克風想要對如此「毫無根據的惡意抹黑」提出抗議，一頭霧水的蘇聯代表則以為對方蓄意挑釁而發言譴責。在一次歐盟會議上，一名口譯員將「有些人傾向不使用液態糞肥」

翻譯成「液態糞肥不是所有人的菜」，逗得全場開懷。

在冷戰論述之中，瀰漫在字裡行間的不確定性多半是刻意為之，但也可能源自不安全感。在有疑慮的情況下，應對之策似乎是開個玩笑。這個方法有時候奏效，有時候帶來反效果。一九五八年，赫魯雪夫與美國參議員休伯特．韓福瑞（Hubert Humphrey）在莫斯科會面，赫魯雪夫向韓福瑞問起他的家鄉，當韓福瑞在地圖上指出明尼亞波利斯，赫魯雪夫用藍色鉛筆圈起該市並解釋道：「這樣等到發射火箭時，我就會記得指示他們要饒過這個城市。」韓福瑞在確認過赫魯雪夫住在莫斯科之後，則回答：「很抱歉，主席先生，可惜我無法報答您的好意。」雖然這席對話逗笑了在場所有人，但當時情況並不明朗，還不知道誰會是笑到最後的贏家。當時蘇聯的經濟快速成長，太空科技突飛猛進，於一九五七年發射史普尼克一號人造衛星，兩年後又展開第一次登月任務。赫魯雪夫所採取的「和平攻勢」（peace offensive）以一九五九年的訪美行程告終，此行是他與西方之間愛恨交加關係發展得最為精采的部分。隨行的幾位幕僚兼口譯員之中，奧列格．特羅亞諾夫斯基（Oleg Troyanovsky）很快就成為他的外交政策首席顧問，而傑出的語言專家蘇柯德瑞夫則贏得美蘇雙方陣營的敬重，兩人在各自的回憶錄中皆談及此趟訪美行程。

赫魯雪夫首次出訪美國時，打定主意絕對不要展現自己其實眼界大開。他指示口譯員，無論他有什麼反應，在翻譯時要以一種「蘇聯將迎頭趕上甚至超越美國」精神來傳達最為恰當。一行人抵達美國不久後，立刻碰到不得不運用多重字義予以詮釋的場合，他們在前往華府途中看到人群夾道佇立：現場大約有二十萬人，有一些人微笑揮手，但大部分人只是站在原地，如陶布曼所描述的「面無表情，陷入詭異的沉默」。《華盛頓郵報》（*Washington Post*）記者喬治．狄克森（George Dixon）如此描述圍觀人群的心情：「我不知道要瘋狂歡呼、敷衍了事地鼓幾下掌，或只是站在那裡發出意味不明、可任意解讀的微弱聲響。」無論人群發出什麼聲響，蘇聯媒體給予十分明確的解讀，報導中出現「一波又一波的呼喊」、「爆出如雷掌聲」、「喜悅的歡呼聲」、「流露歡欣雀躍和溫暖誠摯的情誼」等描述。蘇柯德瑞夫確實注意到人群中有幾張眉飛色舞的臉龐——蘇聯大使館巧妙地在沿路安插了大使館員工和家屬。

在第一場會談一開始，赫魯雪夫送給德懷特．艾森豪總統（Dwight D. Eisenhower）一個盒子當作破冰禮物，盒子裡是先前不久成功登陸月球的太空艙模型。赫魯雪夫一如往常相當健談：蘇柯德瑞夫在回憶錄中記述他「滔滔不絕不能自已」，而於一九五〇年代擔任英國駐蘇聯大使的威廉・海特（William Hayter）則形容他「精力旺盛、浮躁魯莽、喋喋不休、毫不受限，對於外交事務無知得令人心驚。」。他「講的句子很短，語調自信滿滿、鏗鏘有力」，哪怕常常「誤用字詞」跟「失言」。在他說錯話時，他的口譯員通常會不著痕跡替他修正。關於口譯員究竟應該保留原文錯誤或予以修正，並沒有任何金科玉律。蘇柯德瑞夫的基本原則是：如果講者說錯的話明顯是口誤，那就在不引起講者注意的情況下暗中修正。不是所有口譯員的作風都和他相同。

作東招待的美國人大費周章想讓赫魯雪夫留下深刻印象，而赫魯雪夫則沉溺於自己的不安全感，不停大發脾氣，將很多事視為對他的侮辱，即使他的隨扈努力解釋說許多比較有爭議的問題反映的是「美國的多元主義」，他卻怎麼也聽不進去。赫魯雪夫前往加州拜訪國際商業機器公司（IBM），他一改之前在博覽會對於廚房家電的態度，喜歡美國的自助餐廳勝過美國的電腦（之後不久在蘇聯的幾個城市裡就出現自助供餐設備，但電腦則要比較久以後才出現）。他對美國的資訊科技發展嗤之以鼻，說他還沒有「改信貴國的資本主義」，因為俄國有句俗話說：「『kulik』住泥沼，自住自誇」（Every kulik praises its own bog）。蘇柯德瑞夫聽過「kulik」這個鳥類名稱，但他就和大多數城市人一樣完全不知道這種鳥長什麼樣子，也不知道對應的英文是什麼。他急中生智翻譯為：「鴨子住池塘，自住自誇」；其中一位美國口譯同行翻譯時採用了字典上的定義：「鷸」；一名新聞記者則提供了另一個版本的譯法，改由「蛇」和「沼澤」擔綱。翌日，另一家報紙刊出報導標題：「口譯員間的冷戰」。

在一場於紐約舉辦的活動中，有人提起史達林主政的恐怖統治時期，赫魯雪夫雖曾在三年前公開批判前任領導人的個人崇拜，但他聽到的當下面紅耳赤，又說了一句俚語：「無論謊言的腳有多長，永遠無法跟上真相」。他講的一些話太過費人疑猜，就好像他不僅拒絕像史達林一樣說話冷靜清晰，連這位獨裁者的其他遺緒也一併遺棄。事實上，赫魯雪夫會不時迸出幾句成語俗話，是預先準備（他和尼克森一樣在幕僚建議之下溫習成語）加上即興發揮的奇妙產物。雖然赫魯雪夫的公開致詞大多經過審慎排練，但他從來不是謹口慎言之人。一九五六年發生的事件很值得在歷史上留下一筆，當時他忽然怒斥西方外交人員：「不管你們喜不喜歡，歷史站在我們這一邊。我們會幫你們收屍。」赫魯雪夫之後解釋說，他的意思是蘇聯在經濟和政治上都會比西方國家更長壽；再者，他這番話奠基於馬克思主義理論：資本主義註定會自然滅亡，既然必須有人幫忙收屍，那這份差事當然是落在社會主義頭上。但現場其他人並不是如此理解他的這番言論。《泰晤士報》（*The Times*）在報導這段話時採取直譯；《真理報》（*Pravda*）的報導中將這段話略去不報，連同赫魯雪夫在同一天稍早用以指稱英國、法國和以色列的「法西斯分子」、「土匪強盜」等用語也並未見報。

在一九五九年訪美行程中於洛杉磯舉辦的歡迎會上，洛杉磯市長提及這位蘇聯主席那段已經惡名昭彰的預言：「赫魯雪夫先生，您不能幫我們收屍，千萬別貿然嘗試。要是有人想挑戰，我們會戰鬥到至死方休。」赫魯雪夫怒不可遏，他認為自己來訪是要向美國伸出友誼之手：「你們不接受的話就算了。」之後赫魯雪夫假意表示他並非在盛怒之下回嘴，而是在「冷酷計算」之下回覆。無論真相為何，這次事件就如同他大多數的出訪行程，相關報導各說各話，內容天差地遠，有些是基於意識型態的考量，有些則出於語言上的歧異。無論如何，經由翻譯達成的溝通由於本質使然，多半會衍生出難以驗證或反證的故事：不管明擺眼前的事實為何，通常都留有充裕的詮釋空間。

在洛杉磯時，赫魯雪夫原本打算發表「簡短平淡的演說」，但他接著又忍不住要讓好萊塢群眾（其中包括接獲指示要穿著「最性感貼身的那套洋裝」現身的瑪麗蓮・夢露）知道自己出身寒微，於是他高談闊論起來：「我們現在到了你們的城市，這裡就如貴國所說，有藝文世界最優秀的電影明星。」觀賞康康舞表演時，他嚴厲譴責這種表演妨害風化：「我們在蘇聯習慣欣賞演員的臉部，而非他們的臀部。」蘇聯人認為康康舞表演有害風化的想法，與當時的標準俄文字典裡對「康康舞」的定義一致：「一種動作粗俗下流的舞蹈。」翌日，赫魯雪夫還是惦記著康康舞：「這就是你們說的自由——女孩子大露臀部的自由。」

不過這些言論並不代表他本人發言時端莊拘謹。在《赫魯雪夫訪美記行》（*Khrushchev in America*）一書中，記錄了赫魯雪夫訪美時所講帶點顏色但大多不好笑的玩笑話，其中一句典型開場白是「有些女生眼光高，白白讓時間流逝，當了太久老處女，結果最後兩手空空。」此部言行錄譯自俄文（譯者姓名不詳），書中難免將一些言詞刪減省略，例如在場群眾的起哄詰問，以及赫魯雪夫本人惱怒之下的回應（他一度脫口而出：「你自以為壓制住我了」）。蘇聯媒體稱赫魯雪夫這趟訪美行程為「撼動世界的十三天」，訪問美國之行在某些方面算是成功，就柏林問題談判有了一些進展，但事實證明赫魯雪夫由於個人特質使然，碰到需要巧妙圓滑處理的外交任務時，顯得拙於應對。如此一位話多、性急又口不擇言的政治人物，習慣脫稿演出而且言談強勢好戰，只會一種語言，又不太在意自己說的話翻譯成其他語言會留給大眾什麼樣的印象，要是他在現今的時空環境訪問美國，結果或許會好一點。

如今流傳數則赫魯雪夫第一次深入敵營時展現幽默感的小故事，其中一則提到某次活動他收到一張未署名的紙條：「史達林犯下這些罪行時，您在做什麼？」他請寫紙條的人表明身分，現場無人回應，他說：「那麼同志們，你們現在知道我當時在做什麼了。」這是一則很有趣的笑話，尤其是和他的其他言行對照，但後來證明只是訛傳，這則假新聞於是成了蘇聯主席訪美之行留下的唯一趣聞。他看到一名婦女站在街角舉著「赫魯雪夫去死吧，你這匈牙利屠夫」的標語牌時再次失控：艾森豪邀他來美國，就是要他來受人侮辱的嗎？聽到旁人說明該名婦女並不是由艾森豪總統安排，赫魯雪夫說：「如果是在蘇聯，除非我下令，不然她怎麼可能站在那裡。」雖是無心之言，卻相當機智風趣。

翌年，即一九六〇年，赫魯雪夫拜訪紐約並上電視接受大衛・薩斯坎（David Susskind）訪問，美蘇俗話諺語大賽再次開打。當赫魯雪夫呼籲美國擁抱和平時，薩斯坎用了一句俚語，問他的來賓會不會是在「狗吠月亮窮嚷嚷」。蘇柯德瑞夫後來認為自己應該將薩斯坎那句話翻譯成「門敞開著還破門而入」，但當時在電視台的直播鏡頭前，他將該句話逐字翻譯出來。「不過我確實還說了『俗話說』幾個字，」他在回憶錄中如此記述，「以表示這句話是俚俗用語。」但是太遲了。赫魯雪夫勃然大怒，告訴薩斯坎說他是偉大社會主義國家的領導人，不是到美國亂吠的狗。無論如何，該場訪問和平落幕。

同時，美蘇太空競賽如火如荼展開。另一位美國記者問赫魯雪夫，蘇聯會不會將人送上月球。特羅亞諾夫斯基將「送上」一詞翻譯成「zabrosit」，這個字在俄文裡多半是指「派遣」，但也有「丟」的意思。赫魯雪夫聽到後再次大發雷霆。「你說『丟』是什麼意思？是說我們把人『丟到』月球上嗎？」他提高嗓門向所有人保證，蘇聯重視自己的國民，絕不會把人亂丟亂扔。一九六〇年四月十二日，蘇聯確實將尤里．加加林（Yuri Gagarin）送上太空；過了數週之後的同年六月，赫魯雪夫與約翰．甘迺迪（John F. Kennedy）的第一次高峰會於維也納召開。

「是我這輩子經歷過最耗費心力的事。」甘迺迪在結束兩天會談後表示。其中一場會談中討論到西柏林（West Berlin），赫魯雪夫希望將西柏林納入蘇聯陣營，而甘迺迪則對於是否「估算有誤」（miscalculation）表達關切。根據他們的對話紀錄，赫魯雪夫形容「估算有誤」「是很模糊的用語」，懷疑美國是不是想要蘇聯「像小學生一樣把雙手放在課桌上坐好」，但是美國速記員在記錄蘇聯方面的回應時有可能刻意淡化。據甘迺迪回憶：「赫魯雪夫陷入狂怒。」他開始大吼大叫：「估算有誤！估算有誤！估算有誤！我只聽到你們的人民和新聞記者老是唸著這幾個要命的字，估算有誤！……我受夠了！」

翌日，赫魯雪夫繼續他的和平攻勢，表示如果美國想要為了德國開戰，「那麼現在就開始吧」。蘇聯速記員將這句話淡化處理為「讓美國為此舉承擔全部責任」，而美國速記員則寫下「那就這樣吧」。

核子戰爭是赫魯雪夫最愛的話題之一。在一九五九年訪美行程中，他在談話中提及核戰的頻率之高，甚至讓美方其中一名口譯員艾力克斯．亞卡洛夫斯基（Alex Akalovsky）開始在筆記裡使用代表核戰的速記符號——小小朵的蘑菇雲。赫魯雪夫在聯合國大會提議四年內「所有國家都應完全解除核武」。蘇聯媒體一片歡騰，稱讚他是「不眠不休對抗黑暗力量的鬥士」，頌揚他的發言是「自聯合國成立以來」最為鏗鏘有力的演說，提出了「遵循嚴謹科學方法的深刻分析」。西方媒體的看法大為不同，指出赫魯雪夫的演說「荒謬且不切實際到近乎侮辱」。

蘇柯德瑞夫內心其實贊同後者的評論。幸好他不需要翻譯這段演講詞（聯合國口譯員獲此殊榮），然而他就和任何專業口譯員一樣，往往得要面不改色翻譯各種各樣的無稽言語。他在回憶錄中記述某一次座車在紐約市區行進時，赫魯雪夫注意到有一處正在施工，於是口若懸河講起蘇聯營建業的種種優點。他聽著關於如何蓋房子的通俗冗長演講，暗自慶幸沒有任何美國人在場。「否則我還是會站在他旁邊口譯那段廢話。」他如此寫道。「任何明智的人都聽得出來是廢話，但我非翻譯不可！」蘇柯德瑞夫在許多年後追憶往事時，在個人政治信念並未多加著墨，他暗示自己得聽令行事，但真正效忠的對象還是語言。

「裁軍」是美蘇冷戰期間最熱門的議題，其概念似乎很容易定義——意思很簡單，即各國處於「不再擁有任何可以挑起戰爭之方法手段」的狀態——但是這個徒具形式的詞語幾乎沒有任何實質意義，在翻譯成不同語言之後卻比諺語俗話造成更多的紛爭。一九六一年，赫魯雪夫邀請甘迺迪的軍備管制顧問約翰・麥克洛伊（John J. McCloy）前往他的鄉間別墅作客。麥克洛伊和蘇聯的軍備顧問瓦雷里安・佐林（Valerian Zorin）共同研商以擬定雙邊裁軍協議，或者如麥克洛伊的傳記作者凱・伯德（Kai Bird）所描述：「就用字遣詞爭辯不休，機械性地對彼此朗讀預先準備好的講稿。佐林一再堅持使用『完全普遍裁軍』（general and complete disarmament），而麥克洛伊堅持採用他自己斟酌想出的『徹底全面裁軍』（total and universal disarmament）。這兩句話在俄文中是一樣的意思，『為此爭執似乎相當無謂』，就如同企圖完全避免戰爭的想法也確實只是『解決國際紛爭的手段』。」聯合國於同年通過該項協議（協議中採用佐林的用詞）；十個月後，世界瀕臨毀滅。

一九六二年十月發生的事件在不同語言中分別有「加勒比海危機」、「十月危機」、「古巴飛彈危機」等名稱，儘管各國在此之前為了世界和平付出許多努力，但人類的未來在此時顯得格外岌岌可危。在美國於一九六一年企圖侵略古巴之後，赫魯雪夫和菲德爾・卡斯楚（Fidel Castro）忽然想通了，堅信若要阻擋帝國主義侵略者，最好的方式就是自蘇聯引進核子彈頭裝設於古巴島上。美國有兩個選擇，一是空襲飛彈基地，一是派出海軍艦隊封鎖古巴，美國權衡之下的回應是選擇後者並通知蘇聯。華府於十月二十二日發送至克里姆林宮的訊息聽起來相當拐彎抹角。「我希望貴國政府能夠避免採取任何行動，避免擴大或加劇此次已然嚴峻之危機，」甘迺迪寫道，「而貴我雙方能夠恢復和平協商。」

翌日，甘迺迪總統發送了另一封電報，訊息中使用的詞語是「隔離」（quarantine）而非「封鎖」（blockade），情況於是更加撲朔迷離：俄文中的「karantin」較不具威脅性，大多用於流行病學相關脈絡，而「blokada」則會讓所有俄語人士想到列寧格勒圍城戰（siege of Leningrad）。赫魯雪夫於一九五九年訪美時，曾被告知不能前往迪士尼樂園，他的回答很妙：「為什麼？那裡有你們的火箭發射台嗎？還是園區被隔離了？」由白宮說出的「隔離」一詞嚴格來說沒有什麼和解效果，不過蘇聯收到訊息後也未警鈴大作。然而，這個詞語造就的平靜氣氛維持不了多久。接下來數天，雙方對峙局勢持續升高，克里姆林宮又收到一封甘迺迪總統發出的電報，日期標註十月二十七日，僅有總統本人署名，並未如往常寫上「誠摯的」，蘇聯政府意識到含糊其詞的時間已經結束。

同一天晚間，赫魯雪夫口述一封給甘迺迪的回信，感謝他「分寸拿捏得當」，並承諾「將解除如你描述具攻擊性的武裝」。蘇聯方面從頭到尾都避免使用「飛彈」一詞，故意裝作不明白，最後卻被自己所謂「具攻擊性的武裝」給擺了一道。由於蘇聯採用這樣模稜兩可的說法，因此美國後來得以將解除武裝的要求從飛彈擴及至轟炸機，而經過漫長的談判，蘇聯最後不得不將轟炸機撤離古巴。但在一九六二年十月，還有其他更值得擔心的重大事件。赫魯雪夫的幕僚將他口述的回信譯成英文，反覆修潤確認譯文達到標準之後，就遞送給美國大使館。雖然遞送過程有所延誤，因為大使館被示威人群團團包圍，他們高喊「別插手古巴」（他們是接到某人的命令才出現在那裡的嗎？），回覆的電報原文則在播放晚間新聞之前及時送抵莫斯科廣播電台（Radio Moscow）。無論是何人將電報譯成英文，都順利傳達了訊息。

在這些故事中，世界都到了幾乎墮入深淵的邊緣，而翻譯行為本身成了一種文化衝擊，無限多版本的意義都足以打破事態的恐怖平衡。要是參與的譯者在上述任何一次通訊中採用了不同的譯法，會不會就造成無可挽回的災難，這一點我們永遠無從得知。但顯而易見的是，冷戰不僅僅是靠譯者擔任中介，更是由譯者親自進行。雙方或許不是每次都清楚知道自己想講什麼，但是所有人都知道他們絕不希望某件事發生：核子大戰。

俗話說得好，寧可委曲求和，不願恃強取勝。

第二章 「笑」果

伊凡・梅庫彥（Ivan Melkumjan）原本並不打算從事語言相關工作。來自巴庫的他是亞美尼亞人，在列寧格勒（今聖彼得堡）接受歌劇演員訓練，和一名愛上他的男中音的義大利女子結婚，於一九八六年移居義大利後開始找工作。他的嗓音優美悅耳，順利進入廣播電台擔任俄語節目的譯者兼主持人。有一天，義大利外交部剛好人手不足，於是找上了梅庫彥。「我前一天晚上根本沒怎麼睡，」他將往事娓娓道來，「我口譯的時候，首長幕僚裡有一個懂俄文的人，從頭到尾一直看著我頻頻點頭。我以為一定是我有什麼地方翻錯了，結果他只是想要幫我加油打氣。」原來對方要表達的是由衷肯定，梅庫彥很快成為當時的義大利總理西爾維奧・貝魯斯柯尼（Silvio Berlusconi）的口譯員。這番轉折可說是好運臨頭，至少對他們其中一人而言是如此。

「為貝魯斯柯尼工作說難很難，說容易也很容易，」梅庫彥表示，「他的個人特質鮮明獨特，帶有一種藝術家性格。」替貝魯斯柯尼口譯常會碰到一種狀況，就是他很容易即興演出，常常心血來潮講到岔題，或忽然來句機智妙語。這種幽默詼諧的言談無論是否好笑，都可能讓口譯員措手不及。「當他跟朋友在一起，而大家明顯覺得他很親切討喜時，我會卯足全力譯出他所有幽默俏皮的言談，但在會見外賓的場合，我通常會稍微淡化處理。」唯一能讓貝魯斯柯尼不說笑打趣的理由，似乎是顧慮到聽眾可能抓不到笑點。然而，強大的誘惑往往令他無法抗拒。在梅庫彥到職第一天，正式會談的口譯進行得很順利，等到所有晚宴賓客入席，貝魯斯柯尼將口譯員拉近，悄聲問他：「那我們該來講個笑話嗎？」這是一個修辭性問句，但是梅庫彥還是覺得自己必須回答，於是他說：「好，我們試試看。」他豁盡全力，改動了一些細節，竭力讓所有人都抓到笑點。所有人在剛好的時機大笑起來，貝魯斯柯尼立刻提議：「要不要再講一則笑話？」晚宴結束後，總理轉向其中一名隨扈說：「這位以後就跟著我們了。」

問一名口譯員——或其實該說是笑話大師——是怎麼工作的，就像問一隻蜈蚣是怎麼走路。梅庫彥就像大多數口譯員一樣有絕佳的短期記憶力，但一個較長的譯案結束後，他幾乎記不得自己口譯過的談話內容——這是職業傷害，也或許是因禍得福。由於機智且反應快，他擔任外交部口譯人員短時間內就聲名大噪。貝魯斯柯尼雖然無法聽懂梅庫彥口譯時如何處理他的言談，但他認為口譯員表現極佳；對這位表演欲強、經驗老道的公眾人物來說，最重要的是觀眾聽到口譯內容之後的反應。畢竟翻譯幽默言談的重點，在於確保翻譯出來能引人發噱；如有必要，可以犧牲精確度。所以要是碰到無法直譯的笑話呢？不需要直譯，最重要的是傳達笑話的精髓。

梅庫彥常常靈機一動就能換句話說，他曾自言：

> 在義大利很流行一系列關於「蝨子」（pidocchio）的笑話。我知道俄國人不喜歡這種生物，覺得蝨子代表骯髒不衛生。所以當貝魯斯柯尼講了其中一則蝨子笑話，笑話最後是丈夫發現妻子的情人躲在衣櫥裡，於是大喊：「什麼，為什麼這裡有蝨子？」我在翻譯時自然就把笑點改了一下，換成俄國人聽了會覺得比較親切的版本：「快看，這裡有一隻蛾！」效果是一樣的——誰會在意衣櫥裡到底是什麼東西。

理論上，梅庫彥靠著隨機講一個自己記得的笑話就能過關，他可以挑一些最有可能搏君一粲、活絡氣氛的笑話段子（或者也可能根據原版笑話加以改良），但是他內心的演員魂還是覺得不滿意。他反而將翻譯幽默話語的藝術帶到全新高度，他即席進行急智口譯。這也是為貝魯斯柯尼擔任口譯的要件之一，他和大多數政治人物不同，從不事先提供講稿提要。即使懇求總理幕僚提供參考資料也無濟於事，反正總理每次都會脫稿演出。梅庫彥在重要會議前一晚會大量閱覽近期新聞，努力猜想總理可能會忽然講出什麼話。

通常都難以預測。巴拉克·歐巴馬（Barack Obama）在二〇〇八年當選美國總統，貝魯斯柯尼於記者會發言時形容歐巴馬「giovane, bello, abbronzato」。這句話在不同語言中大致可翻譯成「年輕、英俊、曬得一身古銅肌」（英文中對應的字詞為「young, handsome, sun-tanned」），這段描述立刻在全世界瘋傳，在一些國家這被當成開玩笑，但在其他國家則被視為失言。而在義大利，這句話引發軒然大波。當時在記者會上，梅庫彥就站在貝魯斯柯尼旁邊，為俄語觀眾提供口譯。他對這件事的印象如下：

我意識到這是一句玩笑話，因此照實翻譯。義大利新聞媒體對於貝魯斯柯尼這句話的意思大作文章，我媽媽在電視上看到新聞報導，聽見背景傳來我的聲音，覺得全都是我的錯。我打電話回家時，她大喊：「你剛剛說了什麼？他們全都氣壞了！」

俄國大眾對這句話的評價普遍正面，梅庫彥的藝術天賦想必厥功至偉。話又說回來，大多數笑話經過翻譯後的娛樂價值必須兌換成當地貨幣，而面對史上首位美國黑人總統，盧布相對於美金這樣的強勢貨幣也只能敗下陣來。在一個常出現種族主義笑話的國家，「曬得一身古銅肌」這句絕對能帶來一些娛樂效果。

還有一次必須絞盡腦汁、搜索枯腸擠出幽默感，同時又要一臉正經的場合也令梅庫彥印象深刻，當時貝魯斯柯尼為了一部關於俄國總統弗拉基米爾・普丁（Vladimir Putin）的紀錄片接受記者訪問。「於是貝魯斯柯尼就坐在壁爐旁，一派輕鬆聊起他這位夥伴和老友的趣聞軼事——當下想到什麼就說什麼。」梅庫彥回憶道。

在某個時間點，主持人發問：「您和普丁總統的精力好像源源不絕，您們是怎麼保持精力旺盛？」看到貝魯斯柯尼露出微笑，我的心一沉，因為我知道他又要來一句詼諧妙答。果不其然，他說：「噢，只要在上班前先塞一些特效栓劑鬆一下。」在義大利其實很常見，我是指栓劑，但是我知道對俄國人來說可能有點難理解，所以我冒險一試：「噢，只要在上班前先吞三顆神奇小藥丸就能精力過人。」順帶一提，這個譯法在義大利就不怎麼好笑：義大利人聽到「藥丸」（pills）通常會聯想到吸毒。

無論如何，這則經過「消毒」的笑話大受歡迎，也引發各方議論，甚至開始有記者向普丁發問：「您真的會服用那種神奇小藥丸嗎？」梅庫彥聽到之後如墮冰窖，但幸好普丁只是一笑置之。「我只是不停想著，伊凡啊，要是當時沒翻譯成小藥丸，我們現在會在哪？」

幽默感只是梅庫彥的其中一種工具。他的特殊天賦似乎是能夠探索意義之間的空隙，而在這樣的間隙之中，一切就變得特別有意思。無論間隙有多小，這樣的空間都剛好足以填入有助於正確傳達訊息的精微細節，並且在有需要的情況下加一點轉折。模稜兩可的語句是口譯時最大的難題之一，就像人類語言中幾乎所有其他要素一樣牽涉特定文化概念，語句的意思也很難確切判讀。「如果是刻意曖昧的語句——例如貝魯斯柯尼就很愛這樣說話，他會說一些意思含混的語句，然後露出那種隨你怎麼翻譯的笑容——然後我會保留他的語句文字，釋放同樣的訊號，邀請觀眾自行解讀他的言外之意，」梅庫彥解釋，「但我只有在非常了解講者和其作風時才會這麼做。否則，在我不確定講者說這句話是不是有意要含糊其辭的時候，我會照字面翻譯，於是問題本身——是否清楚傳達訊息——依舊不清楚。」在談判協商場合擔任口譯員時，他常常覺得，要是他將雙方說的話都精確翻譯出來，那麼談判可能不會有什麼進展。「於是我依循直覺：微調句子結構，改變句子重點，諸如此類。我會在不改變句意的情況下，默默省略或輕輕帶過可能會讓對話走向死胡同的細節。」

梅庫彥有一次口譯經驗十分精采，要翻譯的卻不是笑話。他記得那時是俄義兩方要聯合舉辦某個慶祝活動。「於是俄國人告訴義大利人，為了特別紀念我們的友誼，我們想要用歌曲表演來開場，就演唱一首你們最喜歡的義大利文歌，比如〈姑娘再見〉（Bella ciao）——對貴國人民來說肯定意義非凡。天知道他們是怎麼想出這個主意？」這首歌是二戰時義大利游擊隊的代表歌曲，如今被視為代表左派的音樂，事實上已經排不進義大利熱門金曲榜。於是梅庫彥在翻譯時擅自將俄國人的提議加以潤飾：「我們想表演一首你們最喜歡的義文歌，類似以前〈姑娘再見〉這首歌之於義大利游擊隊，一首對義大利具有重大意義的歌曲。」他知道如果不加以修飾，場面難免鬧得很僵。義大利人欣然接受，提議了其他幾首歌，最後選定〈我的太陽〉（O sole mio），結果皆大歡喜。

要將一個人說的話翻譯得適切得當，不僅必須了解講話者說什麼，也必須了解講話者為什麼這麼說。同樣的道理適用於笑話（如我們先前所見，未必要照字面翻譯也能達到想要的效果），也同樣適用於正式嚴肅的發言。「當我的客戶想要達到某個目的，我會將這件事擺在第一優先順位。我會運用我的專業技能和表達風格，盡力協助他們達到目的。」梅庫彥說，「我知道有很多譯者只想做到精準翻譯出所有字句，不是真的那麼在意其他的事。我不是這樣：無論講者想要達到什麼目的，那就是我工作的目標。」而梅庫彥的努力似乎也有了回報。

> 這幾年我收的費用相當高，所以我常捫心自問：你覺得自己為什麼可以這麼做？我想是因為我的客戶都是抱著很高的期待來開會，他們的目標很繁複困難，而他們知道我可以幫忙他們達成。我的目標是盡可能讓討論有所進展。只有在我覺得真的無法繼續對話的時候，我才不再努力嘗試。」

在某個場合，這樣的態度讓梅庫彥得以令情勢完全逆轉。有一家總部在某個前蘇聯國家的大公司在財務上發生問題；該公司和多家跨國銀行商談，希望能夠向銀行貸款，但是前景十分渺茫。借貸金額十分龐大。最後他們和義大利一家銀行接洽，希望能挽救

公司免於破產倒閉，這是最終的奮力一搏。梅庫彥臨時接案前來擔任口譯時，該公司代表已經灰心喪志，

他相當確信自家公司絕不可能向銀行借到半毛錢。不過他還是非常努力鼓動三寸不爛之舌，不僅代表公司管理階層向銀行人員說情，更從個人角度出發，告知自己對於很多人將會失業的事感到無比歉疚。但是他清楚知道自己毫無勝算。於是我在某個時機跟他說，請他試試看說話時講比較短的句子，我看看能不能用比較直接的方式傳達他想說的話。接著我開始將他的獨白稍加修飾，當然不會改動原本的意思：只是這裡加入一聲輕笑，那裡予以重點強調，努力讓對方覺得他的話更誠懇感性。我希望讓銀行人員也能感同身受，並且設身處地跟他一起想像公司倒閉的後果。我輕輕推動他們雙方，希望會談能夠有所進展。翻譯時我特別突顯他話中的亮點；有時候語氣帶著歉意，有時候巧妙調動一下語句；我讓他的話聽起來好像是在請求銀行好心幫忙，即使他本人絕不會這麼說。猜猜看發生什麼事：半小時之後（原本預估的會談時間是十五分鐘）會談結束，雙方成了朋友，銀行代表還承諾會考慮核准另一筆貸款。

梅庫彥談到的上述情況，與口譯員不得不說「傑出的講者剛剛講了一個笑話」的場合剛好相反。這句話總是能逗笑觀眾，但也許不是講者期待的那樣。此外，原本無意搞笑的譯文，也可能逗得觀眾哈哈大笑。一九九五年，比爾・柯林頓（Bill Clinton）與鮑利斯・葉爾辛（Boris Yeltsin）於紐約會面，在某場會談結束之後一同出席記者會。「你們在報導裡寫說，我們的會談最後會以災難收場，」葉爾辛對記者群說，「我現在告訴你們，最後會以災難收場的是你們。」這句話在俄文裡的語氣並不特別強烈——葉爾辛只是想要嘲弄一下這些新聞寫手，絕不是想說什麼搞笑的話——但是美國口譯員彼得・阿法納申科（Peter Afanasenko）將這句話翻譯成：「我現在可以告訴你們，你們就是一場災難！」引人發笑的不只是說出來的這句話，還有說這句話的方式。

阿法納申科在同事之間向來很受歡迎，他才華過人，也擅長翻譯笑話，他翻譯前述這句話時可能稍微過度詮釋，一方面低估葉爾辛的原話可能相當中性，另一方面則忘記西方的政治人物發言時，絕不會如此攻擊新聞媒體。無論如何，兩位領導人同時被戳到笑點的場景十分鼓舞人心，也留下堪稱經典的合影，照片中所有人都笑得前仰後合。尤其是柯林頓：他笑到彎腰捧腹。

無論是口語或書面，譯文中若要表達幽默感，就如同呈現其他特殊效果，往往必須換句話說。大衛．貝洛斯（David Bellos）在《你的耳朵裡是魚嗎？》（*Is That a Fish in Your Ear?*）中論及笑話分成兩類：一類的笑點普世共通，另一類的笑點則善用語言的後設語言（metalinguistic）功能。為了說明後者，他引用喬治．培瑞克（Georges Perec）所著小說《生活使用指南》（*Life A User's Manual*）中的例子：一張寫著「阿道夫．希特勒　皮毛商」（Adolf Hitler, Fourreur）的名片。名片上最後一個法文詞語「Fourreur」（「皮毛商」）的發音和德文的「führer」（「元首」）很相近。貝洛斯將名片上的字樣翻譯為「Adolf Hitler, German Lieder」，證明了對於特定語言中獨特的雙關語，不應當成無法翻譯並直接略過。[1]事實上，培瑞克及其他「烏力波」（Oulipo）成員從事的活動，證明了譯者若是獲得全權委託，簡直無所不能——「烏力波」這個團體有志探索受到侷限的不同文類，例如處理相似發音結構的諧音雙關翻譯，比如將「ABCDEFG」翻譯成「欸逼洗地伊愛扶乩」。[2]「在召喚作品的忠實仿擬時，常人認為譯者應該消失於無形；優秀的譯者會化身為原作者的暗影或幽魂，」德瑞克．席林如此寫道（他設下另一項限制，在這句漏字文裡刻意不用字母「e」），「但是對於在限制束縛中誕生、企圖展望未來的

『烏力波』作品，以及其他有如花式體操競技的文字遊戲，要翻譯這樣的文本即使不是自以為是，也能同樣做到隱而不顯嗎？」譯者獲准改良笑話時，其實可以青出於藍而勝於藍：一九三五年匈牙利文版《小熊維尼》（*Winnie the Pooh*）由幽默作家弗里傑許・卡林迪（Frigyes Karinthy）翻譯，熟悉這個版本的讀者覺得譯文比原文還好笑。

譯文中有笑點，就明顯表示譯者與語句之間有所互動；每位譯者要自行決定的是，準備與這個笑點互動到什麼程度。有些譯者選擇留下想像空間，讓讀者自行找到笑點，也有些譯者偏好打安全牌。安伯托・艾可（Umberto Eco）於文集《翻譯經驗談》（*Experiences in Translation*）中引用了自己的小說《傅科擺》（*Foucault's Pendulum*）裡的一則笑話，埋有笑點的對話直譯如下：

「主創造世界是用說的，可不是靠發電報。」

「先有光，停。然後才有文字（Letter follows）。」

---

1 譯註：德文的「Lieder」（「歌曲」複數形）與英文的「leader」（「領導人」）發音相近。如要將培瑞克書中的法文雙關語例子以中文來呈現，或可譯為：「阿道夫・希特勒　獨家經營皮毛　裁縫客製服務」。

2 譯註：「Oulipo」的全稱為「Ouvroir de Littérature Potentielle」，意為「文學潛能工坊」。

「我想是寫給得撒洛尼人的吧。」

英文版譯者威廉・韋佛（William Weaver）獲得作者的認可，將「然後才有文字」的關鍵句譯為「然後有書信」（Epistle follows）。其實即使不改動這一句，他的譯文也很可能過得了關，因為英文的「letter」就跟義大利文一樣，可以用於上述有雙關意味的情境。另外有一點不知是否具有參考價值：我撰寫本書時在Google搜尋「Letter to the Thessalonians」，得到的結果比搜尋「Epistle to the Thessalonians」還多。[3]

總之，諸如此類精微奧妙之處，很容易讓笑話變得一點都不好笑，因此需要微調。有時將一則笑話完全改寫反而比較容易，前提是笑點換成不同語言也行得通。如果笑話運用了慣用語，而在譯入語中沒有直接對應的語句，在很多情況下，可以找到類似用語或自創。法國作家洛宏・畢內（Laurent Binet）在翻譯一篇故事時碰到「半斤八兩」（six of one, half a dozen of the other）的說法，在譯為法文時就自創了類似的「兩個半和一品脫」（deux demis et une pinte），依據就是無論到世界上任何地方，一品脫都等於兩個半品脫。如果其他處理方式都無效，有時候自行改換題材也能奏效。數年前，我將潘妮洛普・費茲傑羅（Penelope Fitzgerald）的小說《戲劇學校》（*At Freddie's*）譯為俄文，有一句髮廊標語「首屈一剪」（A cut above the rest）讓我絞盡腦汁。後來在俄文版裡我譯為「無需為了落髮哭泣」，參考的是俄文俗諺「人頭都要落地，為落髮哭泣也無益」，聽起來或許不像招徠顧客的完美標語，不過還是讓一些讀者會心一笑。

無論如何，我親眼看過最肅穆的畫面，是在搭乘莫斯科地鐵時看到一排乘客各自讀著手裡那份專門刊載笑話的俄文刊物，刊物名稱可譯為《大家笑開懷》（*Fun for Everyone*）。看著眼前的一排讀者默默翻頁，卻不見任何人臉上露出笑容——改成讀哲學論文也許還比較歡樂。眼前的荒謬場景讓我有了一些想法。第一，寫下來的笑話通常效果平平，如果是用文字再次轉述，笑點生還的機率又更渺茫了。如果想成功將一則笑話譯成另一種語言，或許必須讓笑點置之死地而後生。另一個想法是，很少幽默橋段是專門為特定個人量身打造。一則笑話要能成立，要有至少兩個人聽懂。如果一個人剛好是笑話作者，而另一個人想要翻譯，那麼原作者和翻譯者都覺得好笑，這只是第一步。有了這一步，接著才可能邁向讓轉換後的內容依舊好笑的境界。

3 譯註：《得撒洛尼書》（*Thessalonians*）是使徒保祿寫給得撒洛尼信友的書信（Letters或Epistles）；引文中譯參考艾可著，倪安宇譯，《傅科擺》（皇冠出版），頁115，並配合本書文意脈絡酌予修改。

第三章　恭維的藝術

今有英國教士沃爾夫意欲朝貴國方向前進，其人地位崇高、賢明公正、見聞廣博、才華洋溢，於救世主信眾中博學智者之中流柢柱，為基督教王國中睿智人民之首領，我邦以貴我之間存有誠摯邦誼，並為推廣伊斯蘭教之全體一致，鄭重發出此保薦信函以彰雙方友誼，願此信如傳播愛與情誼的和風吹送至貴邦，而貴邦亦懷抱良善慈心敦睦互惠，願藉此信宣告從往昔至今日牽繫貴我雙方的邦誼永固。

波斯沙王（shah of Persia）於一八四四年二月致布哈拉埃米爾（emir of Bokhara）的國書如此開場。該封國書由約瑟．沃爾夫牧師（Reverend Joseph Wolff）親自翻譯，亦收錄於沃爾夫撰寫的《一八四三至一八四五年布拉哈傳教紀行：確認史多達特上校及柯諾里上尉命運之行》（*Narrative of a Mission to Bokhara in the Years 1843–1845, to Ascertain the Fate of Colonel Stoddart and Captain Conolly*）。在旅程中，他將《古蘭經》部分篇章從阿拉伯文譯為波斯文，與猶太人、土耳其人和亞美尼亞人交談，並用英文、德文和義大利文傳教。儘管沃爾夫通曉多種語言，但他在異國若沒有奉行「入境隨俗」的銘言，即使具備優秀的外語能力，可能也無濟於事。

一八四三年七月，沃爾夫寫信給英國軍方：「謹代表您們的同袍柯諾里上尉與史多達特上校，此二人現遭囚禁於雄偉的布哈拉市；本人曾在布哈拉停留兩個月；依據我對布哈拉居民個性的了解，我深信關於兩位軍官已遭處死的消息極為可疑。」接著委員會籌組完成，也募到資金，沃爾夫自告奮勇接下任務，旅程開銷實支實付，未另外收費，他在十月啟程前往伊斯蘭教為主的中亞地區聖城：「崇高聖城」布哈拉（Bokhara the Noble）。此城也稱為布喀喇、布哈爾或布噶爾（Bocara、Boghar或Bukhara），由此可證地名是旅人的噩夢（譯者同樣為了地名的不同拼法頭疼）。為求謹慎，他準備了多幅以阿拉伯文字母加註的地圖，行囊裡還有一套神職人員服裝、數本《聖經》、銀製手錶，以及三十多本阿拉伯文版《魯賓遜漂流記》（*Robinson Crusoe*）。「阿拉伯人一讀我送給他們的這本書，」他回憶道，「紛紛驚嘆：『噢，那位魯賓遜一定是偉大的先知！』」

於是沃爾夫踏上旅程——彼德・霍普克（Peter Hopkirk）形容他是「勇敢但非常

古怪的神職人員」——語出《帝國的野心：十九世紀英俄帝國中亞大競逐》（*The Great Game*）；或如《影子競賽》（*Tournament of Shadows*）作者卡爾・梅耶（Karl E. Meyer）和夏琳・布萊賽克（Shareen Blair Brysac）所形容的：「他其貌不揚，身材矮小，卻是具有唐吉訶德般愚俠精神的維多利亞時期傑出人物」。他沿途拜訪了多國公使館和外交使團，曾參與英國、俄國、土耳其及波斯官員之間的會談，並向他們尋求協助，相較於語言溝通，他其實更需要行政方面的幫助。對一個歐洲人來說，如果沒有引薦信，絕不可能在中亞旅行。沃爾夫本人通曉多種語言，通常能夠讀懂不同語言撰寫的引薦信，只有偶爾會需要仰賴他人協助翻譯；「梅德姆伯爵閣下答應替我撰寫一封俄文推薦信，由於布哈拉有俄文通譯，我請求他也將我的博士學位證書和聖職授予證書譯成俄文。」

沃爾夫備妥引薦文件，展開該次任務的最後一段行程。

……從莫夫（Mowr）到布哈拉全程，我身著全套神職人員服裝，決心隨時記得自己身為「毛拉」的地位，因為我很快就察覺到，我的安危完全繫於其上。我也讓手邊的《聖經》保持在翻開狀態；我感覺自己的力量就在《聖經》之中，而它的大能或許可以護祐我撐過去。這些不尋常的做法吸引人群圍觀……一切都對我有利。[1]

沃爾夫樂意遵循當地的風俗習慣，而後來發生的事證明了，這一點就跟他通曉當地官方語言布哈拉波斯語一樣重要。在他第一次拜見埃米爾之前，一名朝臣問他是否準備好奉行「伊斯蘭教禮俗」，沃爾夫的回答是別說要求他行三次禮，即使要他行三十次禮，他也樂意從命。「我反覆行禮，同時口中不斷高呼：『國王陛下平安』，直到國王陛下忽然大笑起來，當然其他站在我們身邊的人也跟著大笑。陛下說：『夠了，夠了，夠了。』」

起初可能令人尷尬困窘的事件，不料後來卻成了救命的稻草。沃爾夫很快就證實了他的合作夥伴最悲觀負面的猜想：查爾斯·史多達特上校和亞瑟·柯諾里上尉已經在納斯魯拉埃米爾（Emir Nasrullah）的命令之下遭到處決。兩名軍官因為參與了英俄兩大帝國的「中亞大競逐」（the Great Game），付出了生命的代價。在這場競爭對峙之中，英俄雙方不僅必須進行不同語言的翻譯，更重要的是進行不同文化的翻譯。史多達特上校

1 譯註：毛拉（mullah）為伊斯蘭文化中對於教士、學者或領袖的敬稱。

雖然通曉波斯文，但他在一八三八年十二月抵達布哈拉時與當地人溝通不良。他是英勇的軍人，但不是優秀的外交人員，他率領的英國使團全團騎馬到埃米爾的宮殿前，並未依照當地禮俗下馬步行前往以示尊敬。在晉見納斯魯拉埃米爾時，他犯了所有外交上的大忌。沃爾夫通常會加倍努力確保能入境隨俗，但史多達特與沃爾夫不同，他見到埃米爾時擺出一副出差會晤部屬的姿態，因此被關進堡壘地牢，數個月來只有老鼠和其他害蟲相伴。獄卒和他溝通的方式是將一條繩子降到牢坑裡，不過他還是靠著這種方式找人夾帶書信出去送到他的家人手中。

史多達特因為某些緣故被視為間諜而非使節，他知道自己的命運就繫於大英帝國在當地的成敗。「我很可能要等到我國軍隊逼近布哈拉才會獲釋。」他在其中一封信中寫道。曾有一名劊子手帶著死刑令沿著降下的繩子爬下來，告訴囚犯若不改信伊斯蘭教，就只有死路一條。史多達特選擇改信伊斯蘭教，於是必須接受割禮（他後來聲稱自己遭到逼迫，改信是無效的）。後來他被放出地牢，改由埃米爾的警察總長看管，依舊是埃米爾的階下囚。「我現在一點都不擔心埃米爾會對我做什麼了，」他在另一封家書中寫道，「他愈來愈害怕，對我施以酷刑的可能性也就愈來愈小。」英國政府和英屬印度當局確實試圖營救史多達特，但是埃米爾抱怨這兩方的來信意義不明。專制的納斯魯拉埃米爾反覆無常，而事實上與大競逐中區區一枚棋子的死活相比，英國政府還有更多重大的事務要擔心，在在都讓史多達特的處境更為不利。

史多達特的命運起伏，大抵與阿富汗境內英軍的勝敗順逆一致。一八四一年一月，他的處境多少有了改善，他寫道：「過去兩個月我獲得聘任，接下來要翻譯我的書籍中……那些我認為對這個國家有幫助的篇章；除此之外，埃米爾要我撰文介紹歐洲軍隊。」（記事中並未述及埃米爾是對哪幾本書感到好奇。）到了十一月，多次參與大競逐行動的柯諾里上尉來到布哈拉執行救援任務，讓史多達特燃起更大的希望。納斯魯拉起初以禮相待，但他的心情很快又變得陰鬱，可能是因為他曾向維多利亞女王送出一封態度友好的國書，卻未獲得任何回音。最後，當英軍失去阿富汗掌控權的消息從喀布爾（Kabul）傳來，史多達特和柯諾里的命運就此註定。一八四二年六月，埃米爾下令將兩人再次囚禁，某一天他們被押到一個廣場上，被逼著挖了自己的墳。史多達特先遭到斬首；柯諾里原本有機會改信伊斯蘭教以保住性命，但他拒絕了，於是也身首異處。

兩名受害者中，柯諾里比較擅長解讀東方。他曾有許多年前往各地為英國政府工作，在中亞則有時會喬裝成波斯人，雖然他在日誌裡坦承：「無論歐洲人把當地語言說得再好……他的說話方式、舉手投足、坐臥行走和騎馬的方式……畢竟與亞洲人不同。」

英國人很容易就能喬裝成法國或義大利的醫師，或是來自印度的商人，柯諾里偶爾會善用這種喬裝打扮的招術。他在一八三〇年於阿富汗假扮醫師，「暗中觀察和記錄所有重要情事。」

其他人也運用了類似招術，成效有好有壞。大約同一時期，通曉波斯語和普什圖語（Pushtu）的艾德瑞．波廷傑中尉（Lieutenant Eldred Pottinger）扮成馬匹販子前往喀布爾。他的偽裝很成功，在當地並未被人識破，但他在回程中落入烏茲別克盜匪手中。由於他的膚色蒼白、對於伊斯蘭教的了解很粗淺，再加上攜帶的書籍文件讓盜匪起了疑心。波廷傑辯解說自己是最近才改信伊斯蘭教，來自印度斯坦（Hindustan）以南「有很多山的地方」而烏茲別克盜匪顯然被他的波斯語說服，放他離開。一八三七年，波廷傑前往赫拉特（Herat）執行偵察任務，他扮成穆斯林神職人員，並用染料將皮膚染黑。他在市集裡四處遊逛時，有人攔住他悄聲說：「你是英國人！」所幸，對方原來是柯諾里的友人。只有西方人能夠辨認出西方人——或至少以雙方都能立刻聽懂的語言揭露對方的真實身分。

進入中亞的俄國探險家和英國對手同樣顯眼，他們在喬裝打扮上的創意不遑多讓。一八一九年，尼古拉．穆拉維約夫上尉（Captain Nikolay Muravyov）接獲遠赴希瓦

（Khiva）探查的命令，希瓦是中亞地區一個強大汗國的首都。長官告訴他：「你很擅長討人喜歡，而且你很會講韃靼語（Tartar language），這些都會成為你的優勢。切莫從歐洲人的角度看待恭維的藝術，亞洲的人很吃這一套，在這方面絕不要吝於多說好話奉承討好。」為了避開奴隸販子和盜匪，穆拉維約夫取道卡拉庫姆沙漠（Karakum Desert），他扮成土庫曼人（Turkoman），不過他的嚮導都知道他是俄國人，還帶了要獻給希瓦可汗的禮物和書信。距離目的地剩下五天路程時，他們遇到另一支商隊，有人指著穆拉維約夫。他的嚮導冷靜應對，告訴其他人那是一名俄國俘虜，他們要把他帶到希瓦賣掉。這支商隊向他們恭賀一番，他們獲准繼續前進。

抵達希瓦之後，穆拉維約夫遭到囚禁：可能是他的筆記本洩露了間諜身分。可汗原本考慮派人把他帶到沙漠裡活埋，後來決定紆尊降貴接見他。穆拉維約夫晉見可汗時穿著全套軍服，但遵從他人的囑咐並未佩劍。他正猶豫要如何朝可汗走近，忽然被人從後方抓住，他正準備拚命抵抗，但是有人在旁解釋，希瓦自古就流傳將使節拖行到統治者面前的習俗。穆拉維約夫於是從善如流，接著依循當地禮俗向可汗行禮，稟告說俄國沙皇派他來向可汗「表達深切的敬意」並遞交書信一封。「在下也接獲命令要以口傳方式將數句話帶給陛下，」他補充說，「在下可立即傳述所帶之話，或者須等候任何可能適合的時機，全依陛下之命。」他接著建議兩國之間建立互利互惠的關係，並且向可汗保證：「陛下，貴國若願意與敝國結盟，貴國的敵人就是敝國的敵人。」可汗表示願意商談：「寡人願貴我兩國之間得以發展出堅定誠摯的友誼。」穆拉維約夫出使希瓦一行雖然很成功，但終究未曾達成任何具有政治意義的進展。他的長官在閱覽他的報告之後予以拔擢升官，並派他執行另一項任務，但忽視他對於併吞希瓦和解放汗國之內奴隸的提議。他在後來的軍職生涯裡立下輝煌戰功，而在管理職同樣表現得可圈可點，只不過仕途或許不是那麼平順（即使與同胞相處，他偶爾也會惹惱一些人）。然而，穆拉維約夫的希瓦之行——再次引用霍普克之言——「註定標誌了中亞地區獨立汗國滅亡的肇始。」

想要在中亞大競逐之中生存，就必須採取入境隨俗的策略，如果說當時留下的文件充滿駭人聽聞的故事，多半是因為參與的玩家未能充分融入當地環境。英屬印度軍官亞歷山大．伯恩斯中尉（Lieutenant Alexander Burnes）於一八三二年六月抵達布哈拉，他帶了一封由自己寫的書信給大維齊爾（grand vizier），內容文情並茂；他稱呼收件者為「伊斯蘭之塔」和「信仰的珍寶」。伯恩斯知道非穆斯林禁止在聖城中騎馬，因此獲得大維齊爾召見時，他換上當地人的服裝之後步行前往埃米爾的宮殿。大維齊爾向伯恩斯問話問了兩小時，詢問他的宗教信仰（伯恩斯不得不袒露胸膛證明自己並未像俄國的基督徒一樣佩掛十字架），還問到基督徒是不是會吃豬肉。被問到豬肉嚐起來是什麼味道時，伯恩斯以外交辭令回答：「聽說嚐起來像牛肉。」他講了幾則關於歐洲人生活的故事，並將自己擁有的兩只羅盤中的其中一只贈送給主人。伯恩斯與大維齊爾成了朋友，大維齊爾還問伯恩斯下次能不能帶一副英國眼鏡給他。

「我的穿著與亞洲人完全相同。」伯恩斯於一八三二年在家書中寫道。

> 我剃去了褐色頭髮，而我染成黑色的鬍鬚——如波斯詩人所言——為了逝去的青春美麗而哀悼。我現在用餐是用手取食，手指頭無比油膩……我從不隱藏自己的歐洲人身分……大家都叫我「亞坤大」（Sekunder），即「亞歷山大」的波斯文，多麼豪氣的名字。

伯恩斯因為首先深入布哈拉探索而聞名，在印度有「布哈拉．伯恩斯」（Bokhara Burnes）之稱，他的旅程見聞記載於暢銷著作《布哈拉紀行》（*Travels into Bokhara*）。同一年，伯恩斯到了喀布爾並在當地遇見沃爾夫。根據某一筆文獻，沃爾夫到喀布爾時是「渾身赤裸地從中亞過來，因為他遭到洗劫一空，被迫全身赤條精光走了六百英里的路」。伯恩斯描述這名基督教傳教士是「猶太人的傳教士」，「以猶太人身分進入韃靼利亞（Tartary），猶太人是這個信奉穆罕默德（Mahommedan）的國度裡最理想的旅人身分」，此外他也特別指出沃爾夫「之所以遭逢災厄，是因為他自稱是一名哈吉（Hajee）」。看起來沃爾夫牧師融入當地時過於求好心切，但他的語言能力當時還是有限。

兩人拜見喀布爾的統治者時，沃爾夫與「數名信奉穆罕默德的博士」展開一場神學辯論，伯恩斯擔任沃爾夫的口譯。伯恩斯起初自認「並非毛拉（moollah）」而不願多言，但他很快就脫稿演出，開始提出關於《古蘭經》的刁鑽問題想混淆穆斯林學者，以及講述歐洲的趣聞軼事取悅在場觀眾。統治者觀看雙方辯論之後龍心大悅，答應在兩人往後的旅程中全力給予協助。

伯恩斯於一八四一年再次到了喀布爾。第一次英國－阿富汗戰爭（First Anglo-Afghan War）造成阿富汗人對英國霸權更加憤恨不滿，雖然我們的冒險家伯恩斯很確信阿富汗人絕不會傷害他，但某天一群暴民將他的住所團團圍住並放火燒屋。根據其中一個版本的事件紀錄，一名叛徒提議要伯恩斯和他的兄弟換穿當地人的服裝，並帶他們逃往安全的地方，但兩兄弟一現身，該名叛徒就大喊：「這人就是亞坤大．伯恩斯！」兩兄弟當場遭到亂刀砍死。

伯恩斯的悲慘下場其實已有前例，在他之前的另一場東方花言巧語及背叛出賣橋段發生在一八二九年一月，主角俄國駐波斯大使亞歷山大．格里博耶夫（Alexander Griboedov）抵達了德黑蘭（Tehran）。不久前俄國與波斯剛剛開戰。俄國於一八二六年宣戰，波斯文宣戰書由一名在喀山（Kazan）受訓（可能是學韃靼語）的官員草擬，由於波斯文寫得太差勁，波斯人不得不退回宣戰書，要求俄國送來他們能讀懂的文件。因此俄軍的攻擊讓波斯人不及防備，而俄軍無疑也因此取得較佳的戰果。先前於一八二八年，即是由格里博耶夫代表俄國與波斯簽訂《土庫曼恰伊條約》（Treaty of Turkmenchay）（對波斯來說堪稱喪權辱國），而他此行是來確認波斯確實履行條約。他不僅精通波斯語，也熟悉波斯的風俗民情，對於此行已經有了不祥的預感：至少有一件事很清楚，他知道自己在波斯首都停留的時間剛好會碰上伊斯蘭教的聖月「穆哈蘭姆月」（Muharram）。儘管如此，他還是要懷有身孕的未成年妻子留在大不里士（Tebriz），並向妻子承諾自己很快就會回來。

為了晉見法特赫．阿里沙王（Fath Ali Shah），格里博耶夫換上金線刺繡晚禮服和三角帽，他自覺好像要去參加什麼愚蠢的化妝舞會。格里博耶夫真心熱愛的是音樂和詩歌，對於身為外交官連帶必須擺出的虛華排場十分不屑。他創作的喜劇《聰明誤》（*Woe from Wit*；安東尼．伯吉斯〔Anthony Burgess〕曾將劇本譯為英文並改編，劇名則譯寫為語帶雙關的《賈斯基，或真蠢最要緊》〔*Chatsky, or The Importance of Being Stupid*〕）剛在聖彼得堡引發轟動，哪怕審查單位禁止，依舊有許多人閱讀。然而，他身在異國，遠離文藝沙龍、劇院和他鍾愛的鋼琴，不再是作家亞歷山大．格里博耶夫，只是一名身穿華麗招搖制服的大使。他別無選擇，只能勉力堅持。波斯沙王以隆重的禮節接見格里博耶夫。整場會面將近一小時之久，勝利的一方不停對失敗的一方發號施令，場面不時陷入比雙方開口對話時更為沉重的靜默。

但是要確保波斯完全遵守和約條款絕非易事。格里博耶夫面對波斯人時，通常表現得很專橫強勢：例如他在往來公函中會只寫出一半的沙王頭銜，以強調列出的要求不容許討價還價。和約裡其中一項條文規定，居住在波斯的亞美尼亞人有權回到已經歸屬帝俄國土的故鄉。沙王後宮的一名太監，以及沙王女婿的兩名姬妾，皆希望利用這項條文向俄國公使館尋求庇護。沙王要求交出這三個人，但格里博耶夫拒絕，堅持他要負起保護沙皇子民的責任。他預期自己可能會為了這個決定付出龐大的代價，但他也知道一旦將這三名逃亡者交給沙王，他們將落得何種下場。

眾人憎恨的異教徒於聖月犯下大不敬罪行的消息，很快傳遍都城的大街小巷。穆拉們鼓動大家闖進俄國公使館抓住三名逃亡者，於是數千民眾衝進公使館。大使與數名手下苦苦支撐，最後慘遭暴民肢解。一名烤肉串小販割下格里博耶夫的頭顱示眾，群眾開心振奮。大使的殘破遺體後來是在垃圾堆中找到，是依據他生前因決鬥受傷變形的手掌，以及身上僅存的晚禮服殘片才確認身分。法特赫．阿里沙王害怕這起令人髮指的暴行會引來俄國報復，派遣孫子帶著厚禮前往聖彼得堡賠罪。據說年輕王孫願意當著沙皇尼古拉一世（Nicholas I）的面以佩劍自刎贖罪。然而對沙皇來說，這類外交上的事變早已司空見慣，他勸王孫不要反應過度並下結論：「讓大眾永遠遺忘這次不幸的德黑蘭事件。」

在呈現努力學習一個民族的語言及融入該民族文化之價值的故事中，以約瑟．沃爾夫牧師的故事最為精采。沃爾夫於布哈拉停留期間，遭到納斯魯拉埃米爾就近監管，埃米爾常派一名侍臣（makhram）去問他各式各樣的問題。埃米爾想知道「英格蘭的四名大維齊爾、十二名小維齊爾以及四十二名長老的姓名」，沃爾夫提供了名單，但是「侍臣怒氣沖沖回來，說陛下發現我扯謊騙人。」顯然沃爾夫的陳述與陰鬱的埃米爾向史多達特問到的有些出入。沃爾夫被帶到埃米爾面前，他向埃米爾「完整說明英國的政府組織」，總算解除危機。「雖然陛下無法完全理解，」他在書中寫道，「我還是說服他我提供的名單也算正確無誤。」這些談話對於沃爾夫的處境毫無助益，他作好心理準備要追隨史多達特和柯諾里而去時，埃米爾收到另一封波斯沙王的書信。「好吧，我就把約瑟・沃爾夫送給你當禮物，」埃米爾告訴將信帶來的使者，「你可以帶他走。」

返回家鄉途中，沃爾夫「在大不里士遇見一位名為愛德華・柏傑斯（Edward Burgess）的紳士，其人通曉波斯語，年輕風趣但有著悲慘際遇」。柏傑斯受到當地王公聘用，負責將英文報紙譯為波斯文，他的兄弟在波斯政府委託下攜帶一筆鉅款前往英國，後來卻宣告失蹤，柏傑斯於是知道自己麻煩大了。他基本上成了人質，但還是繼續工作，包括將一封他的雇主寫給沃爾夫的信譯成英文。「希望您會滿意我的譯文。」他在寫給沃爾夫的信中說道。

我讓譯出的文字盡可能貼近原本的波斯文，又得以傳達意思，而且在我們的語言容許範圍內，努力保留波斯文的慣用語；您熟悉波斯文，必能想見箇中艱辛。我在信中為您加上「閣下」（Excellency）的頭銜，在歐洲或許顯得怪異，但這是我唯一能想到對應「Jenaub」一詞的譯法。此頭銜在波斯僅用於稱呼地位很高的神職人員和大使，我也沿用一直以來通用的譯法。

於是沃爾夫有一陣子受惠於這個對他來說太過抬舉的「閣下」頭銜，而尊貴的頭銜也幫助他安全回到英國並將遊歷見聞出版成書。

時至今日，弄錯名字或頭銜比較不容易招致身首異處的下場，但是文化標記（cultural marker）在翻譯中依然扮演要角。我過去也曾前往布哈拉出差，當時是負責為幾名尋求庇護的難民擔任口譯。其中一個案子裡，一名遭到人口販子從烏茲別克販賣至英國的性工作者稱呼所有人，包括稱呼我、律師和法官，都用俄文中朋友之間相稱使用的第二人稱單數「你」（ty），而非正式的「您」（vy）。起初我對於這名女子表現得過度熟絡的稱呼方式並不苟同，但我接著想到，以「你」稱呼在她的文化中代表的是信任，而非粗魯無禮的表現。於是在翻譯時，我盡量讓英譯聽起來就像她的原話想表達的那樣滿懷敬意。她的庇護申請獲准，最後我們互道再見時，我不再覺得我們之間說話的方式過度熟絡。

即使是在比較輕鬆的場合，因為疏忽了文化差異而失言可能也同樣糟糕。曾有一次，我在拜會亞塞拜然商人的商務場合擔任口譯，東道主講了個笑話調侃自己「肥胖」（他本人和其中幾名賓客確實體型偏壯碩）。當下我照字面翻譯，並未想到有必要改為較委婉的「福態」或「肚量很大」。賓客聽到之後一臉震驚：「肥胖」一詞在我的家鄉莫斯科聽起來稀鬆平常，但對於習慣聽到巴庫那一帶較文雅俄語的人來說，這樣的用詞卻很粗魯。其中一人溫和地出言糾正，將「肥胖」改稱為「大塊頭」，我也立刻道歉。

然而，入境未能隨俗不一定都以困窘尷尬收場。在我翻譯過對他人的稱呼中，最令我難忘的一句出自一名出庭證人，他每次要回答問題時，一開口必先喊「法官先生大人」。或許他那陣子在看某齣電視劇，或是採用他以為的標準制式稱呼，想要融入陌生的英國刑事法庭。看著頭戴假髮、主持程序的女審判長，我擅自將證人的開場尊稱語改為「庭上」。

第四章 觀察與分析

一八七七年八月，義大利天文學家喬凡尼・斯基亞帕雷利（Giovanni Virginio Schiaparelli）將他的望遠鏡鏡頭轉向火星。他身為米蘭布雷拉天文台（Brera Observatory）的台長，先前就在布雷拉宮（Brera Palace）的屋頂裝設好一架口徑八英寸的梅爾茲折射式望遠鏡，原本打算用來觀察雙星。他對於利用這架望遠鏡觀察的結果相當滿意，想要看看它「是否具有可供觀測研究行星表面的必備特質。」由於九月初將出現「火星衝」，斯基亞帕雷利決定把握機會。[1]

他在接下來兩個月的觀察所得，讓世人對於「紅色行星」的印象大為不同。先前他就曾注意到，火星表面有一些比較明亮和比較黑暗的區域，分別稱為「陸」（terrae）和「海」（maria）；除此之外，他還發現一些連結不同「海」的深色線條，一開始看起來

1 譯註：「衝」（opposition）是天文學名詞，「火星衝」指的是火星、地球和太陽排成一直線，此時火星最靠近地球，看起來最亮也最清楚，是觀測火星的最佳時機。

「很模糊難以確定」。斯基亞帕雷利繪製出全新的火星地圖，他打趣般地在圖上將這些線條特徵標為「水道」（canali）。

在關於斯基亞帕雷利新發現的英文報導中，翻譯者將「水道」譯為「運河」（canals），忽略了「canali」指的也可能是「水道」。這引起了軒然大波。英國化學家暨英國皇家天文學會（Royal Astronomical Society）成員史拉格（J. T. Slugg）於一八八二年投書《曼徹斯特衛報》（*Manchester Guardian*），文中總結了各國科學圈的反應：「讀完這段敘述，所有人腦海中第一個冒出的會是這個問題：『要是真的有運河，那是天然的還是人工的？』」傑出的法國天文學家卡密爾．弗拉馬利翁（Camille Flammarion）表示：「假如這些運河確實存在，它們似乎不是天然的，看起來……呈現出行星居民的工業成就。」弗拉馬利翁在著作《火星及其宜居性》（*La Planète Mars et ses conditions d'habitabilité*）中使用法文裡的「運河」（canaux）一詞，暗示是由人工築造，而這本著作對後世影響相當深遠。人工造物的存在暗示火星上可能有智慧生物，弗拉馬利翁進一步揣測：由於火星的地心引力比較小，「火星居民的形態和我們不一樣，會在大氣層中飛翔」。很多理論家跟著他浮想聯翩。

火星上有智慧生命的理論吸引許多熱切擁護者，其中包括美國天文學家帕西瓦．

羅威爾（Percival Lowell），他在亞利桑那州的弗拉格斯塔夫（Flagstaff）興建了一座天文台，全心投入研究火星上他所謂的「非自然地貌特徵」。羅威爾的著作如《火星》（*Mars*）、《火星及其運河》（*Mars and Its Canals*）和《火星作為生命棲居之地》（*Mars as the Abode of Life*）不僅引發廣大討論，更催生了一整個科幻次文類，而赫伯特．威爾斯（H. G. Wells）的《世界大戰》（*The War of the Worlds*）正是開山之作。對於羅威爾的熱切宣言，當然有些人並未採信，然而他如此深信不疑的態度卻具有極強的感染力。當代傑出的火星學者威廉．席安（William Sheehan）在〈斯基亞帕雷利：色盲天文學家所見之景〉（Giovanni Schiaparelli: Visions of a Colour Blind Astronomer）一文中指出，相信火星上有智慧生命存在的熱潮，於十九世紀最後十年達到集體歇斯底里的程度。一八九九年，日內瓦的心理學家西奧多．弗魯努瓦（Théodore Flournoy）提出了一例個案報告，描述一位婦女被催眠之後造訪火星，能夠描述甚至畫出火星的地景、居民樣貌及火星人所用的語言和字母。

於是就有了這個問題：假如第一個翻譯斯基亞帕雷利用語的無名譯者在碰到「canali」一詞時，選擇譯為「水道」而非「運河」，之後的歷史走向會有多大的不同？「運河」的譯法可能比較接近原文，但是「水道」這個譯法可說比較令人信服，也肯定沒有那麼嚇人。這是「一詞多義」的例子，即一個詞語具有同個不同的意思，也是所謂「假朋友」（false friends）或同形異義詞的例子，即兩種語言中寫法相同或相近但意思不同的詞語。（「假朋友」常常遭到誤用，例如法國總統艾曼紐・馬克宏〔Emmanuel Macron〕於二〇一八年五月出訪澳洲時，發言感謝澳洲總理麥肯・滕博爾〔Malcolm Turnbull〕和他的「可口嬌妻」〔delicious wife〕——顯然將法文裡可單純形容「迷人」的「délicieuse」借譯成字面上對應的英文語詞「delicious」。）

在責怪譯者造成後續各種混淆之前，我們需要知道斯基亞帕雷利本人使用「canali」一詞時究竟想表達什麼意思。請試著想像將一架具有讀心功能的望遠鏡對準他的大腦，仔細觀察他腦中的念頭，得要對準想觀察的特徵，並調整到最適合的焦距。但是翻譯並不是這樣進行的（還不是）。翻譯似乎必須從小處著手，明察秋毫、仔細區辨，但有點矛盾的是，譯者同時也必須從大處著眼，擴大調查範圍、廣為蒐羅情報，與其說像天文學家，其實更像偵探。換句話說，想要理解斯基亞帕雷利其言，必須先理解斯基亞帕雷利其人。

於是偵探開始辦案。他是什麼樣的人？雖然他近視而且部分色盲，但繪圖技巧高超，能夠將觀測結果快速畫在紙上。他於一八七八年在羅馬向數名政府官員報告他觀測火星的研究發現時，強調要是有更精密的儀器設備，就能獲得更好的結果。他向官員保證「火星上的世界看起來和我們的世界幾乎沒什麼不同」，並表示「我稍微運用了弗拉馬利翁那一套，就處理得滿好的。」所謂「令人振奮的璀璨想像」大獲成功：義大利國內在統一後國族主義高漲，極欲支持本國科學家的政府允諾購置一架口徑十八英寸的全新望遠鏡，這架最先進的儀器造價高昂，是解讀來自火星光訊號的理想設備。

斯基亞帕雷利知道，即使精良的望遠鏡也會將大氣條件造成的訊號失真放大——正如同翻譯，即使盡量忠於原文翻譯出的譯文，也可能造成原文中本來就存在的隨機雜訊增加。「就事物的實際狀態而言，」他寫道，「揣想這些『canali』本質的時機尚未成熟。至於它們的存在，我無需宣稱自己已盡可能審慎小心，以免引起任何只是錯覺的猜疑。我非常確定自己觀測到了什麼。」在口風不是那麼緊的時候，他甚至揣測火星上有一個由具備知識的國家建造的灌溉系統，以公正有效的方式分配行星上的水源。在〈火星上的生活〉（Life on the Planet Mars）文中，他想像火星上有一個社會主義烏托邦，在那裡「所有人皆為利益共同體」；〈科學〉發展已臻完美；不同國家之間不曾發生衝突或戰爭；全體皆投入聰明才智以抗衡共同的敵人：貧窮困乏的自然環境對全體逐步發展造成的阻礙。」儘管就科學論述而言有失嚴謹，但文章廣為流傳且翻譯為數種不同語言；或許那是從地球上的運河時代汲取靈感，很可能也堪稱展現了斯基亞帕雷利最豐富想像力的一篇著作。當時巴拿馬運河（Panama）正在興建中，而蘇伊士運河（Suez）已於一八六九年完工，在鄰居行星上可能發現運河的想法必定極為誘人，這將是又一項工程奇蹟，是邁向現代的又一大步。

斯基亞帕雷利萬分小心跨越事實和幻想之間的界線：「我自己會避免抗拒這種揣測，且揣想並不涉及任何不可能之事……儘管如此，關於這些活動的假設依然可能成立……例如大規模的農耕和灌溉工程。」從此處可以看到，他一方面在表達個人看法上有所顧忌和保留，另一方面也願意縱容同行提出更為奇異的揣想。上述或許不是我們所希望看到具有決定性的證據，但多少有蛛絲馬跡可循。要是早期的英語世界評論人請他進一步說明，他會告訴論者自己究竟是怎麼想的嗎？「運河」一詞導致的錯誤揣測，造就了早期投入研究火星的熱誠，要是沒有「運河」一詞，現今我們對火星的認識會不會比較貧乏？美國太空總署（ＮＡＳＡ）還會展開水手號計畫（Mariner programme）嗎？在火星上尋找水的任務會繼續下去，並先是在二〇一五年聲張火星上發現了水的存在，又在兩年後改口稱這些「季節性斜坡條紋」較可能為乾燥的流沙嗎？

或許我們永遠無法確切回答這些問題。然而，這些問題激發了關於翻譯與意義的多重性的問題，而且也更加深入、牽涉範圍更廣。只要是自告奮勇想將斯基亞帕雷利的訊息譯介到英語世界的人，勢必要干預原文並加以詳述，或許不是有意的，但譯者顯然不會特別為自己用字遣詞的選擇加以辯護。怪異的是，用語英譯幾乎不曾引人注意，但斯基亞帕雷利觀測結果的其他面向卻遭到嚴格檢視。例如圖片本身。同時代有些人質疑斯基亞帕雷利的繪圖技巧。藝術家納桑尼爾．格林（Nathaniel Green）指出，斯基亞帕雷利所繪的圖中「剛硬銳利的線條」必定是他的呈現風格使然。天文學家愛德華．愛默生．巴納德（Edward Emerson Barnard）於一八九三年寫給斯基亞帕雷利的信中提到：「你發表的火星圖片中，以非常強烈鮮明的方式呈現運河。你的筆記本裡手繪圖的線條就沒有那麼濃重。是不是因為印刷重製出乎預料，造成雕版圖片中的線條顯得如此深暗濃重？」斯基亞帕雷利回覆：「很遺憾，印刷重製的圖片可能誤導讀者。我找不到能將手繪圖精準重現的藝術家。」

然而長久以來，科學界及坊間少有人質疑「運河」一詞的使用，而在反對使用「運河」一詞的人之中，英國天文物理學家約瑟夫．諾曼．洛克耶（J. Norman Lockyer）堅持採用「真正的水道」（true water channels）的說法。想要體會斯基亞帕雷利的譯者所面對的挑戰，探討斯基亞帕雷利其他的著作也會有幫助，從中可以看到一個可能產生訛誤

的廣闊星際空間是如何開展。斯基亞帕雷利運用一套全新語彙來描述火星的特徵。「一般而言，」他如此說明，

可以清楚看到，此處呈現的火星地形可與地球地形相互類比，因此我們必須懷疑是否還會有其他更適合的名稱類別。難道我們不會為求簡明扼要，使用「島嶼」、「地峽」、「海峽」、「水道」、「半島」、「岬角」等詞語嗎？若不利用上述各個詞語提供的描述和標記，就只能換句話說，改以冗長釋義來表達同樣的意思，而且每次述及對應之物，都必須重複一遍這段冗長釋義。

他建議，「或許可將這些詞語單純視為輔助記憶和簡化描述的巧計」，而譯者通常也可能贊同他的建議，畢竟他們自己也常採用這類巧計（最好的狀況是在深思熟慮過後偶一為之）。但重點不變：斯基亞帕雷利使用與水有關的詞語時是在比喻——至少在某種程度上。

話又說回來，比喻自有活出自己生命的方式，無論它們是否具有智慧。起初，就算是浮誇賣弄的帕西瓦·羅威爾在用詞上也不敢大意。「我採用了他的命名方式，」他在斯

基亞帕雷利發表觀測結果二十年後寫道，「而在為新發現的地表特徵命名時，我選擇了與他的指稱方法相符的名稱，從務實和詩意的層面來看都效果極佳。」羅威爾一開始確實試著語帶保留：「我們現階段的探索中，從火星表面可觀察到的一般物理現象直接推論可知，假如火星上真的有居民，灌溉系統可能是維繫居民生存的關鍵，而望遠鏡頭呈現了或許是我們這時代最驚人的發現——火星上所謂的運河。」之後不久他就不再加上限定語。

羅威爾在著作《火星》中將斯基亞帕雷利的比喻進一步延伸，以突顯灌溉系統的人造特質：「在行星上紅赭色的大片沙漠地帶呈點狀散布的……是無數深暗的圓點或橢圓點。再者，它們看似與運河之間有著密不可分的關係，運河以它們為中心呈輻射狀發散。」他討論到「運河存在的目的和用途可說順理成章、再自然不過；換言之，顯然是要為綠洲提供水源才建造運河。」接著他下了結論：「當然，上述種種可能只是一連串巧合，沒有任何意義；但是可能性卻會指出另一個方向。」

羅威爾的《火星及其運河》題獻給斯基亞帕雷利，稱其為「親愛的火星大師」。兩人頻繁通信，主要是用法文，當時法文在自然科學等多個領域中比英文更為通行。斯基亞帕雷利曾以德文撰寫文章並發表，也能讀英文——此點從羅威爾的部分信件中可以窺知，例如他提到在一八九六年八月十七日傳給「火星大師」的電報中寫著「恆河有兩條」。[2]如果說羅威爾在一八九五年的態度是接受觀測到的地形特徵可能是「一連串巧合」，到了一九〇六年他的態度轉趨堅定：「（水）不是由任何自然力量驅動，我們只能直接且無可避免地推論，（運河）的用途是借助人工之力方能達成。」這番推論似乎無從避免。起初他仰賴繪圖，接著改為運用照片，而正如其兄亞博特・羅倫斯・羅威爾（Abbot Lawrence Lowell）為他所寫的傳記中所說：「最後在一九〇五年，運河圖像終於刻製成圖版，總共三十八幅，其中兩幅圖版為同一個圖像重複刻製。」斯基亞帕雷利得知羅威爾成功將圖像製版之後，驚訝地寫信給他：「我真不敢相信竟然有可能實現。」

斯基亞帕雷利的信心不足其來有自。一八九〇年代晚期，斯基亞帕雷利視為繼承者的義大利天文學家文森佐・切魯利（Vincenzo Cerulli）聲稱火星上的運河只是視錯覺，如果能用更精良的折射式望遠鏡觀測，便會發現所謂運河「不再像目前一樣呈現如此神祕且引人入勝的線條形態。」希臘天文學家歐仁・米歇爾・安東尼亞第（Eugène Michel Antoniadi）於一九〇九年表示支持切魯利的看法，理由是無論斯基亞帕雷利或羅威爾，兩人使用望遠鏡的解析度都不足以區辨直線。切魯利與安東尼亞第採用的是調校得更精良的設備，他們就像修訂前人譯本並相信反覆修正便能力求正確的譯者，如此理想的原則在現實世界卻未必適用。弗拉馬利翁對於新理論的回應，是提出令人耳目一新的辯證：「這樣說來，無論對於物理或道德問題，每位天文學家都抱有某種『觀看方式』嗎？」

席安在一篇文章中總結了斯基亞帕雷利的觀看方法。「顯然他心裡想的是水道而非運河（帶有人工建造的涵義）。確實……他通常會將『canale』和『fiume』（意指河流）當成同義詞交替使用。」在斯基亞帕雷利的文章中，「fiume」和「canale」兩詞確實可以互換，例如「尼羅河」和「恆河」就是直接借用河流之名來指稱。然而真正有趣的問題，不是當時應該如何翻譯「canale」，而是這則故事揭露了多少與翻譯有關的層面：為事物命名的重要性；溝通的情感層面，其中包括說服與信任；傾向用詞簡短的同時又希望仍然能讓他人理解；原文用字必須清楚明白；最重要的是，雖然溝通過程充滿各種訛誤，但我們不該因此放棄理解事物或牽涉多種語言的情況。如果說斯基亞帕雷利的故事帶給我們什麼啟示，那就是即使將一隻眼睛緊緊貼在接目鏡上，也永遠無法看得清晰透徹。翻譯工作並非像望遠鏡那樣，讓大家看見原本看不見的事物。但話說回來，又有什

2 譯註：原文為「Ganges is double」，此處的「恆河」指的是借用恆河之名命名的火星運河。

麼能做到呢？

一般多半會認為科學文章比文學作品容易翻譯，因為文學作品很可能曖昧不明，譯者只能臨機應變。然而我在學生時代為了兼差賺錢開始翻譯學術期刊時，很快就明白了所謂科學文章寫得比較清楚，就像火星上的運河一樣——只是錯覺。首先，無論人工智慧、雷射光學或算子理論領域的專家，講的都是行內術語，不用太多冗字贅詞就能了解彼此在說什麼。「如果你沒辦法解釋得讓六歲小朋友聽懂，」愛因斯坦（Albert Einstein）可能曾經或其實不曾說過，「表示你自己也沒搞懂」——但不管小朋友再怎麼覺得科學有趣，也不是所有科學家都會向小朋友提案解說他們的構想。有一篇我負責譯成俄文的英文文章就證明了這一點。編輯通曉英文和俄文但不懂物理，她將譯文中所有的「洞」（dyrka）都替換成她認為比較適當的同義詞。（「電洞」或單純「洞」是專有名詞，指稱原子裡因為少了一個電子而出現的空位。無論英文或俄文的「洞」都有其他非屬科學領域的意思，這也是翻譯科技詞彙常碰到的問題，很多術語用字通常直接採用日常語彙，完全沒有考慮到以後在翻譯上可能造成的困難。）文章中幾乎每句話都有「洞」，而編輯為了潤飾文句，將我翻譯時採用的「dyrka」全都換成「otverstie」（意為開口）。

翻譯無可避免會扭曲原文，不過只要能估算譯文與原文之間有多少差異，翻譯之舉本身並不妨礙原文傳達意義。身為具有數學背景的譯者，我試著尋找一個與斯基亞帕雷利的望遠鏡相對的比喻，在一個令我再滿意不過的地方大有斬獲。「運河」爭議發生的三十年前，另一位義大利科學家路易吉・費德里科・梅納布雷亞（Luigi Federico Menabrea）遇見英國數學家查爾斯・巴貝奇（Charles Babbage），巴貝奇當時忙於發明的機器日後將在全世界掀起革命。一八四〇年八月，巴貝奇前往杜林（Turin）的科學院（Accademia delle Scienze）發表以分析機（Analytical Engine）為題的演說——分析機即所謂的電腦，是世界上第一台構思出來（理論上）能夠根據寫好的程式進行運算的機械裝置。

巴貝奇是在數學家暨天文學家喬凡尼・普拉納（Giovanni Plana）的邀請之下參與「義大利哲學家的聚會」，巴貝奇回憶道：「普拉納最初打算作些筆記，以便撰寫一份機器設計原則的摘要。但普拉納忙於自己的研究分身乏術，只能打消念頭，並將這份任務交給當時在分析領域已頗有見地和聲望的年輕友人梅納布雷亞。」巴貝奇花了數天與義大利這名同行討論，可以合理假設他們對談時大多講法文。梅納布雷亞將自己的筆記重新謄寫，加入一些解說，在同年稍晚發表了一篇論文，題為「關於查爾斯・巴貝奇先生發明之分析機的概念」（Notions sur la machine analytique de M. Charles Babbage）。

該篇論文的英文版於一八四三年問世，標題為「淺談查爾斯．巴貝奇先生發明之分析機，杜林的工兵軍官L. F.梅納布雷亞原著」（Sketch of the Analytical Engine Invented by Charles Babbage Esq. By L. F. Menabrea, of Turin, Officer of the Military Engineers），譯者僅署名「A. A. L.」，因謙遜低調而未著稱於世，此外也並未因為翻譯不夠精確而引起大眾注意。英譯版本附有鉅細靡遺的譯註，註釋字數是正文的將近兩倍之多，另外附上的一張圖表後來常被稱為世界上第一個電腦程式；這位譯者在現今的文學界和科學界赫赫有名。

愛達．勒夫雷斯（Ada Lovelace）幼時所受的教育或許不算是均衡全面，但所學相當廣博。她的其中一位家庭教師拉蒙特小姐（Miss Lamont）如此描述：「早上安排算術、文法、拼字、閱讀和音樂課程，每堂課不超過一刻鐘——晚餐之後上地理、繪畫、法文、音樂和閱讀課。她溫順聽話、樂於學習。」她也學義大利文，但是比起外語，她對科學更有興趣。當時少有女性能夠學習數學，而愛達是在母親主導之下學起數學（母親擔心愛達可能會遺傳其父拜倫勳爵〔Lord Byron〕的瘋狂個性，希望讓她學習數學予以制衡）。愛達十七歲時認識巴貝奇，巴貝奇給她看了以蒸氣為動力的電子計算機雛型的部分構造。

愛達在家上課學到的只是基礎數學，她在一八四〇到一八四一年間接受知名邏輯學家暨數學教授奧古斯都・笛摩根（Augustus De Morgan）函授教學，笛摩根任教的學術機構即現今的倫敦大學學院（University College London）。往來信件現藏於博德利圖書館（Bodleian Library），從中可看出愛達眼光敏銳，擅長注意細節，常常在閱讀時抓出書中的誤植文字或謬誤。她的另一項長處是很有毅力，每讀一句都想讀懂讀通，否則就會打破砂鍋問到底。這些不僅對於研究數學很有幫助，也是從事翻譯很可貴的特質，在了解巴貝奇所發明的分析機這樣繁複的命題時，特別能夠派上用場。

「接觸如此宏大的構想時，思緒起初大受震撼。」在愛達的英譯本中，梅納布雷亞對於分析機抒發了如此感言。機器的設計「根據兩項原則：第一項原則奠基於所有計算最終都依賴加減乘除四則運算的事實，第二項原則是有可能將所有分析計算都簡化為一個數列中許多項的係數。」如果後者為真，那麼分析機可處理的範疇將涵括所有的分析運算。換言之，這台電腦既能處理公式，也能處理數字。」文中接著列舉分析機可能具備的其他優點：「第一，絕對精確無誤……第二，節省時間……第三，節省腦力。」梅納布雷亞雖然看好分析機的運算能力，但也預言般指出日後可能的發展：「這種機器……

需要人類主體持續介入以控管機器的動作，但也因此可能造成錯誤發生。」

然而愛達的看法卻可能讓分析機的構想更難獲得青睞，其中一則譯註寫著：

> 這句話似乎有待進一步評論，因為這句話在某種程度上經過精心設計，試圖讓讀者陡然意識到與接下來的段落相互扞格。此句與後續段落之間的明顯歧異，在譯文中顯得比原文更為強烈，原因在於兩個原文段落裡所用的法文慣用語剛好容許傳達的一些微妙差異，譯成英文之後不可能很精確呈現。

另一則譯註寫著：「此句不應以過度不宜的方式去理解。」但又有一則譯註提出警告：「為求更準確表達機器目前的狀態，此句譯文與原文略有出入。」譯者A. A. L.在翻譯全文時展現的主動，超出了一般期待譯者會有的表現。「我認為我應該自行彌補不足之處，」她寫道，「我的考量是，如我不指出可能用來解決眼前問題中關鍵部分的方法，此篇文章可能無法盡善盡美。」這麼說就好像翻譯的她讓位給寫作的她，而寫作的她在原文之外有更多話要說。別忘了愛達與巴貝奇合作密切，表示英譯本的處理方式可能曾得到巴貝奇本人的認可。

我們所處的世界並不完美，幾乎沒有任何事物具備一清二楚的定義，而一名可能無意主動介入、但終究無法保持中立的譯者，就是翻譯行業在不完美世界之中處境的縮影。愛達・勒夫雷斯之所以是很好的例子，在於她和造成「運河或水道」爭議的始作俑者不同，她想要盡可能忠於自己所理解的原文，不僅是用字選詞，更重要的是盡可能傳達原作的精神。雖然譯文可以達到相當程度的清晰透徹，但她並不想只依賴文本。因此她決定不再只扮演被動的渠道角色，而是自行探究後再就該主題發表她的看法。但她表達自己的看法之餘也兼顧了譯文的正確性，一方面拜主題本身特性所賜，另一方面也要歸功於她採取的周全作法。事實上，她的成功譯寫證明了數學和翻譯雖然乍看沒有太大的關聯，實則關係密切。運用二進制邏輯的分析機，與需要持續調整校準的望遠鏡剛好是反例。出色的譯者能夠採行這兩種模式：再三斟酌拿捏用字時反覆對焦和重新對焦——到了重要時刻則擱下望遠鏡，啟動分析機。分析機的本質是制式化的運作，但譯者並不懼怕，反而利用它消除文本表面上的模糊曖昧，然後運氣好的話，終於能夠以正確的順序排列正確的字詞。

愛達過世之後，《考察者週報》（*The Examiner*）於一八五二年十二月四日刊登了一篇未署名的訃聞，其中述及她在科學方面的成就。「勒夫雷斯伯爵夫人具有非凡的創造力，」訃聞中寫道，「而她唯一肖似其父之處，是她的詩人氣質。她確實天賦異稟，但她的天賦並非展現在文學創作，而是在形上學和數學，她將心力持續投注於嚴謹精確的研究探索。」

在接下來一百五十年，研究愛達譯著的學者看法呈現兩極化，有些過度吹捧她在數學研究上的成就，有些則認為她的譯著無足輕重，出現多處小學生才會犯的錯誤。在《愛達：她的人生與遺緒》（*Ada: A Life and a Legacy*）一書中，朵樂希・史坦（Dorothy Stein）似乎認為愛達的學術表現有待加強。儘管如此，身為心理學家的史坦得以根據與分析機有關的信件得出結論，她的能力不足以處理簡單的代數調處，而巴貝奇本人必定曾出手編寫該篇譯文的註腳。在近年來接續發表的相關文章中，科學史學者克里斯多福・霍林斯（Christopher Hollings）、烏蘇拉・馬汀（Ursula Martin）與艾卓安・萊斯（Adrian Rice）挑戰了「前人對勒夫雷斯的能力是否足以對一八四三年該篇論文有所貢獻的質疑，以及在數學領域終究不具研究潛力的評斷」，並舉出許多例子作為佐證。貝蒂・涂爾（Betty Toole）在《數字魔法師愛達》（*Ada, The Enchantress of Numbers*）一書中引用愛達之語「詩意的科學」，稱她為「統合及前瞻者」，能夠「看見對於一種數學的、科學的、表達力更強且結合想像力的語言的需求。」在此，就如同火星神話，文學的力量讓精神得以凌駕於文字之上。

愛達．勒夫雷斯有許多不同身分，她是賭徒、妻子、母親，是高瞻遠矚的思想家，也是研究者和譯者。她對譯者角色並不特別感到驕傲，比起從事當時許多人都具備的語言轉換技能，她有著更遠大的志向。「我敢說家父如果稱得上詩人，那麼我也同樣稱得上分析專家。」她曾誇稱。我們或許可以說，即使是譯者拜倫——他以翻譯但丁（Dante）時擅自改寫而惡名昭著——都比數學家勒夫雷斯更為人所知。愛達三十六歲時去世，與她父親辭世時的年齡相同，英年早逝的拜倫從此成為不朽傳奇，愛達卻是壯志未酬，研究之路就此中斷。

在巴貝奇有生之年，他構思的機器都不曾實際打造完成。雖然曾啟動建造分析機的前身設計「差分機」（Difference Engine）的計畫，但由於缺乏資金而無以為繼。為紀念巴貝奇兩百歲冥誕，倫敦的科學博物館（Science Museum）於一九九一年打造完成差分機二號，是原始差分機的升級版；製造過程歷時十七年，而成品的運作與巴貝奇設想的方式完全相同。至於雖然從未有人實際打造出分析機，但是勒夫雷斯揣想它「或許可以創作出很科學的繁複樂曲」的預言已經在另一個世界實現：正是我們所處的這個不完美世界。

望遠鏡與分析機的故事都象徵著翻譯。兩則故事包羅萬象：譯者傾向隱於幕後或是走到幕前；譯者的主動性能夠造成的影響；譯者讓其他人相信他們筆下文字的能力；無論原文有多麼晦暗不明，為了看得清楚透徹，必須屢次懷抱信念縱身一躍；以及最後，查考探究之於成功達成翻譯任務的重要性。我們正是在翻譯的多種層面引領之下，進入了語文產生互動的空間，而這些互動在語言學及其他意義上最為饒富意趣。

第五章　語言珍寶

約翰．弗洛里奧（John Florio）於一五五三年在倫敦出生，他的父親是義大利人，母親是英國人，他小時候在歐洲生活，長大後回到英國，以教義大利文為業。在英國伊麗莎白時代（Elizabethan England），雖然社會上對外國人普遍抱持猜忌，但義大利的語言和文化仍相當流行。在一五七八年出版的自編義大利文教材《弗洛里奧的第一批碩果》（*Florio His Firste Fruites*）前言中，弗洛里奧提到蔑視外語的「沒禮貌」英國人；即便如此，他從來不缺工作。

《第一批碩果》為英文和義文雙語對照，包含一篇文法講解和四十四則對話，不只是學習義大利文的常用語手冊，也算是某種寫作格式指南，特別收錄了應用於不同場合的俚語俗諺，弗洛里奧更在書中提供了不同的替代說法。他熱愛俚語俗諺，會把握所有機會在寫作中偷渡諺語。他在一六〇〇年寄給某位學員一張要求支付學費的帳單（以義大利文寫成，想來是希望學生多練習閱讀），其中就運用了兩句諺語：「修士靠著聖壇收到的奉獻金維生」，以及「狗急跳牆，餓壞的狼不會在林中躲藏」。自由接案譯者往往必須追討應收帳款，但我從沒看過哪份收據比弗洛里奧這份更文采斐然。遺憾的是，沒有任何學生付款的紀錄留存至今。

一五八三年，弗洛里奧接受位在倫敦的法國大使館聘用，在接下來兩年擔任大使千金的家教，此外也兼任口譯員和幫忙跑腿，很可能也從事間諜活動。他的工作包括傳話給一位「德・拉格雷先生」（Monsieur de Raglay，顯然是指華特・雷利爵士〔Sir Walter Raleigh〕）、賄賂英國官員幫助陷入麻煩的大使管家解圍、與包圍大使館的憤怒暴民交涉，以及在大使離開英國後幫忙還清債務。在這段時期，他結識了義大利哲學家喬爾丹諾・布魯諾（Giordano Bruno），後來將布魯諾寫入下一本教材《弗洛里奧的第二批碩果》（*Florios Second Frutes*）。這部教材是當時出版市場上條目最多的諺語集，共收錄六千則諺語，弗洛里奧還將其中多則編寫成對話。「我如同一口麻布袋般吃苦耐勞，不像有些人，他們有時連在教堂吐痰都覺得良心不安，有時又褻瀆聖壇。」書中這些話是從一位名叫布魯諾的角色口中說出，弗洛里奧可能有意借此，替被指控為無神論者和瀆神、最後火刑加身的哲學家辯護。為弗洛里奧立傳的法蘭西絲・葉茨（Frances A. Yates）指出，弗洛里奧必然曾因同情義大利而遭受批評。在《第二批碩果》前言中，弗洛里奧嘲弄批評他的人，他以子之矛攻子之盾，先引用義大利文俗諺「義大利化的英國人是魔鬼的化身」（Vn Inglese Italianato è vn Diauolo incarnato），再質問「見鬼的是誰教你們學會這麼多義大利文？」接下來他在署名之前加上了形容詞「堅決的」（Resolute），而他從此之後就成了「堅決的約翰．弗洛里奧」（Resolute I. F.）。

除了為法國人工作，弗洛里奧也翻譯羅馬傳來的公文速件，印刷出來的公文英譯可以滿足還沒有報紙可看、但渴望讀到新聞的伊麗莎白時代英國人，此外他還努力編撰「內容最為廣博、嚴謹正確的義英字典」。《字詞天地》（*A Worlde of Wordes*）於一五九八年出版，收錄四萬四千筆詞條（唯一一部較早的義英字典僅有六千筆詞條）；此部字典的修訂版在十七世紀成為義大利文研究者的主要參考書，也為後來的字典奠定基礎。大多數詞條所附的字詞釋義和文意脈絡完備的程度相當驚人。隨機舉一個例子，「parare」詞條下列出了二十四個不同詞義，包括「裝飾」、「備妥」、「闡明」以及「教馬匹停下並保持秩序原地不動」。字典收錄特定地區使用的義大利字詞，還有標註為「胡言亂語或粗鄙語言」的俚語，另外字典中的英文則囊括文雅正式用語和俚俗粗鄙用語。義英字典將兩種語言放在平等的立足點，連作者本人都對自己的發現大為驚嘆：「筆者認為閱讀本字典必然令英國紳士大為欣喜，從本字典所錄諸多英文字詞展現的萬千面貌，他們會看到自己的母語竟比義大利文更豐富多樣。」

在還沒有字典的時代，要如何翻譯？譯者別無選擇，只能查考一般書籍。這種方法顯然有種種不利之處，但至少有一項非常重要的好處：書籍中出現的字詞有完整的上下文，隨時可運用於具體的情況，不用冒著在一長串不同詞義中選錯的風險。現今，雖然有龐大豐富的參考資料任譯者取用，但不應完全捨棄這種手工藝般的煉鋼土法。其實大多數譯者只是把字典列出的詞義當作起點，接著才進一步探究字詞語句的特定用法。歐洲最早的雙語字典是在十六世紀問世，由於文藝復興時期不同文化之間互相交流影響以及其他因素，當時很明顯已經需要單一語言的字典。例如，根據現存文本估算，英文吸收許多外來詞彙，字詞數量在一五〇〇到一六五〇年之間增加了一倍有餘。

歐洲近代的語言景觀也因為專門術語大量湧入而產生變化。例如荷蘭學者阿德里安·科爾巴格（Adriaan Koerbagh）於一六六四年出版了一本法律詞典。科爾巴格是那個年代的激進思想家，認為晦澀難解的法律用語讓律師面對當事人時能夠從中得利，他希望揭開法律用語的神祕面紗。一六六八年，他持續號召大眾挺身對抗專業律師對法律用語的濫用，並另外編撰一部供一般讀者查閱的詞典，其中除了專門的法律和醫學詞語，也收錄他認為刻意寫得晦澀難懂的宗教經典術語。在詞典中收錄宗教術語之舉，在阿姆斯特丹（Amsterdam）引發了軒然大波。科爾巴格離開阿姆斯特丹，但很快遭到逮捕，因褻瀆罪行被判入獄，數月後就在獄中過世，他出版的書籍大多被視為具有煽動性而遭銷毀。

專門的術語行話帶給筆譯和口譯的挑戰各有不同。如果要翻譯一份技術文件，最直接的辦法是參考收錄專門術語的詞典，這種詞典比一般字典更有可能列出詞語在專門領域中的標準定義。舉一個很基本的例子，「set」這個字在數學論文裡通常只有一種意思，但在其他脈絡中可能會讓人聯想到與瓷器甚至網球有關的意思。如果譯文的目標讀者是和作者同一領域的專家，譯者就不用擔心要怎麼先「讀心通靈」，因為原文作者與讀者之間大致上已有共識。口譯員在為案子預作準備時，同樣會事先查資料作功課。然而，口譯不像筆譯時可以安心預設目標讀者都熟悉原文裡討論的概念，口譯員有時候必須邊翻譯邊評估聽眾的反應。在研討會上使用術語行話沒有問題，但是當講者是專家而聽眾並非業內人士，就需要考量聽眾的反應，像科爾巴格那樣承擔重任扮演起解讀者。

所幸，現今醫師在向病患說明病情時已經很少用拉丁文了。反而是律師仍然執著於使用法律術語，而語域（register）轉換的任務可能就會交給口譯員，由他們在翻譯時將律師的正式用語改成非正式說法，好讓當事人容易理解。通過司法通譯人員考試後，起初我很認真又熱情地研究所有參考書籍，還有很重要的法院卷宗裡的深奧字詞：有了上下文，這些字詞好懂多了。接著我開始練習運用這些字詞，而碰到種種必須以較口語的俄文取代法律術語的情況——例如以「打架」取代「鬥毆」，以「說謊」取代「作偽證」，以「色情訊息」取代「惡意通訊」——讓我深刻體認到法律詞典如何實際應用，以及它們有哪些侷限。

完成字典編輯之後，弗洛里奧善加利用自己的豐富詞彙庫，開始進行一項日後讓他名留青史的計畫：將蒙田（Montaigne）一五八〇年在法國首度出版的名著《隨筆集》（*The Essayes*）翻譯為英文。英譯本於一六〇三年在英國付梓，副標題為「道德、政治及軍事論述」（*Morall, Politike, and Millitarie Discourses*），譯本最開始即附上一篇〈致讀者諸君〉。弗洛里奧先問：「我是否應為翻譯辯護？」，接著闡明從古到今所有譯者面對的困境：「意義或許得以保留其形，語句則扭曲變形；文中精妙得體、巧藝神技俱消失不存，正如藝之本質缺少自然之藝，本體徒留擬像，實物徒留虛影。」這句話華麗地運用了比喻和頭韻，宣告了接下來正文的翻譯風格。

「我於是傾向以簡單平凡的方式，展露最真誠的自我，不爭論好辯，不咬文嚼字，不吊書袋；因為我描繪的正是我本人。」蒙田在前言中如是說，而弗洛里奧的譯文起初亦步亦趨，但很快就不再緊貼原文。學者葉茨指出：「說來多少有點諷刺，蒙田是最早運用現代語言以現代方式書寫的傑出作家之一，而他的譯者竟是一個出於本能覺得繁複華麗的辭藻有其必要、也習慣如此書寫的人。」譯本中幾乎處處可見弗洛里奧的華麗辭藻，他會誇大渲染、加油添醋；他使用的字句是原文的兩倍甚至三倍量，此外還加入了修飾詞。在他筆下，法文的「我們不停工作」譯寫成「我們孜孜矻矻辛勞工作」，而「理智」成了「理智與良知」。弗洛里奧的改動有時單純只為了押頭韻（他的另一愛好），例如他將「深入的研究」（une estude profonde）譯寫成「研究深入、乏味乾枯」（a deepe study and dumpish）。「我喜歡的語言，」蒙田寫道，「是簡單質樸的語言……不矯揉造作或咬文嚼字。」「我鍾愛的語言，」弗洛里奧先是從善如流，接著忽然一百八十度大轉變，開始隨心所欲舞文弄墨，「這些波浪」成了「狂濤駭浪」，「這樣的名聲」加料譯寫成了「倏忽而逝的名聲」。

弗洛里奧以介入譯文的方式翻譯，而在將近一世紀之後，約翰・德萊頓如此反思翻譯的工作模式：「譯者（假如他至今尚未失去此名）不僅享有變換字詞和意思的自由，在他覺得時機適當時，也能將兩者盡皆拋棄：於是他從原文取用一些通泛的線索作為基礎，照著自己的意思歧出、拓展。」翻譯蒙田著作時自作主張的弗洛里奧是不是傲慢自負的文人？而他上癮般不停介入的譯文對原作者毫無助益嗎？或者他是經驗豐富的文體家，了解英國讀者向來習慣將用字簡單與思想簡單畫上等號，於是要讓讀者欣賞法國思想家的著作，他就得為英譯本潤飾增色？再次引用德萊頓：「譯者應該盡可能讓原作者看起來迷人，條件是讓原作者保持原本的個性，而且依舊像他本人。」閱讀《隨筆集》英譯本時，我偶爾忍不住認為弗洛里奧華麗鋪張的文字實在不必要（而且文字還有傳染力），但最後還是覺得他譯筆太過迷人，很難讓人生厭。法蘭西斯・馬西森（F. O. Matthiessen）在《翻譯：伊麗莎白時代的藝術》（*Translation, an Elizabethan Art*）中考量了較實際的層面，他指出弗洛里奧有時重複使用同義字是「藉由將生難字詞與熟悉字詞並列配對，讓讀者不再感到陌生」。在弗洛里奧引介他認為英文也許可以「吸納」的字詞、短語和文法結構的文字實驗中，特別可以看出這一點。他引入的新字詞包括「牽引（entraine）、認真勤懇（conscientious）、使受珍重（endeare）、蒙汙（tarnish）、舉止（comporte）、抹消（efface）、促進（facilitate）、逗趣（ammusing）、墮落（debauching）、悔憾（regret）、努力（effort）、情感（emotion）等等」，此外還有代名詞「它的」。

譯文中不精確之處可以用這些新詞來「辯護」開脫嗎？葉茨認為可以，並指出儘管弗洛里奧翻譯時咬文嚼字、浮誇賣弄，「他是真正的藝術家」，「深愛文字並能從中感受到美學上的愉悅」而且「對於音韻的美感十分敏銳」。詩人艾略特（T. S. Eliot）也認為《隨筆集》譯筆出色，僅次於《英王欽定本聖經》（King James Bible）。許多作家都深受《隨筆集》英譯本影響，其中最著名的莫過於莎士比亞，他不僅從弗洛里奧的譯著借用了動詞如「粗劈」（rough-hew）和「瞪眼震懾」（outstare），在劇作《暴風雨》（*The Tempest*）中甚至有一整段是挪用弗洛里奧的文字並略加修改。莎士比亞無疑曾讀過《隨筆集》：學者在他的作品中辨識出大約一百處有密切關聯的文句，另外還找出一百個段落與弗洛里奧的譯著有相似之處。大英圖書館（British Library）收藏了一本初版《隨筆集》英譯本，扉頁上寫著「Willm Shakspere」，不過書本的確切來源仍未有定論。儘管如此，葉茨的結論仍是莎士比亞的文學成就有一大部分是拜弗洛里奧所賜，「而所有珍視英語蘊藏之豐富珍寶的英國人亦然。」

「翻譯不只是引領讀者了解原文所屬的語言和文化，也要讓譯文所屬的語言和文化更加豐富。」安伯托．艾可曾在一場演說中提到。翻譯這方面的功能包括創造新詞，也是很多譯者喜歡玩的遊戲。不是所有新奇字眼都能獲得採用，例如弗洛里奧試過將「清整」（netify）當成「清洗」的同義詞，但是無人沿用。近代的科學和藝術蓬勃發展，旅行和商貿往來頻繁，社會大眾對於新概念及自然連帶而生的新字詞接受度依然很高。約翰．舒特（John Shute）於一五六二年翻譯安德里亞．坎比尼（Andrea Cambini）所寫的鄂圖曼帝國史，將外來詞語「阿迦」、「卡迪」、「後宮」（seraglio）和「維齊爾」引進英文。[1]

翻譯帶來的改變並不侷限於新字詞，也不是只發生在久遠以前。法國自一九三一年開始譯介海德格（Martin Heidegger）的論著，而法國哲學界的論述風格從此不同（有些存在主義哲學家可能會主張是變得更好）；義大利翻譯家艾利歐．維多里尼（Elio Vittorini）譯介多部美國作家的作品，於二戰後帶動義大利新寫實主義風潮。如果指稱的是具體的新事物，翻譯引進的新詞似乎比較容易普及，但抽象的概念就比較不易受到外來語影響。弗拉基米爾．納博科夫（Vladimir Nabokov）特別指出俄文中的「toska」詞義多重，可形容「精神上的極大苦痛」、「渴望」和「無聊厭倦」，在英文中找不到任何可完全對應的字詞，雖然曾有譯者試圖將這個俄文字移植到英文，但它從未成功落地生根。

最難翻譯的要素之一是聲音。要保持特定語域不變，避免在通俗口語到文雅正式之間不同的等級變換，已可說是相當困難，但至少只要辨識出這些特徵，在許多語言之間多少都能找到精準對應的方法。但文本中要是包含當地方言或某種獨特的風格呢？不同譯者嘗試過各式各樣的應對之策。艾可在另一場演說中舉了兩個《傅科擺》中的例子：故事中有一個角色說的義大利文「帶法文腔」，法文版譯者讓這個角色改說普羅旺斯方言；另一個角色說話時會加上德文的詞形變化，德文版譯者則改用古雅語句來表現。然而試圖替換類似事物時必須格外審慎，因為在譯文中增添地方色彩可能讓讀者覺得太過陌生，也可能因為太過特出，反而無法傳達任何新的涵義。我曾和羅伯特・錢德勒（Robert Chandler）合譯一本書，部分篇章的時空背景設定在一九三〇年代的烏克蘭大饑荒，我們討論譯成英文時要如何對應當地所用夾雜烏克蘭文的俄文。我提議或許可以採用蘇格蘭文。「蘇格蘭發生饑荒？」錢德勒說。場景似乎很不協調，於是我們決定放棄。韻律感豐富的愛爾蘭文似乎更不適當，所以我們最後採用古怪的英國西南部（West Country）用語。

1 譯註：「阿迦」（aga）是對鄂圖曼帝國文官武將的敬稱；「卡迪」（cadi）為伊斯蘭教法法庭的法官或裁判官。

在演說現場，找到正確語域又更為重要。艾可曾提出疑問，假如將法文對話最末常說的「祝您愉快」（Bonne journée）翻譯成「希望您接下來一整天都有美好愉快的體驗」，或者將義大利文警語「小心台階」（Attento allo scalino）翻譯成「建議您當心自己可能疏忽而未注意的台階」，那會怎樣。嚴格來說，意思並沒有不同，但重點是問候語和警示語都應該簡短。口譯員必須隨時保持一定的步調，他們對冗長的段落尤其敏感。此外，口譯時也會留意講者用語中任何不尋常的地方，以免驚動聽眾。因此，即使講者演說用語只摻雜了一絲地方特色，聯合國口譯員都不應予以強調：基本上他們會翻譯成「聯合國語」（UN-ese），也就是受訓時會學到的一套特定用語。我曾詢問史蒂芬．珀爾（Stephen Pearl）他們這樣會不會太制式。珀爾曾在聯合國工作數十年，退休前擔任英語口譯部門主管。「發言者通常想要的就是發言列入紀錄，最好是在兩分鐘內講完。」他說，「其實事情是看檯面下如何施壓來決定。」

第六章　高門

直到十九世紀初期，鄂圖曼帝國境內大多數穆斯林只會說鄂圖曼土耳其語（Ottoman）、波斯語和阿拉伯語。「鄂圖曼土耳其語以其繁複句構和複雜詞彙，在帝國與外在世界之間豎起了一座高牆。」歷史學家菲利普．曼瑟（Philip Mansel）於《世界欲望之都：君士坦丁堡》（*Constantinople*）中寫道。鄂圖曼人與外國人透過當時近東地區（Near East）所謂的「翻譯員」（dragoman）互相溝通。翻譯員的工作範圍遠遠超過傳遞現成的訊息，除了進行口頭和書面翻譯，他們也草擬文書、協商生意、跑腿打雜和販賣情報。他們翻譯時會介入干預，或增刪訊息，或改變文意，時常為來源語重設框架，為涉及文化的部分加註，補充說明政治方面的要求，將原文換句話說或是重寫引言。為什麼他們不約束自己只要保持中立、精準傳達訊息就好？他們是否害怕將某些語句照字面直譯？或者他們自視甚高，非得露一手不可？或者他們其實相當睿智，知道不拘泥於原文會比較好？

十六到十七世紀間，地中海地區的通用語言是義大利文。鄂圖曼帝國的重要貿易夥伴之一是威尼斯共和國（Republic of Venice），威尼斯早在十六世紀即開始將國民送往君士坦丁堡接受翻譯訓練。接受徵召的年輕人會到威尼斯派駐鄂圖曼帝國的官員「拜羅」（bailo）府中擔任「譯童」（giovani di lingua），這些學徒邊工作邊學習鄂圖曼土耳其語，其中最優秀者就能獲拔擢成為翻譯員。

鄂圖曼帝國政府——或稱「高門」（Sublime Porte）——有自己的翻譯員，這些譯者原本可能是奴隸、難民、商人或水手。他們的出身背景各異，有來自歐洲的猶太人、出生即受洗成為基督徒但改信伊斯蘭教的「改信者」，以及旅外的亞美尼亞人和希臘人；自十七世紀開始，也有基督教家庭子弟，或稱法納爾人（Phanariots）：大多出身君士坦丁堡富裕希臘家庭，曾至歐洲留學，學習西方各國語言和文化傳統之後回到鄂圖曼。歐洲大使館和領事館也會聘用自己的口譯員，主要是黎凡特人（Levantines）。「黎凡特人是遷往鄂圖曼帝國的義大利人、希臘人或其他歐洲人的後裔，很難清楚歸類：中東史學者柏納・路易斯（Bernard Lewis）形容他們「是歐洲人，又不是真的歐洲人」，「受過一點歐洲教育，行事略有歐洲風格」。歷史學家娜塔莉・羅斯曼（E. Natalie Rothman）指稱當時的翻譯員大多數是「跨帝國臣民」（trans-imperial subjects），即穿梭於東方與西方之間文化、宗教、種族、政治當然還有語言界線的中間人。久而久之，穿梭遊走於界線之間的自由為他們帶來實際的權力。

翻譯員亞歷山大・馬弗羅科達（Alexander Mavrocordato）曾蒙一位法國外交官形容為「歐洲最頂尖的演員」。翻譯員肖像畫於十七世紀蔚為風行，委託作畫者可能是翻譯員本人或對東方風俗有興趣的歐洲人，我雖然不曾看過任何據稱是馬弗羅科達肖像的畫作，卻發現很容易就能想像他工作時的模樣：蓄著落腮鬍的他一臉肅穆，頭上戴著毛皮帽，身披深紅色斗篷（僅在有公務時穿著；平時穿藍色衣裝），手邊備妥印章，腰帶上掛滿書寫工具，他端坐著仔細聆聽，開口之前已經先在腦中處理對方語句。

馬弗羅科達於一六四一年誕生在希臘商人家庭，是最早期到西方國家留學的君士坦丁堡公民，他先就讀羅馬的希臘學院（Greek college），之後進入帕多瓦（Padua）和波隆納（Bologna）的大學唸書，並寫了一篇探討血液流動循環的論文。而他的人生中循環不息的，無論專業職涯、政治生涯或私人生活，則是快速流通的情報資訊。回到家鄉之後，他一開始擔任數名地方領袖的私人醫生，於一六七一年成為高門「首席翻譯員」

1 譯註：黎凡特（Levant）為地理名詞，指的是東地中海地區，大致涵蓋現今希臘、土耳其、敘利亞、黎巴嫩、以色列和埃及等國疆域。

（grand dragoman）潘納吉・尼庫歐斯（Panagios Nicousios）的祕書。首席翻譯員是在十年之前新設立的重要職位，等同政府首席口譯官兼外交部次長。尼庫歐斯於一六七三年過世後，職位就由馬弗羅科達接掌。大土耳其戰爭（Great Turkish War，或稱神聖同盟戰爭〔War of the Holy League〕）爆發後，他的職涯中斷，更於一六八三年鄂圖曼帝國在維也納戰敗後鋃鐺入獄，遭判鉅額罰款。但帝國政府必須倚仗他這樣了解歐洲語言和風俗習慣的人，因此他很快又官復原職。

一六九九年，鄂圖曼帝國與哈布斯堡王朝協商簽訂《卡洛維茨條約》（Treaty of Carlowitz），居中協助的馬弗羅科達很成功地讓雙方相信是另一方主動提出要和談。與他同時代的狄米耶・坎特密（Dimitrie Cantemir）描述鄂圖曼帝國派去談和的代表在卡洛維茨「只不過是馬弗羅科達的工具，聽從他私底下的勸諫遊說，做了許多身為基督徒的馬弗羅科達不能公開提出的事；因此有許多事都被誤認是帝國代表洞見深刻、手腕高明，但這些事其實只有馬弗羅科達這樣有見識和能力的人有可能想到。」由於這次任務不辱使命，馬弗羅科達獲任命為「守密人」（mahremi esrar），或者如坎特密的英文譯者尼古拉・丁達爾（N. Tindal）譯為「機密保管人」。根據坎特密所述，馬弗羅科達「自己為這個職務發明了新頭銜，以前無人使用過，在他過世後也未曾再有其他人獲授同樣頭銜。」他早期因擔任宮廷御醫，得以進出深宮禁地，這樣的職涯經歷或許可說水到渠成。現代歷史學家通常將這個獨特的頭銜翻譯成「機要大臣」，涅斯托·卡瑪亞諾（Nestor Camariano）在《首席翻譯員馬弗羅科達》（*Alexandre Mavrocordato, le grand drogman*）中則譯為比較耐人尋味的「內廷機要」（secretaire intime）。卡瑪亞諾在書中引述了與馬弗羅科達打過交道的人給他的名號，有人稱他「謹言慎行、彬彬有禮的美男子」，有人稱他「睿智博學且務實」，也有人直呼「叛徒猶大」。

在寫給英國大使威廉·佩吉（William Paget）的信件中，馬弗羅科達顯得文采斐然，但就當時的標準來看可能並不然。「我們的盼望同樣強烈，但閣下的盼望是出於弘大善心，我的盼望則肇因於益發渴求得蒙閣下慷慨的援助。」一封於一六九九年四月二十日以義大利文寫成的信如此開頭。儘管用字浮誇，馬弗羅科達寫信時也會用一些縮寫，例如將「settembre」（九月）寫成「7bre」。他的拉丁文信件中的筆跡顯得更加華麗，字尾的拉花飾線龍飛鳳舞。（或者他在特定時機是以口述方式寫信？）他不用吸墨紙，三百多年前遺留至今的信件上，殘存的吸墨用細沙已結成一片硬殼。

我坐在檔案庫裡翻看整捆信件，封蠟留在羊皮紙上的斑塊和紋理帶來莫大愉悅，幾乎跟發現自己能讀懂馬弗羅科達古雅但相當好懂的義大利文一樣開心。「閣下的魅力無窮，而久久未能親炙您最慈藹的舉止和最溫雅的面容，簡直令人難以忍受。」他在寫給佩吉的信中盡情揮灑東方風格的如珠妙語。據卡瑪亞諾分析，他和法國大使夏爾・德弗里歐（Charles de Ferriol）的關係就沒有那麼親近；不過在君士坦丁堡遇上麻煩時，他還是會躲到法國大使館避風頭。

馬弗羅科達既是博學通才也是腐敗政客；既是達官顯貴也是陰謀家；是「各方面皆獲學界讚譽」的學者；他富甲一方，擁有享譽全歐洲的私人圖書館；他是王公權貴的心腹；他通曉鄂圖曼土耳其語、波斯文、阿拉伯文、希臘文、拉丁文、法文、義文等多種語言，很可能也會講德語和羅馬尼亞語；他受神聖羅馬帝國封為親王；是「哲學、神學暨物理學教授」；也是縱橫東方和西方政壇的著名人物，更創建了翻譯員王朝。歷代翻譯員的故事在許多方面反映了鄂圖曼帝國境內希臘人的歷史。他們是生活在伊斯蘭教文明中的基督徒，既是穆斯林文化的一部分，又保留了自己的宗教和族群認同，如此創舉有一部分是透過語言達成。翻譯員的正式身分，讓他們和親族享有一些其他非穆斯林沒有的特權，包括有權在大維齊爾列席的最高法庭受審，可享部分稅務豁免，可以騎馬和帶著武裝侍衛，可以蓄鬍和頭戴毛皮帽。

馬弗羅科達家族和其他以類似方式發跡的法納爾人家族，都是帝國的推手和帝國羽翼下的受惠者。他們的少數族群地位與他們和西方溝通的能力息息相關。他們是具備外人視角的自己人，能夠充分善用本身的獨特地位。「他們絕不是單一身分認同的囚徒，」曼瑟寫道，「而是把國籍視為一項事業，」雖然很難判斷他們究竟忠於哪一方，但他們「相信只要鄂圖曼帝國存在，他們和其他希臘同胞也不妨同蒙其利。」

馬弗羅科達收受賄賂、販賣情報，但「他貪腐不檢點的行為絕非特例」，也可能是在大維齊爾授意或知情的狀況下進行。擔任高門首席翻譯員能享有許多福利，或許超過和他打交道的外國人士能給他的好處。他的兒子尼古拉斯（Nicholas）於一六八〇年出生，通曉的外語種類之多不下其父，而且他並未出國，皆是在君士坦丁堡習得。他後來子承父業成為首席翻譯員，於一七〇九年更獲封瓦拉幾亞（Wallachia）大公，為後代子孫奠定家族基業。再次引用卡瑪亞諾之語：他「兼具深厚的東方與西方學養」，寫了第一部現代希臘文小說《斐洛修斯的閒暇時光》（*The Leisure of Philotheus*），背景就設定在君士坦丁堡。當小說裡的敘事者說：「我們是不折不扣的希臘人」，或許就是在為整個翻譯員王朝發聲。

還有另一類譯者出現的年代比法納爾人更早，他們是一些失去身分認同的歐洲人，根據所處的新環境重新創造自己的身分，也很可能從沒想過自己會扮演翻譯者的角色。在此簡述十六世紀三名改信者的故事，儘管他們來到鄂圖曼帝國是身不由己，卻在當下處境中找到目標。尤努斯・貝伊（Yunus Bey）原本是威尼斯子民，來自伯羅奔尼薩半島。他在年輕時遭到俘擄，後來成為翻譯員，後又於一五三九年鄂圖曼帝國與威尼斯議和時提供協助。他和鄂圖曼行政機關合作撰寫了一本指南，向義語人士介紹「大臣」、「禁衛軍首領」、「內廷總管」、「廚師長」等字詞的土耳其語彙。這是目前已知第一部由鄂圖曼作者為歐洲讀者所撰寫的作品，對於傳播公開資訊很有幫助，也帶有政治宣傳的意味。

另一名改信者是生於維也納的馬穆德・貝伊（Mahmud Bey），他也是鄂圖曼人的俘虜，由於德文是母語且通曉拉丁文，遂從一五四〇年代開始為帝國效力。他宣稱自己的鉅著《匈牙利史》（*History of Hungary*）是根據在匈牙利某座遭鄂圖曼帝國蘇丹蘇萊曼（Sultan Süleyman）征服的要塞中發現的拉丁文著作翻譯而成。這部著作其實主要在講亞歷山大的功績，後人發現該部拉丁文原著其實是古羅馬歷史學家特洛古斯（Pompeius Trogus）撰寫的《腓力史》（*Historiae Philippicae*）。馬穆德的譯文相當貼近原文，但譯文中融入相當多註解，例如為亞歷山大加了數個蘇丹專有頭銜如「七大寰域統治者」。

馬穆德希望藉由此書呈現蘇丹的偉業，將蘇丹征服匈牙利描述成最重大的歷史事件，但是蘇萊曼可能根本沒看過這部書。該書直到一八五九年才出版，知道的人一直不多。然而馬穆德此舉相當聰明：選擇藉免負文責的譯者身分試圖重寫歷史，或至少偷渡了一些非正統的想法。

還有生於外西凡尼亞（Transylvania）的穆拉德・貝伊（Murad Bey）。他當了兩年半的俘虜，在改信伊斯蘭教之後，於一五五三年獲指派擔任御用翻譯員。穆拉德通曉鄂圖曼土耳其文、匈牙利文、拉丁文和德文，可能也會阿拉伯文和波斯文，他相信翻譯是推廣和顛覆宗教思想的要角。他很有資格稱為作者，寫了刻意引戰的論著《歸信真神指引》（*Guide for One's Turning Towards God*）並在文中記述自己改信的歷程，另外將自己和其他作者的宗教和歷史作品譯為不同語言。其中《頌讚老年》（*In Praise of Old Age*）是根據西塞羅（Cicero）《論老年》（*De senectute*）譯寫成的鄂圖曼土耳其文版本，但其中有些部分與原文有出入。有些歷史學家認為該作品絕不是翻譯，而是接受委託彙編而成的西塞羅文集。該作品前言中聲稱原文是蘇丹穆拉德二世（Sultan Murad II）與兒子對話的紀錄。穆拉德也批評一些外國人阿拉伯文造詣有限，卻嘗試翻譯《古蘭經》，無可避免交出滿是錯漏和瀆神的譯本，並指出「一種語言中的每個字詞都有許多同義詞，所以翻譯時為了理解某個字詞，免不了推敲出不同的意思。」

翻譯員無論是為自己或代表他人發聲，通常會採用畢恭畢敬、咬文嚼字的表達方式。他們向官員轉達「嚴厲訊息」時會說成「謙卑祈求」。曾有一名為英國領事館工作的當地人在君士坦丁堡被捕入獄，穆拉德寫了一封措辭講究的信向當局求情：

> 威武霸氣、仁慈寬大、慈悲為懷、屈尊俯就的恩人，我最慷慨大方的主人，我謹埋首匍匐於您腳前，謙卑順服地將前額伏於仁善的塵土中，全心全意哀懇祈求，願全能無匹的療方供給者庇祐隆恩盛惠之貴體，保護恩人免受世事變遷和時間磨難所擾，願您福壽無疆，長享權能與榮光，萬望大人容情開恩饒恕此奴。

翻譯員特別卑躬屈膝嗎？或者只是謹小慎微、禮數周到？眾所周知，他們傾向避免使用激烈言詞。威尼斯使節安東尼歐．提埃波羅（Antonio Tiepolo）於一五七六年寫道：「翻譯員的工作時常因為口譯的艱難而受阻，更困擾的不僅是他們無法理解當前所議之題，還有拜羅強力堅持己見的方式，以致辯論時理不直氣不壯，展露拜羅絕不會有的膽怯之情。」他們一定是基於某些緣故才膽怯畏事，尤其他們是沒有外交人員身分的當地人，而且還會因為懼怕鄂圖曼當局，只好報喜不報憂，這麼做都會招致任用他們的外國人訓斥。

根據路易斯的研究，當時的歐洲文件中可以找到許多對黎凡特人翻譯員的抱怨，以上只是其中一例。其他還包括挑剔他們能力不足（路易斯認為並不公允，不過很多評論都指出，黎凡特人翻譯員的教育程度遜於地位較高的法納爾人同行），以及懷有二心——雇主控訴他們不在乎是服務歐洲人還是鄂圖曼人，「誰出價最高就為誰效力」。翻譯員之間大多有親戚關係，因此很容易就能相互交換各國大使館的機密。十八世紀時，英國大使詹姆斯・波特（James Porter）描述：

> 他們令熱誠公使們大為困惑，因為這些口譯員領著微薄薪酬卻要養一大家子，而且習於東方的諸般奢華，他們倘若得悉機密，將難以抗拒出賣情報換取金錢的誘惑，甚至與報酬無涉，愛慕虛榮的他們時常只是為了表現自己很重要就鬆口洩密。

儘管如此，另一位學者亞歷山大・德格魯特（Alexander de Groot）則指出「著法式服裝的」黎凡特人是歐洲強權和高門的外交關係中不可或缺的優秀中間人。無論翻譯員忠於哪一邊，也無論他們在翻譯時容許多少不精確之處，犯下其他種類的錯誤可能更加危險。即使是最受敬重的翻譯員如馬弗羅科達和他的子孫，也出入於鄂圖曼宮廷、牢獄和法國大使館之間。德格魯特形容翻譯員「絕對不會把所有雞蛋放在同一個籃子裡」，他們持續尋求不同對象的庇護，一下依靠西方的朋友，一下又回過頭找鄂圖曼帝國。法納爾人因為持續效忠帝國而受惠，也獨占首席翻譯員的職位。然而到了十九世紀，政府懷疑這些人支持發動希臘獨立戰爭（Greek War of Independence）。一八二一年，末代法納爾人翻譯員史塔弗拉契・亞里塔奇（Stavrachi Aristarchi）被控叛國罪，遭流放後遇害身亡。

在〈解讀鄂圖曼帝國翻譯員〉（Interpreting Dragomans）一文中，羅斯曼探討了近代譯者必須解決的一些語言學問題，她舉了兩個有趣的例子，說明翻譯員如何介入自己翻譯的文本。蘇丹穆拉德三世（Murad III）於一五九四年寫給威尼斯總督帕斯夸雷・齊寇納（Pasquale Cicogna）一封信，回應威尼斯人在自家一艘槳帆船於亞得里亞海（Adriatic）遭到北非海盜襲擊後發出的抗議，羅斯曼比較這封信的兩份不同譯本。兩份翻譯由雙方分別進行：一份在君士坦丁堡由吉洛拉莫・艾貝提（Girolamo Alberti）翻譯，他從威尼斯到君士坦丁堡當學徒，後來獲拔擢為翻譯員；另一份在威尼斯翻譯完成，譯者賈柯莫・德諾烈斯（Giacomo de Nores）在賽普勒斯出生，幼年到青年時期在某個鄂圖曼家庭為奴，後來成為威尼斯貿易委員會（Venetian Board of Trade）的翻譯員。從譯本之間的差異，可以看到幾個翻譯圈至今仍未有共識的主要問題：要不要採用意譯；要隱身幕後，或是採取主動。

艾貝堤過去受到較有系統性的訓練，偏向逐字翻譯，而德諾烈斯則主要用自己的方式予以詮釋。德諾烈斯的許多選擇，例如將頭銜、法律用語和日期寫法改成義大利文的慣用方式，顯示他傾向在譯文中融入與文化有關的譯註。他在文件開頭加上引言並說明文本脈絡——「透過一份送至本王座下的請願書」、「此份請願書中進一步說明」——藉此與文件拉開距離，很像現今的聯合國口譯員會特別聲明「貴賓說」引起聽者注意，強調任何可能的失誤都由講者負責。德諾烈斯也依據同樣考量，往往避免跟作者一樣使用第一人稱代名詞：艾貝堤照字面譯出「貴我雙方達致」的和平、「我們朋友的朋友」和「莫要幫助與我們為敵者」；德諾烈斯則譯為「雙方之間」的和平、「高門朋友的朋友」

和「莫要給予他們的敵人任何幫助」。

羅斯曼指出德諾烈斯的譯本「顯示他努力不讓翻譯者顯得與蘇丹的觀點同聲共氣，讓身為譯者的自己處於照理來說比較『中立』的中介地位」；由於德諾烈斯並未受過訓練，碰到不熟悉的詞語只能猜測意思，常常詳加解釋某些字詞，似乎是想盡可能避免錯譯。現今的翻譯證照考試通常會要求應試者翻譯一般文章和專業領域文章，並評量譯文是否精準，要是這兩名譯者來應試，艾貝堤的成績可能會優於德諾烈斯。

這並不表示二十一世紀翻譯市場對譯文的要求特別高，如今是價低者全拿的時代。特定領域口筆譯的品質之所以令人擔憂，原因在於「一分錢，一分貨」的心態，而由於翻譯專業並未獲得應有的重視，也造成一些譯者認為自己成了「血汗奴工」。「奴工」的意思現今已經與鄂圖曼帝國時代大不相同，譯者的地位也與從前不同。古代的翻譯員位高權重，隱身幕後操縱決策，現今沒有任何翻譯從業者能夠發揮這麼大的影響力。除了具有影響力的翻譯員之外，還有很多平凡的小譯者辛勤工作，平時幾乎無人聞問，只有翻譯成果引發了不愉快時，才會引起注意。然而掌握在所有譯者手中的，絕不只是字詞語句。對於譯者來說，如果不具備深思明辨、謹言慎行、靈活變通、表演才華、擅長人際溝通等特質，單純通曉不同語言也沒有用。當兒子獲封瓦拉幾亞大公，老馬弗羅科達

「自己打頭扯髮，聲稱家族會因此滅亡」，曼瑟如此描述，「他只是將塔勒宏的格言付諸實踐：賦予人的言語是要讓人隱藏真正的念頭。」[2]

2 譯註：塔勒宏（Talleyrand）全名為夏爾－莫理斯・德・塔勒宏－佩里格爾（Charles-Maurice de Talleyrand-Périgold；1754-1838），出身貴族家庭，為法國主教、政治家暨外交家，於法國大革命期間、拿破崙時代、法王路易十八及路易菲利普時期擔任外交部長或外交官。

第七章 不忠

檢察總長：描述接下來發生的事。

國王的口譯員：她問說，是同一天晚上嗎？

上議院司法首長（Lord Chancelor）：照她回答的原話直接翻譯，用第一人稱；她說「我」的時候，你不要說「她」。

這段對話發生的場景，是一八二〇年於英國議會舉行的一場「風波不斷的重要審判」。事實上，這並不是一般的審判。提出訴訟的是英國國王喬治四世（George IV），他指控妻子卡洛琳王后（Queen Caroline）通姦。兩人的婚姻從一開始就紛擾不斷：國王在一七九五年的婚禮上酩酊大醉；王后於隔年生下女兒之後，國王立下新遺囑，將一切留給情婦；眾所周知，國王對王后十分厭惡，兩人分居已久，而且謠傳兩人各有外遇。國王豪奢放縱，不受民眾愛戴，大眾普遍認為王后是受害的一方。一八一四年，王后不敵體制加諸的壓力，同意離開英國，移居義大利。

王后搬到義大利後用了數名僕人，其中一人是退役軍官巴托羅梅・貝賈米（Bartolomeo Bergami）。根據某些人描述，卡洛琳在接下來數年讓此人「從沒沒無聞到飛黃騰達」，允許他進出自己的閨房。英王接到密報後，立刻開始調查妻子的行為，希望以王后不忠為由和她離婚。一八二〇年，國王的密探蒐集了足夠打官司的證據，國王於是要求議會通過《特別處刑法案》（Pains and Penalties Bill），想藉此解除與卡洛琳的婚姻關係。上議院審讀草案的程序以審判卡洛琳是否犯了通姦罪的方式進行，而卡洛琳也出席該場審判。

檢方證人大多是外國人，有義大利人、法國人和德國人，必須請口譯員。第一位完成宣誓的通譯是史彼涅托侯爵（Marquis di Spineto），但他曾接到外交部和財政部代表的指示，所以王后的法律顧問亨利・布勞姆（Henry Brougham）不得不傳喚另一位通譯貝內德托・寇恩（Benedetto Cohen），以確保當事人受到公平對待。然而，布勞姆本身的公正性也有待商榷。在傳喚證人之前，他就警告在場所有人不能相信這些外國人，他的攻訐太過惡毒，就連檢察總長也開口幫外國人講話。「諸位爵爺覺得這樣的話可取嗎？」法庭審判紀錄中如此記載，「他們以身為英國人的優越感自傲也不妨，但是不能以偏概全，聲稱所有外國人都不值得信任。」很多人聽不進去這個建議。

第一位證人西奧多．馬約奇（Theodore Majocchi）應傳喚出庭時，卡洛琳一看到這名以前的僕人就失聲喊道：「西奧多，噢不！」遭詳細詢問王后居所的臥房配置時，他回答貝賈米的臥室與王后的臥室離得很近，偶爾會聽到王后臥室傳來吱嘎響聲和竊竊私語。然而由布勞姆進行交互詰問時，證人的回答聽起來比較欠缺說服力。布勞姆依據先前的證詞反覆盤問，馬約奇只是重複回答：「我不清楚」（Non mi ricordo），布勞姆甚至將這句話編成一首歌，邊唱邊跳起舞來。他問史彼涅托侯爵要如何精確翻譯這句話，侯爵答以可能表示「我不記得」或「我不知道」。他接著轉向寇恩，寇恩只提供了一個版本的翻譯：「我沒印象」。馬約奇被要求進一步解釋時盡力而為：「我說『我不清楚』的時候，意思是印象中沒有收過錢這件事，要是我曾經收過錢，我會說對；但是我現在不記得了，可是我也沒有印象自己不曾收過錢。」

通譯很快就不再等法庭提出要求時才幫忙解釋馬約奇的話，而是自告奮勇提供說明。被問到某個時刻是不是睡著了，證人回答：「像我現在一樣睡著了」，通譯立刻幫忙澄清：「他的意思是他當時醒著。」交互詰問的過程中，馬約奇不得不滿足法庭上大人們對於王后的衣著和盥洗習慣，還有對於他個人家庭背景的莫大興趣。或許是因為問題愈來愈迂迴，他的回答也變得愈來愈迂迴：「我可以發誓，我也真的發誓……」無論在上議院裡外，大眾對這名不老實的外國人愈來愈反感。雪上加霜的是，其中一名通譯抱怨根本沒辦法「和這種蠢蛋」好好溝通。歷經嚴苛盤問的馬約奇最後「嚇得六神無主」。聽到自己被控收受賄賂時，他請其中一名通譯向所有人保證自己誠實不欺，而通譯也盡責傳遞訊息。

其他證人遭受了同樣的猜疑。布勞姆聲稱「要是相信他們的證詞，那麼王后就比麥瑟琳娜還糟糕，或是跟瑪麗．安東妮一樣可惡」，還牽強附會說了全義大利人的壞話。[1]至於通譯也提高警覺，慎防可能造成誤解之處，只要碰到任何含糊的語句，就大張旗鼓主動提示。一名證人提到貝賈米在王后就寢時「也一起」，史彼涅托解釋證人的用詞「insieme」也可以表示「做同樣的事」，而證人的補充說明「是在兩張不同的床」證實了這一點。接著法庭詰問關於某次王后被人看到與貝賈米同在花園裡的事，另一名證人特別指出時間是「大約一點鐘或一點半」。史彼涅托先是照字面翻譯（或許是不想被在場其他會義大利文的人士插嘴打斷，這些人時常這麼做，每次都愈幫愈忙），然後又說

1 譯註：麥瑟琳娜（Messalina）：羅馬皇帝克勞狄烏斯的第三任妻子，密謀發動政變，以叛國罪遭到處決；瑪麗．安東妮（Marie Antoinette）：法王路易十六的王后，在法國大革命期間被送上斷頭台。

明：「義大利人表達時間的方式跟英國人不同。」他解釋說這句話表示日落後一個半小時，寇恩也證實此點：「大人們，我是在倫巴底（Lombardy）出生，我知道這種講法。」

義大利語好戲落幕，檢方傳喚另一名證人女僕芭芭拉．克雷斯（Barbara Kress），而德語通譯吉歐．威廉．寇曼特（Georg William Kolmanter）上場接替史彼涅托和寇恩。有人指出他的翻譯有誤，在一陣爭執之後，法庭決定再找一位德語通譯。布勞姆因此要求休庭，當他遭到批評準備不足時，他反問接下來「是不是忽然又要他去找突尼西亞、土耳其、希臘或埃及人來翻譯，因為這些國家王后全都去過。」翌日，查爾斯．卡斯頓（Charles Karsten）宣誓完畢後，對克雷斯的詰問再次開始。檢方針對王后髒汙的衣物寢具不斷追問，而這名可憐的女僕必須詳細描述王后的床單在某天早上的狀態。「她的用詞沒辦法翻譯成英文。」卡斯頓表示，於是法庭請寇曼特再次上場。兩人討論了可能的譯法如「凌亂」和「毀壞」，最後克雷斯在他們遊說之下說出了另一個詞，翻譯為「汙漬」毫無疑義。上議院詢問女僕是否已婚。她給了肯定答覆之後就大哭起來。

在上議院外頭，民眾和媒體對外國人懷抱更強烈的敵意，認為可憐的王后遭到冤枉，這些外國人都是被收買才提出對王后不利的證詞。僅僅馬約奇的證詞就引發高漲的仇外情緒，民間出現好幾首諷刺時事的滑稽歌謠：

好個女僕，好個男僕，
鈴一響就匆忙跑來哦？
好個送晚餐來的傭人？
Non mi ricordo quello，
沒印象不清楚真是不好說——
好個該—的隨侍傢伙！

報刊上刊載嘲諷國王的諷刺漫畫和支持王后的歌謠，相關文本收錄於《卡洛琳王后受審相關之諷刺歌曲和雜文合輯》（*Satirical Songs, and Miscellaneous Papers, Connected with the Trial of Queen Caroline*），其中幾句歌詞慷慨激昂：

讓英格蘭、愛爾蘭和蘇格蘭發聲，
為爭取婦女的權益大聲疾呼。

這場齷齪不堪的鬧劇，最後以法案未通過而成廢案收場。王后雖然廣受民眾愛戴，但一年後，她依然不得參加英王喬治的加冕典禮。在歌謠《義大利證人（英格蘭的哀嘆）》（The Italian Witness〔England's Lament〕）退流行不久之後，卡洛琳王后溘然病逝。

這場審判不僅是皇家事務成為八卦小報題材的最早案例之一，也突顯了幾個現今口譯員很熟悉的議題。上議院嚴格看待的其中一點是司法通譯的品質，因此他們堅持通譯要兩人一組，但很遺憾，這麼明顯的對應之策現今卻常認為不切實際。兩名通譯分別是對立兩方的正式代表，此外也能互相合作，在有需要時互補不足。由於顧慮到可能發生利益衝突，現今大多數場合絕不可能考慮這樣的安排，雖然很難理解為什麼一般會認為專業口譯不管向哪一方收取酬勞都沒辦法保持超然中立。品質控管當然還會遇到一個更嚴重的阻礙，即處處可見的預算不足問題。

從一八二〇年的法庭審判紀錄，還可以看到另一個至今仍值得關注的層面：文化相關註解的重要性。英格蘭和威爾斯法院採用的司法通譯宣誓詞中，都要通譯承諾「必要時提供解釋」，以確保達到全盤理解。從居家生活習慣到宗教信仰傳統，與發言者所屬文化有關的所有細節都必須闡明。如本章一開頭的引言所提醒，還有一項基本原則是長久以來的共識：除非內容涉及通譯本身（「通譯本人希望澄清……」），否則通譯一律須以第一人稱傳述原話。若要避免造成混淆，依循這項原則是唯一的方法，但令人驚訝的是，很多人並未意識到通譯只是發言管道，而是直覺把通譯當成實際發言者。有趣的是，這種難以區辨媒介和訊息的情況，在這些人無法如願時就變得特別嚴重。有些回應如「我不知道你在說什麼」或「你一定在他媽的跟我開玩笑」，很容易讓人搞混自己真正的說話對象。他們會惱怒地大翻白眼，但不是對著說話對象，而是從口中講出這些冒犯言語的那個人。這種情況讓人聯想到歷史劇《黑爵士》（*Blackadder*）某一集劇情，在另一場從最初就風波不斷的王室婚姻中，西班牙公主藉口譯「蔣英文先生」（Don Speekingleesh）的協助，向羅溫．艾金森（Rowan Atkinson）飾演的愛德蒙王子（Prince Edmund）表達愛意。當口譯譯出「我是公主」這句話，愛德蒙驚喊：「什麼？怎麼沒人跟我說你有鬍子！」

諸如此類的故事總是源自對身分的誤認，而且不斷重複，是從古到今司法通譯和其他領域口譯員共同的經歷。講粗話——證人席上很常發生——就是很貼切的例子。有些同行會擔心自己如果開始滿口粗話，可能會影響法庭對自己的觀感，我倒是很高興有機會翻譯粗話，主要基於對語言學的興趣，因為粗言穢語剛好可以突顯俄文和英文本質上的一些差異。有一次在法庭上，證人拒絕重複自己剛剛在激烈爭執中確切說了什麼話，我努力隱藏失望之情。還有一次就比較幸運了，碰到一名口無遮攔的被告：他聽到我將他說的一句俄文「國罵」翻譯成「狗屎」後出言糾正，說他要表達的是另一句更強烈的「四字經」，而我樂意從命。

此外，口譯員的非語言訊息也時常造成混淆，有時候甚至讓聽者難以專心注意說話者。二〇一九年十月，美國總統川普與義大利總統賽吉歐・馬塔雷拉（Sergio Mattarella）見面會談，媒體鏡頭就捕捉到一名口譯員面露尷尬的畫面。當時美義雙方談及敘利亞的軍事行動，她很可能只是專注聆聽討論，但有些人將她的表情解讀成聽雙方談話聽得很痛苦。影片隨即爆紅，接著也冒出許多誤判情況的揣測，眾人討論口譯員在聽川普東拉西扯時露出驚駭表情是否不夠專業。評論者專注探究這個不重要的細節，卻忽略了真實發生的不專業行為：該名口譯一直被記者和馬塔雷拉本人打斷。即使是那些對待談話對象堅持禮貌客氣的人，往往也不太在意打斷口譯，但同時又期待口譯員能順利傳達訊息，還希望口譯員在鏡頭前要很上相。

在一八二〇年的上議院鬧劇中，外表也是很重要的一環。正式法庭紀錄中描述一名義大利證人「外表極為愚蠢可笑」；另外一名證人作證王后去觀賞異國風情表演時，還必須示範舞者動作。通譯並未受到不尊重的對待，但證人在出庭作證過程從頭到尾飽受嘲弄。這樣的態度雖然從任何方面來看都很駭人，但至少有一點很鼓舞人心，表示觀眾畢竟還是能分辨說話者和口譯員是不同的身分。

此外，紀錄中也顯示通譯幾乎未表露任何情緒波動，只有在看到兩造難以理解對方時例外，因為他們會急切想幫忙澄清。喬治・海特（George Hayter）所繪肖像寫生《審判卡洛琳王后》（*The Trial of Queen Caroline*）中的場景生動傳神：大多數法庭成員專心聆聽，有幾個人傾身向前；輝格黨（Whigs）領袖格雷伯爵（Lord Grey）朝著通譯史彼涅托雙手一攤想打斷他的發言，但通譯保持冷靜，邊翻譯馬約奇的證詞邊屈指數著什麼。格雷是在聽證過程中察覺翻譯有什麼不精確之處，跟他的幾位同儕一樣想對史彼涅托提出質疑嗎？有時候打斷翻譯的人確實有其道理，但往往只是在挑毛病。當事人就一些細瑣小事小題大作（上議院同意開庭審議離婚訴訟時就已成定局），通譯冷靜沉著予以翻譯。通譯背負了很高的期望，畢竟場合之重大不言可喻，他們也豁盡全力滿足所有人的期待。

「翻譯史第一次大躍進的出現，」大衛・貝洛斯寫道，「肯定是因為兩個不同語言的族群取得共識，認定口譯者用外語翻譯的話語跟原來發言者講的話具有相同效力。」[2]我

2 譯註：此句語出貝洛斯著，陳榮彬、洪世民譯，《你的耳朵裡是魚嗎？》（麥田出版），頁170。

常常希望我的當事人能夠朝相反方向跳出一大步，不要再把我譯出的第一人稱句子當成我說的，而是直接對彼此說話。類似場合讓我想到另一部劇作：布萊恩・弗里爾（Brian Friel）於一九八〇年發表的劇本《翻譯》（*Translations*）。故事背景是一八三〇年代的愛爾蘭鄉村，主旨是就語言作為一種壓迫、反抗和自決形式的省思。在其中一個場景，一名英軍上尉用英文跟一群講愛爾蘭語的村民說話，雖然有口譯陪同，但他說話「好像在對孩子講話——音量有一點太大，還特別字正腔圓」，令人讀之震撼。聽他說話的人竊笑不已，而口譯為在場所有人感到困窘。他是兩方之間的中間人，扮演翻譯角色卻讓他付出失去身分認同的代價；他註定夾在「我們」和「他們」之間，不再是愛爾蘭人，卻也不是他渴望成為的英格蘭人。他的名字是歐文（Owen），但雇主叫他羅蘭（Roland）時，他卻沒膽子開口糾正。

譯者的匿名性可能呈現不同的形態。審判卡洛琳王后留有詳細紀錄，但通譯的姓名拼法卻略有出入，因此不易查考。唯一例外的是史彼涅托，他在劍橋大學教書，曾出版《埃及象形文字及文物講稿》（*Lectures on the Elements of Hieroglyphics and Egyptian Antiquities*）。至於其他人，我查過但一無所獲。他們在人文、法律或其他領域發展嗎？譯者如果具備特定領域的專業，有可能因此在翻譯時表現得比較主動積極，所以也常看到原本的協助者成為執業者——或許可以說是假戲演久就成真了。在另一種不同的情境中，譯者必須輪番處理形形色色的題材和任務，他們知道的未必更深入，見識卻更為廣博。這樣多才多藝的特質也可能有助於轉職換跑道，在從事翻譯工作一段時間之後，譯者會發現可以經營自己，可能改行經商、擔任公職、當治療師或推動改革創新。而在此之前，為了那些依賴譯者才能發聲的人，譯者在履行職責過程中仍須繼續以第三人稱指稱自己。

第八章 用字精準不是希特勒的強項

「我某天早上醒來，」尤根・多爾曼（Eugen Dollmann）在回憶錄中記述，「發現自己加入了親衛隊（SS）。」在事發三十年後回憶當年，多爾曼寫道：「動機很複雜——某方面出於思慮不周，某方面出於真誠坦率，還有最重要的，我不希望前往羅馬和義大利各地旅行的計畫泡湯。」多爾曼的母親是巴伐利亞（Bavaria）的女爵，而他是奧匈帝國（Austro-Hungarian empire）的末代子民，先是在慕尼黑求學，後來前往義大利研究米開朗基羅（Michelangelo）的手稿和十六世紀樞機主教亞歷山德羅・法爾內塞（Alessandro Farnese）的事蹟。他答允前往一場宴會擔任口譯，德義兩國的警察總長海因里希・希姆萊（Heinrich Himmler）和亞圖羅・波契尼（Arturo Bocchini）都在現場，由於表現傑出，接下來十年的職涯發展從此底定。「要是當天參加宴會的是歐洲哪位教育部長或農業部長，」他揣想著，「事情發展很可能大為不同。」事實是，他很快就見到了「兩名下士」（希特勒與墨索里尼於一戰期間的軍階），並在必須提供的翻譯服務範圍內協助兩人溝通。

「關於慕尼黑會議（Munich Conference）的書籍汗牛充棟，我能補充的就是自己的印象和經歷。」多爾曼對於一九三八年九月這場國際會議的記述如此開場，會後簽訂的協定容許德國併吞當時屬於捷克的蘇台德地區（Sudetenland）並進而主宰中歐。多爾曼以墨索里尼的口譯員身分出席，他的雇主德語能力差強人意，卻堅持要好好練習。「多虧有墨索里尼扮演『口譯長』，」多爾曼寫道，「我不覺得很勞累。」至於德方的口譯保羅．施密特（Paul Schmidt）則必須隨時翻譯希特勒說的話，開會開了「將近十三個鐘頭沒有休息」。在英國首相張伯倫（Neville Chamberlain）和法國總理達拉第（Édouard Daladier）也參與的談話中，這位「不知疲倦的施密特博士」「必須不停將所有人的話翻譯成三種語言……所以他說的話差不多是四國領袖說的話加總的兩倍。」彷彿這樣還不夠似的，施密特常常翻譯到一半就被他要傳話的對象打斷。他每次都會開口請對方讓他說完，因為他的經驗是不完整的翻譯會令人大惑不解。透過玻璃門觀看會議進行的人後來告訴施密特，他要求所有人專心聽他講話時，看起來「就像在全班搗亂時試圖維持秩序的校長。」

施密特於一九二四年進入德國政府工作，自一九三五年起擔任希特勒的口譯，一直為第三帝國效力，也加入了親衛隊。他的回憶錄初版於一九五八年發行，其中提到他對德國在納粹統治下的未來早有預感，給人的印象是他對將來的下場心知肚明，但基於不言自明的理由無能為力。在「決定性的一九三九年」，他就認清「算總帳的日子很快就會來臨」。書中多處皆透露他「知道希特勒的意圖」，雖然據聞他在二戰結束許久後，講到元首時語氣仍流露出崇拜。今人已無從得知施密特當時的心情。然而，論及語言學問題，他的專業意見顯得相當懇切。在慕尼黑會議之前的某個場合，希特勒會見張伯倫以討論蘇台德地區的命運，他向英國首相保證自己絕不會訴諸武力：「我總會想到辦法解決這個問題。」施密特盡責地照字面翻譯（後來還會常常出現這句話），並未意識到話中之意其實是「如果不是另一方讓步，就是透過武力、侵略或戰爭來找到解決之道。」

如果說施密特在回憶錄中將自己刻畫成替邪惡政權服務的正派人士，多爾曼在回憶錄中則只是隨口提到自己著迷於「兩個獨裁者參與的玩具兵打仗遊戲」。以他記述一九四一年八月的旅程為例，當時他陪同希特勒和墨索里尼前往德軍占領的烏克蘭閱兵。座車行駛在滿目瘡痍的烏克蘭國土，元首講到征服亞洲「如連珠砲般滔滔不絕」。墨索里尼的回應比希特勒的長篇大論更難理解，多爾曼遲疑片刻才翻譯：「接下來呢？我們應該跟亞歷山大一樣為月亮落淚嗎？」希特勒問這是什麼意思，然後聽墨索里尼吟了一首詩。「這就比較難翻譯，」多爾曼回憶道，「但是領袖（the Duce）幫忙我翻譯出來，我幾乎來不及說明這是喬凡尼・帕斯柯利（Giovanni Pascoli）以亞歷山大為題寫下的著名詩篇開頭。」墨索里尼因此興高采烈，希特勒有些氣惱，兩人繼續在依然冒著煙的廢墟裡向麾下軍隊揮手致意，而一旁陪同的口譯員暗自覺得好笑。

多爾曼講述過去經歷時，很努力用幽默自嘲來包裝故事，對於自己也是獨裁者種種行為的共犯這點，盡可能輕巧帶過。舉一個粉飾太平的例子：「討論這件天大的事花了將近兩小時，我在這段時間必須翻譯統計和技術相關名詞，這些字我連德文都不懂，遑論義大利文。」相較之下，施密特的筆調一直很嚴肅。一九四〇年七月，希特勒倡議「向英國提出條件優渥的和平談判」，施密特決心盡力將演講詞譯成英文，一方面抗衡「翻譯德國聲明往往很不精確而且亂無章法」的敵方；另一方面也讓所有人有機會避免戰爭屠戮。希特勒對帝國議會發表演說時，施密特帶著講稿英譯本坐在播音室裡；同事以鉛筆點在稿子上示意演說進度，他則唸出對應的英譯，過程中不時關掉麥克風讓聽眾聽到希特勒的聲音。「很多報導對我的表現嘖嘖稱奇。」他寫道（記者以為是現場同步進行口譯）。雖然對自己的表現很滿意，但他卻「對演說內容深感失望」，很驚訝希特勒「竟然相信這篇毫無意義的文字遊戲能夠影響頭腦清楚的英國人。」接下來的批判之意更加明顯：「我在談判交涉中常會注意到，用字精準不是希特勒的強項。」

另一方面，多爾曼自命為藝術愛好者和享樂主義者，認為口譯工作麻煩無趣，但至少讓他有足夠時間輕快泰然穿梭於一個又一個社交場合：「當口譯基本上沒有什麼事要做……所以我決定在歌劇院待久一點，滋潤一下枯竭荒廢的可憐心靈。」身為厭世的唯美主義者，卻因為命運的轉折，跟正常來說不會與之打交道的人湊在一起，他只能苦笑以對。「我利用在希特勒那間可怕的私人寓所吃午餐的時間，」他如此描述某次口譯任務，「體驗了忠誠男女黨員的可怕品味，他們為了向偶像致敬，獻給他許多恐怖的家庭手工製品，和五花八門難以計數的紀念品和朝貢品。」藝術品味極佳的多爾曼飽受精神折磨之際，「墨索里尼對美感不怎麼挑剔，看到眼前景象倒是不以為意。」擔任口譯的多爾曼對「兩名下士」沒有留下太好的印象，退休後時常大聊兩人私生活的八卦軼事，包括希特勒「面對無數爭風吃醋想搏得他青睞的女子顯得異常羞怯」。他談論口譯工作的場合極少，談到時則將自己定位為「著名口譯員」，能夠「避開一些不那麼愉快的任務」，因此「在義德聯軍的聖戰戰場上屬於勝利的一方」。

兩名回憶錄作者顯然都自外於爭端，不過方式各有不同。對於「大多相當原始的七情六慾、喧囂擾攘」，多爾曼的態度是輕蔑不屑，而施密特則對納粹政權玩的高層權謀遊戲比較熱衷，對於納粹罪行的枝微末節不感興趣。「我到今天還是大惑不解，自己怎麼會逐漸成為義德兩國密切來往中不可或缺的要角。」多爾曼寫道，他承認必定還有許多口譯者比自己更優秀，而大家都知道他的作風是「無論如何絕不贊成直譯」。施密特對於自己的翻譯技巧比較引以為傲。二戰後於紐倫堡（Nuremberg）進行的多場審判皆採用他的證詞和筆記。施密特「有三年輾轉於監牢、集中營和旅館之間，有時是囚犯，有時是受聘的語言專家，但一直擔任口譯」，後於一九五二年成為慕尼黑語言及口譯學院（Munich Institute of Languages and Interpreting）院長。多爾曼同樣未受嚴懲、輕鬆脫身，不過德軍在一九四四年為報三十二名士兵遭義大利游擊隊殺害之仇，在羅馬屠殺三百三十五名義大利人，當時在羅馬擔任納粹軍官的多爾曼必須對此負責，而他的回憶錄中隻字未提此事。有一說是同盟國幫助多爾曼免於因涉入屠殺事件受審，交換條件是他要協助談判，以促成納粹部隊於義大利投降。

希特勒和墨索里尼在口譯協助下謀策擘畫，希望給予「垂死的民主國家」「致命一擊」，而同盟國領袖也商討有什麼辦法可以阻止德義兩國。一九四三年十一月，美英蘇三巨頭各自帶著口譯員齊聚德黑蘭。美國總統富蘭克林・羅斯福（Franklin D. Roosevelt）

的口譯是資深外交官查爾斯・波倫（Charles Bohlen），他也為總統提供政策及其他方面的建議，例如曾建議總統將講話內容切分成兩到三分鐘的段落，方便聽眾集中注意力。波倫在著作中自述，羅斯福總統「是非常棒的講者……很體諒口譯的辛勞。」英國首相溫斯頓・邱吉爾（Winston Churchill）的口譯員亞瑟・柏西（Arthur Birse）對雇主的評價也很高，稱許首相的發言「總是很清楚且切中要點」。然而也有些時候，邱吉爾等不及柏西寫完筆記就急著問：「他在說什麼？」但自己發言時又「偏好一口氣講完，不希望被口譯打斷」。邱吉爾這一點就不如蘇聯領袖史達林；根據波倫的印象，史達林「很為他的口譯員著想……對於發言時間長短掌控得很精準」。而在柏西的回憶中，史達林「表述想法時講得很慢、很簡單。」史達林的口譯員弗拉基米爾・帕弗洛夫（Vladimir Pavlov）並未撰寫回憶錄，我們無從得知他為蘇聯獨裁者工作的感想。

「不管發生什麼事，他都處變不驚，從容以對，」柏西如此描述帕弗洛夫，「就連史達林偶爾對他疾言厲色，在我看來並不合理……他看起來還是冷靜自若。」這幾位口譯員共事數年之久，逐漸能夠合作無間：其中一人想不出某個詞語的譯法時，其他人會提供建議，偶爾也會對彼此的譯法提出疑問。「帕弗洛夫在場讓我更有信心，」柏西回憶道，「我希望自己也能讓他有同樣的感受。」在德黑蘭曾有一回令柏西印象深刻，當時史達林正在宴會中發言，一名侍者要送上名為「波斯燈台」的冰淇淋甜點，不慎失手打翻，弄髒了帕弗洛夫的制服。「他面不改色，毫不猶豫繼續翻譯完很長又很難的段落。」

在外交實務上，口譯員通常負責從自己的母語譯成其他第二語言，這樣相較更容易，因為他們會比較習慣常配合客戶的講話方式和風格。柏西和波倫都很欣賞史達林「談吐流暢，用字遣詞簡潔明快」，稱許他的俄文「簡約精準毫不冗贅」，但對他的喬治亞（Georgian）口音評價就沒有那麼高了。波倫聽不太出來史達林的口音，但柏西一開始覺得很困擾：「就像聽到偏遠蘇格蘭高地本地人講英文。」英國人柏西出身雙語家庭（其父是移居俄國的蘇格蘭人，講英文一直帶有丹地口音），對地方口音十分敏感。[1]

柏西曾有一次替美國國務卿科德爾．赫爾（Cordell Hull）口譯，他形容赫爾「聲音低沉，帶著我不熟悉的美國南方口音」。他很難聽懂赫爾在講什麼，只能不斷用猜的或請赫爾重講一次。「我只能聽到什麼就盡量照字面直譯。」他寫道。他覺得自己表現很差，但似乎沒有人在意，所以他「振作起來繼續磕磕絆絆地翻譯」。

1 譯註：丹地（Dundee），或譯鄧迪，為蘇格蘭第四大城，位在蘇格蘭東部海岸。

波倫和柏西也參與了歷史上另一場重大會談：史達林於一九四五年二月邀集英美兩國召開的雅爾達會議（Yalta Conference）。兩人的回憶錄都提到，他們評判要翻譯的談話內容，主要看條理是否清晰，邏輯是否清楚。例如邱吉爾有時候會太過激動：波倫描述「他會先講一句話起頭，重複一遍，有時重複兩、三遍，然後腦海中才浮現他要的畫面。」接著就會是一段精采非凡的演說。至於柏西，即使他很習慣雇主那些「從靈魂深處迸發的鮮活字詞」，也記述了某次史達林在作東的晚宴上「和邱吉爾兩人意氣風發、高談闊論，我和帕弗洛夫為了在各自的語言中找到適合的譯法簡直絞盡腦汁。」柏西認為口譯講究「流暢、快速和最重要的正確度」，他發現特別不好處理的語句包括修辭性問句如「辛苦勞動的人會看到他的家嗎？」，以及空洞瞎扯如「我提議舉杯敬和平勝利的燦爛陽光」。

三巨頭享用珍饈佳肴的同時雄辯滔滔、語驚四座，他們的翻譯助理卻忙得連點心都沒空嚐一口。我訪問過的外交口譯人員幾乎全都提到餓肚子這個職業災害，但是沒有人像多爾曼在回憶錄裡說得言簡意賅：「睿智的口譯要嘛事前先吃一點，要嘛事後大吃一頓。」不過偶爾也會有能大快朵頤的人，注意到那些嘴巴得忙著翻譯、顧不得進食的人的難處。在同一場晚宴上，史達林舉起酒杯：「今天晚上，還有其他的場合，我們三國領袖齊聚一堂。我們談話，我們吃喝，我們度過愉快的時光。但同時，我們的口譯必須工作，他們做的事並不輕鬆。他們沒空吃，也沒空喝。我們依賴他們將想法傳達給彼此。我提議敬我們的口譯一杯。」史達林分別和羅斯福和邱吉爾碰杯之後，邱吉爾也開口酬答：「全世界的口譯，聯合起來！除了聽眾，你們沒什麼可失去的！」至少這是柏西印象中的版本；波倫則聲稱那是他「在好幾杯伏特加下肚之後斗膽」想了這句詼諧妙答。無論這句話是誰說的，這兩段話最棒的地方在於很好翻譯，就算喝了幾杯酒也沒問題。至於其他的談話內容，口譯員想必是靠著這句俄文諺語過關：「苦練的本領技藝，喝再多酒也不會忘記。」

參加高峰會的另一種職業災害——或額外福利，視情況而定——是會碰到很多攝影記者。活動留影中可以看到很多口譯員自豪地擺姿勢與會議講者合照，但本章中幾位主人公似乎抱持不同的態度。多爾曼的回憶錄收錄了不少幀工作照，照片中的他制服筆挺、儀表堂堂，施密特的著作二〇一六年版收錄的照片裡則幾乎找不到他本人，有他出現的極少張照片所附圖說則特別描述他「如常進行口譯」。柏西和波倫都沒有什麼理由逃避拍照留影。至於低調的帕弗洛夫則常在相機鏡頭出現時退到一邊，無論是基於什麼原因，但很可能與極權主義無關。他從政府高位退休之後在出版界工作，根據一些紀錄，他終生都是史達林的忠誠擁護者。在史達林統治下喪生的蘇聯百姓人數超過戰爭時送命的人數，或許他對口譯員來說是個好講者，但是沒有人（或許包括帕弗洛夫）會被他的言行舉止蒙騙。「在我面前的是一名徹頭徹尾的獨裁者，這個念頭始終在我腦中揮之不去，」柏西在著作中如此總結，「我很慶幸自己不是為他工作。」

替獨裁者翻譯和替其他人翻譯沒有太大的不同，口譯員個人對講者的看法不應影響工作。比起語言學上的歧見，政治上的歧見可能比較容易消除，而就如所有口譯員都能證實的，個性不討人喜歡的人未必會是惡魔「奧客」。客氣博學的控制狂，尤其是略懂目標語言的人，可能跟滿口粗話、不學無術的人一樣危險。舉一個例子就可以說明，這樣的人如何將多重詞義變成真正的地雷區。我曾有一次不得不找字典來翻給口譯案的案主看，向他證明確實有「feckless」這個字，而且和「irresponsible」一樣都表示「不負責任」。而且現在碰到有人話講到一半停住，我已經不會皺眉頭了——通常他們這時打算要說「她真的就叫我死出去」之類的話，所以想向我示警：「聽著，我不知道這句你要怎麼翻譯」，好像以為髒話是翻譯工作裡多難對付的部分。

如果問口譯員什麼是最糟糕的講者特質，很多人都會提到愛插嘴。性急的客戶會一聽到熟悉的語句就打斷口譯，過了一會兒又要口譯員幫忙解釋。漢娜・鄂蘭（Hannah

Arendt）在關於一九六一年納粹戰犯阿道夫・艾希曼（Adolf Eichmann）審判的記述中，就描述了一名不耐煩的講者，而這個案例也讓她進而省思「邪惡的平庸性」。讓通譯工作變困難的並不是被告。「蘭道法官（Judge Landau）往往等不及翻譯完畢，就說出自己的答案，」鄂蘭描述道，「而且屢屢打岔，糾正翻譯，顯然相當樂於在嚴肅審判過程中保有一點娛樂活動。」[2]

從第一手敘述可窺知，為獨裁者翻譯的情況類似，而且更加不妙。我們探討的幾位口譯員或許隨侍在老闆身側，或許與他們保持距離，但有時口譯員說話卻直接遭到忽略，而結果有好有壞。就連施密特博士雖然擅長維護口譯的發言權，有時候還是一句話也插不進去。他曾回憶一場英國高官霍瑞斯・威爾森（Horace Wilson）與希特勒的會面，威爾森帶來一封張伯倫為蘇台德危機寫給希特勒的書信，信中用詞嚴厲。施密特努力想要翻譯，但是所有人同時開口發言，所以即使曾有微渺希望可以讓蘇台德免遭併吞，也白白失去機會。「類似情況很少發生，但這一次，」他寫道，「我試圖在希特勒面前堅持我的口譯員本分卻失敗了。」

2 譯註：此句出自漢娜・鄂蘭著，施奕如譯，《平凡的邪惡》（玉山社出版），頁16。

有些時候，想在獨裁者面前堅持自己的本分，最好的方式是忽略獨裁者的話。一九四〇年，西班牙獨裁者佛朗哥（Franco）與希特勒於昂代（Hendaye）會面，西班牙外交部長拉蒙・賽拉諾・蘇涅爾（Ramón Serrano Suñer）也陪同出席，他後來回憶當時的德文口譯葛羅斯（Gross）「對我們要說的話頂多只聽懂一半」。希特勒為了西班牙遲遲不願參戰大感氣惱，雙方商談到最後顯得略微緊張，而佛朗哥又讓氣氛更加緊繃，道別時他搬出「西班牙人的招牌場面話」。「等到德國真正需要我的那一天，」他對希特勒說，「我將不求回報，無條件站在你們這一邊。」蘇涅爾擔心希特勒會將這番「空洞場面話」當真，但是葛羅斯要不是沒聽懂佛朗哥的話，要不就是認為這段話只是冗言贅句——他一個字都沒翻譯。數年後，當蘇涅爾向一名德國外交人員提起這件事時，德方人員表示：「我們真應該幫口譯員葛羅斯立碑紀念他的表現。」無論翻譯得如何高明精妙，當再說什麼都無濟於事時，沉默確實是金。

第九章　藐小

一九四五年七月，先前曾在奧地利作戰的美軍二等兵理查．索南費（Richard Sonnenfeldt）在修理車輛時，得知戰略情報局（Office of Strategic Services）局長「蠻牛比爾」威廉．唐納文將軍（General William 'Wild Bill' Donovan）要召見他。唐納文要找一名德語人士協助他審問囚犯。索南費看起來似乎符合需求：他是德國猶太人，一九三八年逃離納粹迫害時只是十五歲的少年。他最先逃往英國，但因為護照上有納粹黨的「J」字印記而遭拘留，之後又遭遣送至澳洲，後來想辦法前往美國與雙親團聚。他在一九四三年獲將軍召見時，不僅熟讀英文文法並增加字彙量，也已經改掉德語口音，或至少在講英文時不像大多數逃到美國的難民一聽就知道是外國人。

索南費與將軍的會面非常順利，於是在長官指派下搭飛機到巴黎，參與在當地進行的第一次紐倫堡審判籌備事宜。根據他鉅細靡遺的回憶錄所載，他很快就成為「美國首席檢察官（Chief of Counsel）辦公室審訊部門口譯組長」。「我當上組長是因為第一個抵達現場，」他寫道，「但是我能一直當組長，是因為由我負責口譯的所有審訊中，沒有任何一場因語言問題引發爭議。」

一抵達紐倫堡，索南費就獲派為等待審判的納粹成員翻譯，其中包括赫爾曼・戈林（Hermann Göring）。「我感覺到自己心中曾經的那個猶太難民在拉我的衣袖。」他回憶。戈林向同盟國投降時擺出一副名人的架勢。他的英文能力足以聽懂向他提出的問題，也經常善用這一點試圖為自己爭取優勢。索南費第一次擔任戈林的通譯時，戈林一聽到索南費翻譯訊問者的開場白：「這裡由我來問問題，你只要回答」，就開口糾正他的譯法。索南費無法容忍。他請求和戈林私下談話後獲准，他稱對方為「格哼先生」（Herr Gering）——他故意發音不標準，因此聽起來像是德文的「藐小」——他告訴戈林不要在法庭速記員記錄時出聲打岔，也不要之後才提出問題，或要求在沒有通譯的情況下接受審訊。（我自己碰到喜歡操控別人的當事人時，也曾提出最後一項建議，每次都覺得很有幫助。）從那次之後，戈林每次都會要求由索南費來翻譯，這名在大屠殺倖免於難的猶太人也因此與「最終解決方案」的主腦共度超過一百個小時。

「幾乎所有被告……都平庸得令人驚駭，」索南費寫道，接著提及例外的兩人：亞爾馬・沙赫特（Hjalmar Schacht）是「財政魔法師——蓄著八字鬍、穿著條紋長褲的傲慢版胡迪尼」，而亞伯特・史佩爾（Albert Speer）則是「聰慧明智、野心勃勃的建築師」。閱讀索南費回憶錄很有趣的一點，是可以看到身為通譯的他，如何在替納粹高層翻譯的過程中愈來愈自以為是，有時甚至逾越了應守的分際。「即使他無比狡猾，」他如此描述戈林，「我偶爾還是可以抓到他的破綻。」寫到稍微偏離審判主題的語句時，他似乎樂在其中。魯道夫・赫斯（Rudolf Hess）因假稱失憶而接受專家檢查時，索南費心下已有所懷疑，當赫斯說出德國學生俗稱筆記本封面的字詞「Kladde」，顯示記憶力其實相當良好，更加深了他的懷疑。通譯想要質疑赫斯，但是無法說服「不會德文的博學審訊者」失憶症患者不太可能記得青少年時期的單字。這也帶出一個譯者時常面對的問題：當你有滿腹評論不吐不快，要如何約束自己只單純翻譯講者說出或作者寫下的原文？

工作數週後，索南費對著紐倫堡監獄內共二十一名囚犯宣讀起訴書：「你們被控犯有違反和平罪、戰爭罪、共同策畫侵略戰爭罪、違反人道罪和種族滅絕罪。」審判始於一九四五年十一月二十日，索南費獲派擔任首次開庭的通譯。他在法庭上的工作是施展一門特別的技藝。在審判之前的訊問中，通譯會等說話者停下來，才開始翻譯問題和回答。這種逐步口譯的方法至今仍持續應用於所有適用的場合，例如證人出庭作證的時候。另一種方法是「耳語口譯」（chuchotage），即通譯坐在被告席，在開庭過程中，現場直接輕聲翻譯給被告聽，只在需要翻譯的聽眾人數很少時適用。像紐倫堡審判這麼重大的聽證會，必須採用比前述兩種方法更有效率的方式，讓很多人能同時收聽大量譯文。

類似今天聯合國會議所採用那種口譯員戴著耳機坐在口譯廂內按鈕切換的場景，在一九四五年想必相當新奇，但其實比那更早的時候，就已有人發明包含數個傳輸頻道和選擇切換開關的設備。「費萊尼－芬利翻譯系統」（Filene–Finlay system）以兩位發明人的姓氏命名，在差不多二十年前取得專利，於一九二七年六月首次在日內瓦的國際勞工組織大會（International Labour Conference）登場試用。萊昂・杜斯托特（Léon Dostert）上校於戰時曾擔任艾森豪將軍的口譯，負責主持紐倫堡審判的通譯部門，他認為這套系統應該能派上用場，不過很多人仍有疑慮。杜斯托特建議稍加改良，讓系統在運用上能完全發揮潛力（一開始通譯會作筆記並參考事先準備好的講稿譯文）。系統設備由國際商業機器公司（ＩＢＭ）無償提供，在審判開始五天前運抵會場。

當然，負責翻譯的團隊早就已經開始籌備。在二戰結束後的年代，徵求和招募口譯人員事關重大。美國面試了超過四百名應徵者，只有百分之五的人獲得錄用；英、俄、法三國也分別派出自己的口譯人員。艾弗雷・史提爾（Alfred Steer）原本研究德國文學，他到五角大廈（Pentagon）應試，考題是將一段新聞影片譯成德文，他後來獲指派擔任翻譯部門主管。史提爾對於考官杜斯托特不會德文這一點略有微詞，但他還是通過了。年輕的俄國移民喬治・克雷尼可夫（George Klebnikov）因緣際會之下於巴黎參加初試後通過，隔天他搭火車到紐倫堡，雖然從未聽說過同步口譯，還是順利通過複試。有些國際聯盟（League of Nations）資深成員也收到通知，但很多人習慣逐步口譯，無法適應新的口譯模式。「巴黎的國際電話交換所是物色人才的絕佳場所。」史提爾回憶。國際法庭開庭後，一名記者看到室內好多人都戴著耳機，覺得真的很像電話交換所。

順利通過考試的應徵者來自四面八方：有難民和倖存的猶太人，也有記者和學者。希拉莉・蓋斯金（Hilary Gaskin）編纂的《見證紐倫堡大審》（*Eyewitnesses at Nuremberg*）收錄了其中一些親臨現場者的敘述。與通譯工作其他方面的壓力相比，他們都認同新科技還算好應付。獲選者全都接受培訓，演練的內容包括舉辦模擬法庭，由其中幾人扮演檢察官和法官唸出例句讓其他人練習翻譯，並慢慢加快唸稿和翻譯速度。審判開始前的苦心訓練，加上動用了數十個開關盒、數百副頭戴式耳機和總長達數英里的線材，審判終於順利在三十六名通譯協助下以德、英、法、俄四聲道進行。

索南費並不在其中。法庭上採用的方式與他先前習慣的方式截然不同，通譯不會跟說話者坐在一起，只能藉由按按鈕請說話者暫停或放慢速度。開庭第一天結束——戈林注意到他的專屬通譯坐在口譯廂裡時，還眨了眨眼投以熟悉的眼色——索南費拒絕加入通譯團隊，他改為接下其他任務，坐在法庭中核對確認所有人的證詞都和先前接受審問時所言相同。他深知通譯面對什麼樣的挑戰，稱讚他們「表現絕佳」。

但不是所有人都滿意通譯團隊的表現。也許因為翻譯難免出錯乃眾所周知，就有人意圖操控譯者，或讓譯者當代罪羔羊，又或者一石二鳥。有時這麼做是出自善意，有時則是為了個人私利。戈林繼續利用翻譯系統耍花招，顯然是為了私利。法蘭西絲卡・蓋芭（Francesca Gaiba）在《同步口譯的起源》（*The Origins of Simultaneous Interpretation*）一書中描述了戈林的伎倆。他會請法官重複或換不同方式問問題，聲稱翻譯有誤或沒有傳達清楚；他會聲稱雖然他聽不懂德文通譯的譯文，他還是可以回答問題。他最喜歡抱怨的其中一點是通譯對他有偏見：例如講到「猶太人被抓捕」這句話時，將德文的「erfassen」翻譯成「抓捕」（seize）而非「登記」（register）。戈林辯稱通譯選用的動詞意思很強烈，而通譯齊格菲・漢姆勒（Siegfried Ramler）後來回憶道：「我發現自己處於很怪異的境地，竟然得翻譯一句抗議我翻譯不精確的話！」

對通譯抱持強烈反感的不只戈林一個人。其中一名英國法官諾曼・伯克特（Norman Birkett）形容通譯「根本是另一個種族——敏感易怒、愛慕虛榮，異想天開、莫名其妙，自視極高、自我膨脹到幾欲爆炸，難以言喻地狂妄自大，而且通常強烈抗拒用肥皂洗浴和曬太陽。」

戈林碰到雙重翻譯（double translation）的時候，當然也充分把握機會耍花招。當他面前擺著一份德文文件，法官唸出的則是該份文件的英譯本，而通譯又將唸出的英譯回譯成德文，無疑會出現歧異。如果確實有錯——例如有人將「最終解決方案」（Endlösung）和「全面解決方案」（Gesamtlösung）搞混——戈林會很快指出以分散法官的注意力，想讓法官忽略兩個詞語都是納粹對於「消滅猶太人」的委婉說法。戈林很清楚自己會有什麼下場，這些舉動與其說是為了脫罪，還不如說是要表現他對同盟國和這場審判大戲的輕蔑。

現今的同步口譯設備設計原則就源自紐倫堡審判首先採用的系統，至於品質，則還有不小進步空間。器材供應者能省則省，從口譯廂到耳機無不盡量節儉，讓口譯員不得不在自己的聲音和各種雜音中努力分辨講者的說話聲。此外，有些翻譯社對於口譯過程究竟牽涉哪些層面，只有模糊籠統的概念。有一家翻譯社就曾令我大為吃驚，他們到處找會議口譯，請我提供替十名外國代表翻譯的報價，好像以為轉換語言跟請客吃飯一樣輕鬆容易。但是一坐進口譯廂裡，耳機開始傳出聲音，開始忙著邊聽邊說時，就再也容不下其他的事。

即使如此，紐倫堡審判的通譯依舊無法完全遠離法庭上詳述的恐怖駭人之事。「你無暇思考內容，」首席通譯彼得・烏伊柏（Peter Uiberall）回憶道，他同樣是順利逃到美國的猶太難民，「但是等你睡著，你聽到的話會讓你噩夢連連。」就專業技巧而言，通譯的工作無疑極為艱鉅；比較難理解的是，必須專心處理當前任務的壓力，往往會被另一種壓力所取代。在口譯專業的保護殼之下發言時，這些通譯或許出於不想將注意力放在自身經歷過的重大傷痛，所以回憶往事時，往往比較容易談及每天都會面對的噩夢：德文動詞。德文動詞的位置是在句子最末，很考驗英語人士的耐心。烏伊柏解釋說即使是「你認不認識施密特先生？」這個簡單問題的回答，都可能變成耐力考驗。

證人開口了：「Ja, den Schmidt, den habe ich im Jahre Fünfunddreissig oder nein im Jahre Sechsunddreissig, da habe ich den Schmidt...」聽到這裡，你還是不知

道證人究竟是看過施密特先生、認識他、跟他講過話，還是聽說過他這個人？都有可能，要看放在句子最末的動詞。所以可憐的通譯還不能開始翻譯，除非採用德文中所謂的「eine Eselbrücke bauen」，這個說法很難翻譯，直譯是「搭一座驢橋」，英文中沒有這樣的說法。也就是說，上述那句話勉強可以翻譯成：

「對，呃，不，呃，施密特，這個嘛，關於施密特，是在一九三五還是三六年嗎，是在萊比錫還是德勒斯登呢，我不太確定，是在那時候……」

德譯英的另一個難題，是德語人士講話習慣以「ja」開頭，多半把它當成填補詞（filler）。話語標記（discourse marker）如「well」、「now」、「you see」在司法通譯中是特殊課題，因為略過或改變話語標記會改變句子的語氣，尤其問話帶有的強制語氣強弱有可能因此改變。為了避免無意中認罪的情況，烏伊柏請通譯同事一定要確定回答是肯定的，再將「ja」翻成「對」。後來他也指出：「無論任何字詞，都不可能精確翻譯。」

除了語言相關的難題，還有一些法界人士搞錯出糗，往往是因為對德國很陌生的緣故。例如美國首席檢察官羅伯特・傑克森（Robert H. Jackson）講到德文專有名詞時的發音很破，以致通譯將他說的「德意志帝國銀行」（Reichsbank）聽成「帝國議會」

（Reichstag），或將「沃爾曼」（Wörmann）聽成「波爾曼」（Bormann），戈林很常針對他，一抓到機會就開口糾正。兩人的針鋒相對在傑克森交互詰問戈林時達到最高峰，對傑克森而言無疑是一場災難。傑克森忽略了先前審訊中的一段陳述，為了有問題的譯文與被告戈林爭執不休，讓他在整體局勢占了上風，沒能成功讓他承認是他下令執行「猶太人問題的最終解決方案」。事後，傑克森找到了現成的藉口：「戈林每次都有時間準備好說詞……他會英文，聽得懂我的問題，他們還沒翻譯完，他就聽懂我要問什麼了。」

很多法律人士習慣連珠炮似的發問，不免抱怨翻譯無可避免造成的耽擱（所謂「同步」口譯當然只是一種比喻，口譯員一定會比說話者慢數秒開始），其中最出色的一些人會調整風格以適應不同步調。英國首席檢察官大衛·麥斯威爾－菲夫（David Maxwell-Fyfe）一度向戈林提議：「證人，你的英文滿好的，對吧？也許你可以立刻回答？」麥斯威爾－菲夫的交互詰問比美國首席檢察官成功；他的博學同儕大多不滿意口譯系統，但他覺得很滿意，認為「要達到四種語言同步的正義，這樣的代價不算高。」通譯群雖然得努力跟上麥斯威爾－菲夫飛快的語速，但對他的專業能力十分欽佩。

無論被告的行為多麼令人髮指，無論他們認罪與否，通譯群會忍不住與他們建立某種連結。烏伊柏將這種關係類比為斯德哥爾摩症候群（Stockholm syndrome）：「我們有點像是透過每天的觀察認識他們。」其中兩名被告沙赫特和史佩爾的英文很流利，也樂意幫忙通譯團隊——畢竟確保譯文品質良好對被告也有利。他們看到有人為了困難字詞絞盡腦汁時，會寫下相關詞語然後將紙條傳到口譯廂。「所以我們很感謝他們，」烏伊柏回憶，「就沙赫特而言，那只是很『純真』的友誼，因為他獲判無罪；但跟史佩爾之間就沒那麼純真了。」

通譯與當事人之間發展出「純真」的連結，即使只是在語言層面，算是很常見的情形。當雙方的目標一致，都想要用另一種語言順利傳達訊息，很容易便建立起情感連結。而在法庭擔任通譯的時間愈長，愈容易相信其實在語言上犯下的罪行才最駭人聽聞。紐倫堡審判中一名被告奧托．歐倫多夫（Otto Ohlendorf）因為於猶太人大屠殺中殺死數千人被判死刑，他還須前往其他場審判出庭作證，故獲准暫緩執行。等待行刑期間，他寫了一封信感謝通譯給了他接受公平審判的機會。烏伊柏形容這是他職涯裡「最神奇的一次經驗，雖然多少讓人有些毛骨悚然」。「而那番話，」他補充，「是口譯員能得到的最高評價。」

儘管面對莫大的工作壓力，紐倫堡的通譯群依舊採用各自偏好的風格：有人連譯帶演，有人語調平板；有人逐字逐句翻譯，也有人即興發揮或換句話說。通譯的譯文涵括各式各樣的語域，有時會讓聽眾感到困擾。有些聽眾覺得通譯的說話方式讓人難以專心：例如德軍指揮官話語譯文以女聲傳達，或者替德國貴族翻譯的通譯帶著濃重的布魯克林口音。在翻譯關於集中營環境如何「符合人道」（顯然有圖書館跟游泳池）的敘述時，一名年輕女通譯忽然頓住譯不下去，她的男同事只好幫忙譯完整句：「和妓院，庭上！」每當譯文顯得前言不搭後語，主事者就必須額外費力控管譯文品質，對於通譯也會有新的要求，而通譯也盡全力配合。其中一位通譯就因為譯得太簡短，或至少聽起來很簡短，而遭法官責備。法官要他每一句話都確實翻譯，然後便轉向說話者：「嗯，派恩先生（Mr Pine）？」通譯於是用德文接著說：「嗯，松樹先生？」

第十章 末代帝國翻譯員

十七世紀的鄂圖曼帝國譯者無論宗教信仰為何，皆享有非穆斯林通常沒有的特權。例如他們有權在大維齊爾列席的法庭受審，以及在武裝護衛陪同下往來各地。如果是外國人，也在鄂圖曼帝國和基督教國家的雙邊協議保障下享有一些權利。鄂圖曼帝國與英國於一六七五年簽訂的「協定」（Capitulations）中，就有一項保護譯者的條款，英文版條款明定：「若前述之翻譯員有任何違法行為，我國法官和地方首長不得在未知會大使或領事的情況下巡行責罵、毆打或拘禁。」翻譯員的主要報酬就是有權獲得保護；如此安排也不無後果，例如士麥那（Smyrna）的英國領事法蘭西斯・韋理（Francis Werry）於一八二六年寫道：「翻譯員薪酬普遍太低，很難不貪贓枉法。」

鄂圖曼帝國和歐洲的往來日漸頻繁，翻譯員的數量也隨之增加。威尼斯自十六世紀開始培訓「譯童」，法國也於一六六九年仿效建立了培訓「譯僮」（jeunes de langues）的體系。一八二一年，君士坦丁堡的希臘人因為遭當局懷疑存有異心，無法再壟斷翻譯這一行，鄂圖曼土耳其人為了抗衡基督徒的影響力，在土生土長穆斯林譯者的協助下設置了自己的「翻譯局」（Tercüme Odası）。一八七七年，英國設立黎凡特領事館（Levant Consular Service），派遣英國出生的多語人才至土耳其、波斯、希臘和摩洛哥擔任外交人員並統籌管理。

安德魯·萊恩（Andrew Ryan）認為當口譯是安全的職涯選擇，決定申請到黎凡特擔任「口譯實習生」。「我原本想要進法律界，」他在回憶錄中寫道，「但這一行似乎風險比較高。」一八七六年生於科克（Cork）的萊恩選擇了「當時在愛爾蘭吸引很多小伙子」的公職，雖然「不是特別熱愛東方的語言，也許只對阿拉伯文情有獨鍾，因為近乎數學般的精確感很有魅力，」他從劍橋大學畢業時「算是通曉土耳其文，會一點阿拉伯文，波斯文只懂一點點，學過一點俄文但很快就忘得差不多，法律則學了點皮毛。」這就是他一八九九年抵達君士坦丁堡時的所有本領。

身為大使館的資淺翻譯員，萊恩會在法庭聽審與英國人有關的案件時出庭，基本上是扮演通譯兼事務律師的角色。工作中大部分事務都單調乏味，但也讓萊恩有機會學習「基本外交知識」並精進土耳其文。法官問被告問題時，通譯必須「將回答簡化為適合列入正式紀錄的得體語句」。有時候他的一些英國同胞語句幾乎難以簡化，例如「一位聲名狼藉的老婦人」隔著法官們對一名面紅耳赤的年輕人大喊「親愛的！」。還有一次，他盡力想要「幫忙減輕一名脫序醉漢的刑責，他酒醉時不但辱罵警察，還一視同仁地詆毀先知穆罕默德、蘇丹和維多利亞女王」。犯人對先知不敬，這是很嚴重的侮辱罪，萊恩在現場交涉無效，愛莫能助。「我提議對維多利亞女王不敬的部分交由我來處理，但是那個人被判坐牢九個月。」

司法通譯的地位相對穩固，但絕非穩如泰山。「十七世紀一份土耳其文文獻中，有兩個字詞的解讀有了不小的變化，」萊恩如此描述與「協定」有關的改變，「很容易能夠想像：在某人究竟是不是法官這個問題上，共識難以取得——這個人是如我們所認為一位有否決權的法官，又或者如土耳其方面所主張，只是代表官方的旁觀者？」萊恩的職責也包括處理通關申報（進口貨品包括玩具步槍、幼獅和《新約聖經》，一名海關官員看到《新約聖經》還問：「這個寫書給加拉太人看的作者是誰？」）、稅務、嫌犯遭拘留、改信伊斯蘭教、奴隸向大使館尋求庇護等事務。《威尼斯商人》（*The Merchant of Venice*）在君士坦丁堡遭禁演時，萊恩提出抗議：「該劇由一位名叫莎士比亞的英國子民所創作，在我國從未引起反感，反而被視為重要的文化成就」，但是抗辯無效，鄂圖曼當局回覆：「劇中對於夏洛克的描繪係圖謀引發蘇丹子民之間的紛爭。」

恐懼情緒其來有自。一九〇八年七月，青年土耳其黨（Young Turks）在發動不流血革命之後掌權，這個政黨奉行民族主義，以建立憲政政府為目標。翌年，蘇丹企圖發動反政變，國內大亂，造成土耳其南部城市阿達納（Adana）的大批基督徒遭到屠戮。一九〇九年四月，在阿達納附近的梅爾辛英國副領事查爾斯・道堤－懷利少校（Charles Doughty-Wylie）收到他在阿達納的翻譯員來信告知當地陷入混亂。道堤－懷利立刻前往阿達納，盡力恢復當地秩序。翻譯員全家差點被暴動的民眾殺死，他們逃回自家接受英軍保護，並收留了五百位難民。副領事關於此事件的報告中並未提到翻譯員的全名（僅稱他為C.崔帕尼先生〔Mr C. Trypani〕，其他文獻中則記載翻譯員姓名為阿薩納席歐・崔帕尼斯〔Athanasios Trypanis〕），並稱其他向鄂圖曼政府求援的譯者為「外國翻譯員」。據估計，在阿達納遇害者多達三萬人，而這只是一九一五年亞美尼亞種族滅絕（Armenian genocide）的預演。

到了四月底，土耳其新政府成功鎮壓反政變行動，國會預備罷黜蘇丹。但首先，必須要有伊斯蘭教權威發布一道伊斯蘭教令（fatwa），問題是關於蘇丹是否應遭到廢黜，必須採用只能回答「是」或「否」的問句形式。萊恩當時是大使館的次席翻譯員，他緊扣問題原文翻譯出將近一頁長的譯文，很符合「土耳其長久以來習於將長篇公文寫成令人喘不過氣長句的作風」。答案是肯定的。

隨著世界大戰的腳步逐漸迫近，英土關係日益惡化。英國外交人員試圖讓土耳其保證採取中立，殊不知土耳其早已向德國承諾，一旦德俄兩國開戰，將與德國結盟共同抵禦俄國。居住在土耳其境內的外國人處境於是岌岌可危，他們只能看哪一方更有可能提供保護就向哪一方效忠。萊恩一直不太支持土耳其，他不再試圖隱藏真實想法，示警說無論土耳其人扮演什麼角色，「未來都有可能造成很大的麻煩」。情勢到了緊要關頭，萊恩和同事們忙於草擬「就諸多事項表示譴責的致土耳其政府函文」。

一九一四年十月，土耳其軍炮攻俄國於黑海的數個港口，大戰就此爆發。俄、法、英三國的國民搭乘同一艘船逃離，十一月五日過英國煙火節（Guy Fawkes' day）時還在海上，他們於是焚燒德意志皇帝的人偶以表慶祝。萊恩在最後草擬的某份外交通訊中，引用了一位土耳其公使對英法之間簽訂《摯誠協定》（Entente Cordiale）的嚴正抗議，他在將法文譯成英文時稍微改動，沒有譯出形容用的詞語「豬玀」，但照實譯出「惡魔」。這個段落原本被大使刪去，後來被《泰晤士報》注意到並評為「文筆出眾」，即便萊恩也並未費心將「惡魔」（devil）改為委婉的「d—l」縮寫。雖然對外交通訊的文筆表示讚許，但英國媒體幾乎一面倒指責大使館控制不住情勢。《每日郵報》（*Daily Mail*）形容領事事務的狀況「堪比《愛麗絲夢遊仙境》，派去的人沒一個會土耳其文，沒一個曾在君士坦丁堡久待，沒一個了解土耳其人的作風和習慣。」無論指控是否有理有據，通曉外語的人一旦遭到完全不懂外語的人批評，就很難再贏得同樣的尊重。

一戰結束，萊恩回到君士坦丁堡。他浸淫於文字遊戲的經驗豐富，繼續進行語言之間的轉換，把翻譯當成不折不扣的一門藝術。一九二四年三月，新成立的土耳其共和國（Republic of Turkey）政府廢除哈里發制度（caliphate），萊恩將新憲法第一條譯成英文，風格還是一如既往咬文嚼字：

我盡量照字面翻譯法律條款，採用「Caliphship」一詞以區別土耳其文「Khilafat」的兩種用法。由於土耳其語沒有定冠詞，「Khilafat」可以表示哈里發國（Capliphate），也通常表示這個意思，但也可以用來表示抽象的哈里發（Caliph）所掌職權。

他的譯文如下：「哈里發遭到廢黜。哈里發之位遭到廢止，而哈里發制度基本上仍包含於政府與共和國的意義和重要性之中。」他認為這樣的寫法「足夠細微隱晦，能夠讓一廂情願的民眾相信，從前的哈里發國某方面來說在共和國國格中仍得以延續」，不過執政黨拒絕了他的提議。

萊恩忙於工作時，另一個「最後的鄂圖曼翻譯員」頭銜的競爭者抵達土耳其：瑞典的東方學家約翰尼斯．寇莫丁（Johannes Kolmodin）；他曾在烏普薩拉（Uppsala）和柏林學習多種外語，於一九一七年來到伊斯坦堡進行學術研究。他的研究獎助金很快就不敷使用，為了賺取生活費，他到瑞典公使館擔任隨員，在數年內成為翻譯員。萊恩與奉行民族主義的土耳其新政府意見不合，尤其不滿新政府對待非穆斯林人口的方式。寇莫丁則不然，他是共和國忠實的朋友，熱情支持土耳其國父穆斯塔法．凱末爾．阿塔圖克（Mustafa Kemal Atatürk）。一九二二年，凱末爾的支持者於士麥那屠殺亞美尼亞人和希臘人，寇莫丁指稱相關報導「虛偽不實」、「充滿惡意偏見」，等到可怕暴行的消息再也壓不下去，他怪罪各方，唯獨不責怪土耳其人。

萊恩試圖（或至少看起來）在共和國支持者和反對者兩派之間保持中立，寇莫丁則明明白白選邊站，工作上也清楚表態。寇莫丁翻譯土耳其憲法時，碰到任何含糊詞語絕不畏首畏尾。他將憲法第一條譯成瑞典文版本採用如下寫法：「哈里發遭到廢黜。構成共和國概念本身其中一部分的哈里發制度就此廢除。」他在兩年前曾於一封私人書信中寫道，「稱呼這個體系為『共和國』非常重要，因為要保留下來的哈里發制度無論如何都不會是『羅馬教皇制』，而是伊斯蘭教的普遍世俗化代表，屬於土耳其人的國家則是它的基礎。」他也提到「瑞典與新政府的關係發展良好」，並不忘自我表揚：「我身為和平代表團的一員也推動有功。」

寇莫丁大致認同公使館實施的外交政策，但他對瑞典公使古斯塔夫・華倫堡（Gustaf Wallenberg）的想去就比較複雜了。如果說萊恩認為翻譯員註定成為大使的化身，寇莫丁則對自己的重要性深信不疑。公使館的主要工作是寫報告，而大部分的報告都是由寇莫丁撰寫。伊麗莎白・奧達嘉（Elizabeth Ozdalga）主編的論文集《最後的翻譯員》（*The Last Dragoman*）中如此評論寇莫丁撰寫正式文件時的風格：大量使用括號、破折號、雙重否定和從屬子句。然而，寇莫丁本人署名的報告「以更簡單自在的方式表述意見……不用擔心遭到華倫堡反對。」公使並未抹煞手下翻譯員的功勞，讚許道：「關於決定性事件的記述……完全出自寇莫丁博士手筆，全賴他優秀的土耳其語文能力將這些戰事行動描述得如此生動。」

至於寇莫丁則對長官多所抱怨：「不幸的是他不想承認自己腦袋遲鈍，不讓我協助草擬講稿。等到事情搞砸，我就不得不想辦法收拾爛攤子。」寇莫丁是否過度敏感，就如一些譯者常陷入有志難伸、不受重視的「雞生蛋、蛋生雞」無限迴圈？他在一九一九年十二月寫道：「如此宣稱或許太過放肆，但目前我是全君士坦丁堡最受敬重的外國人。」反觀萊恩則幾乎未對自己的名氣有什麼幻想。一九一八年三月，他在遭占領的君士坦丁堡城中被兩名法國國家憲兵攔下，他說不清自己的身分，法國憲兵只好詢問當地口譯：「口譯小心回答說他不知道，但根據這位先生所操語言，他可能是英國人。」

「在這裡當口譯，就算是最壞的情況也必須盡量報喜不報憂，尤其在你假裝自己是外交官的時候。」寇莫丁寫道。從他（或他的英文譯者）的言語中，或許難以判定他對瑞典政府的忠心程度如何，但從他的私人信件中可以清楚窺知他的想法。他翻譯了凱末爾一九二二年發表的演講詞：「在穆斯林和基督徒之中很不幸都有一些叛徒，無論他們的宗教信仰為何，政府將依其權利和義務，對他們採取行動」，而且想辦法讓瑞典媒體刊載講詞譯文，企圖蓋掉關於土耳其人迫害基督徒的「危言聳聽報導」。「以後社會上幾乎容不下不講土耳其語的獨立社群，」他預言，「鄂圖曼的基督徒以後再不情願也得學土耳其語。」現今許多國家的政府都要求移民學習移入國家的語言，專業譯者很容易對相關政策產生疑慮。可能是我們譯者的想法比從前的譯者前輩更為自由開明，也可能是我們比較不樂見未來人人都通曉譯者的工作用語言。

洛桑會議（Conference of Lausanne）於一九二二年召開，旨在討論土耳其與西方強權之間的事務，而萊恩和寇莫丁的人生在此再次有了交集。會議使用的主要語言是法語，雖然英國外相寇松勳爵（Lord Curzon）的法文很好，但萊恩記述「他發言時一律用英文」，而「口譯員必須在完全有能力挑錯的講者面前翻譯。」寇松吩咐有一份文件要重新擬稿，在看完草稿不再退回給屬下後大喊「非常出色！」——萊恩回憶道：「不過我們明白，他大讚出色的是他自己的鏡中倒影。」他們之間的合作呈現了講者－口譯－聽眾三方之間的權力平衡，譯者雖然在其中扮演不可或缺的要角，也是理想上公正無私的中間人，但往往無人注意。寇莫丁以瑞典代表專家顧問的身分來到洛桑，他指出寇松主要關注的「不是少數族群而是……油井」。他在書信中仍堅稱土耳其人清白無辜，聲稱「所謂『可怕暴行』只是『救濟近東』（Near East Relief）這個一九一五年成立的人道組織為了募款編造的故事。」

寇莫丁於一九三一年離開土耳其前往衣索比亞（Ethiopia），兩年後逝於阿迪斯阿貝巴（Addis Ababa），他的新雇主皇帝海爾．塞拉西（Haile Selassie）在他過世前不久曾到醫院探視。他是瑞典人心目中「最後一位、也是最顯赫卓越的翻譯員」。萊恩後來長年擔任外交官，發展相當成功順遂，於摩洛哥、沙烏地阿拉伯和阿爾巴尼亞（Albania）使館位居高職。兩人的種種差異之中，或許最值得省思的是不同的翻譯風格。很有趣的一點是，寇莫丁雖然熱愛土耳其，但他的譯文卻翻得比萊恩更加隨興，而萊恩儘管不怎麼鍾情於土耳其文，卻為了這個語言下了很大的工夫。然而事實是，寇莫丁的譯文處處體現他如何忠心擁護土耳其的一切，而萊恩的譯文則通常在文化和政治層面上堅持英國本國的觀點。雖然有些人會認為這兩種模式是互斥的，但有時即使只是在單一段落，譯者仍然可以兩種方法併用，也應該能夠這麼做。這兩種方法也就是所謂「異化」（foreignisation）和「歸化」（domestication）策略，相關討論多半侷限在文學作品翻譯，但其他領域的譯者也會一直面對類似的選擇。

一百年之後，口譯員還是繼續在選邊站隊和兩不相幫之間抉擇。隨著未來的不確定性愈來愈高，這兩種立場也愈來愈兩極化。最近新聞媒體流傳一份「即將消失的職業」清單，其中列出了律師，但沒有口譯員。可能是因為大家覺得我們口譯員這個職業跟消失沒什麼兩樣，或者不熟悉口譯員這個職業的名稱（我聽過同行自我介紹時說「講話作翻譯」，之前聽到有人叫我「口頭翻譯師」時也差一點嘴角失守）。早在一九〇九年，當時擔任翻譯員感覺不像進法律界「風險」那麼高，萊恩對於翻譯行業的前景已經持保留態度：「如果新憲法頒布後施行順利，而重生後的土耳其與歐洲國家站在同一陣線，我們這些翻譯員消失是遲早的事，因為任何歐洲文明國家的政府，都不可能容忍一批外國官員專門插手自家所有公務。」誠然，《洛桑條約》（Treaty of Lausanne）於一九二三年七月二十四日簽訂後，先前鄂圖曼土耳其與外國的「協定」失效，「翻譯員」頭銜也從此不存——時代在進步，翻譯員必須退場讓位。

第十一章　保留東方味

「自由譯寫這些波斯作品真是一大樂趣。」愛德華・費茲傑羅（Edward Fitzgerald）在一八五七年寫給友人愛德華・科威爾（Edward Cowell）的信中提到。費茲傑羅是英國薩弗克（Suffolk）一位熱愛文學、音樂和植物的富裕仕紳，他在東方學家科威爾的介紹下認識了波斯詩歌，因此注意到博德利圖書館收藏的一份十一世紀手抄本。手抄本作者據認是奧瑪珈音（Omar Khayyam），其中收錄了多首「魯拜」（rubaiyat，即四行詩），依照押韻詞最後一個字母排序。費茲傑羅讀了波斯文詩篇之後靈思泉湧，開始著手翻譯。他在一八五九年自行印刷出版譯作《奧瑪珈音魯拜集，或波斯的天文學家詩人》（*Rubaiyat of Omar Khayyam, the Astronomer-Poet of Persia*），但譯本並未印上自己的名字。起初這本書並未大賣，但兩年後但丁・加百列・羅賽蒂（Dante Gabriel Rossetti）無意間看到削價出售庫存的一本餘書，大為激賞並介紹給拉斐爾前派（Pre-Raphaelites）其他成員。及至十九、二十世紀之交，費茲傑羅譯寫的《魯拜集》成為廣為傳誦和引用的英詩作品。

「費茲傑羅的英譯……完全看不出一點原汁原味，」約翰・寇恩（J. M. Cohen）《英文譯者及譯作》（*English Translators and Translations*）中寫道，「只不過是套用東方習俗的維多利亞時代英詩。」學者將英譯本和波斯文手抄文逐行比對，結論是費茲傑羅的四行詩中有將近半數直接對應原文，有數首無法追溯對應到任何一首波斯詩文，其他則是拼湊而成。費茲傑羅在他所謂「忽而沉重肅穆、忽而輕快歡樂的怪異輪替」中揀選素材，並加以鋪排創造出敘事：他的主人公渴求把握當下，在一座庭園展開尋索，在一番暢飲美酒、陶醉於情愛並徜徉於大自然之後，又回到同一個地方，於是深信在一切稍縱即逝的世界上，享樂主義是唯一值得追求的人生之道。在較晚版本的序言中，費茲傑羅表示收錄的詩篇「串聯成類似牧歌的文字，其中有或許稍低比例的篇幅涉及原作中過度頻繁（無論真假）的『飲酒作樂』」。

序言中讚揚原作者的才華，形容他是「哲學家，其科學洞見和本領遠超過他所處的國家和時代」。費茲傑羅稱作者為「奧瑪」，他似乎預期會遭人非難而預先致歉：「我忍不住要直呼他的名字——不，這不是基督徒之名。」他的說法確實在數十年後挑起「翻譯糾察隊」的戒心，他們在「所有文化生來平等，但有些文化比其他文化更平等」箴言的指導原則下，指控費茲傑羅以居高臨下的態度對待「這些波斯作品」。他竟敢稱奧瑪珈音為「這個傑出的小傢伙」和「為我所有」？費茲傑羅寫給科威爾的另一封信中也出現了「為我所有」：「我將老奧瑪當成為我所有，而非為你所有：我和他更親近些，不是嗎？」批判費茲傑羅的人急於在他的語句中找出不正派動機的蛛絲馬跡，因此忽略了他其實是在講自己與心目中的英雄是如何親近。所有愛上原文的譯者必然會感受到一股類似的衝動，想要聲稱原文屬於自己。

「應該盡量保留它的東方味，」費茲傑羅論及他譯寫的《魯拜集》時表示，「只用最道地的撒克遜字詞去表達東方的譬喻。」他以此為目標，遵循「寧可保留東方味的曖昧隱晦，也勝過歐洲風的清楚易懂」原則，他將原作中沒有的波斯地標加入譯文作為妝點。然而他講求偏重東方味，與他三不五時容許自己採用撒克遜字詞改寫的做法並不衝突：

入此間宇宙，渾不知**所為何來**，
不知**從何處**，茫茫然隨波逐流；
出宇宙之外，風吹掃荒煙蔓草，

何去又何從，茫茫然隨波逐流。

「茫茫然隨波逐流」（willy-nilly）一詞在當時亦可用來指稱喜劇，費茲傑羅選用這個詞可能是因為相信「事物必須存活，不惜一切代價：即使無法保留原作更好的精神，也要輸送自己的劣等生命為原作續命。」這首四行詩英譯與波斯詩原作唯一的共同點是「知道」一詞。這表示翻譯時很容易就擅自改寫偏離原意嗎？或是譯者天生渴望用自己的聲音代替靈魂伴侶發聲？

「美國有一句老掉牙的話：翻譯外文詩的目的是創作出一首新的英文好詩。」艾略特・溫伯格在以「匿名來源」（Anonymous Sources）為題的演講中說道。「我一直認為……將外文詩譯為英文的目的，是創作出好的英譯。」費茲傑羅屬於哪一派？從最早為他作傳的湯瑪斯・萊特（Thomas Wright）和亞瑟・班森（A. C. Benson）到後來許多評論家都堅稱他改編了《魯拜集》，但萊特也承認：「除了一些地方太天馬行空，他為我們忠實再現了奧瑪珈音的詩作。」無論新舊版《魯拜集》都大獲好評，也當之無愧。初版《魯拜集》由於未印出譯者姓名，遭一些人誤認是原創作品，莫名增添的神祕色彩更讓這部詩集大受歡迎。英國各地出現奧瑪珈音讀書會，詩集則飄洋過海，馳名於大西洋對岸的美國。在美國幽默作家歐・亨利（O. Henry）一則短篇小說中，敘事者思索著：

> 我看這位「詩人奧某珈某」似乎是一種狗，這種狗看待生活，就像是看待綁在自己尾巴上的錫罐頭。他會追自己的尾巴繞圈累得半死，坐下來狂吐舌頭，看著罐頭然後說：「噢好吧，既然搖不動這罐子，我們到牆角把它裝滿，然後我請大家一起喝一杯。」

「關於翻譯是否可行，最悲觀的看法都集中在譯詩的討論，」墨西哥詩人歐塔維歐・帕茲（Octavio Paz）在一篇文章中寫道，「之所以會出現如此特出的看法，是因為每種西方語言中最優秀的詩作，就有許多是譯自外語，而這些譯作中有許多是由傑出詩人寫成。」為了反駁法國作家喬治・穆南（Georges Mounin）所主張「詩是以隱含意義所織就，因此無法翻譯」，帕茲強調詩和翻譯一樣具有普世共通的本質。帕茲認為沒有文本是百分之百原創，因為文本就已經是一種譯本（可說是從思想語言翻譯而成的），而每個文本，包括最貼近原文的譯文，都是獨一無二的。艾略特・溫伯格則堅持：「沒有無法翻譯的文本，只有還未找到適合譯者的文本。」溫伯格持續與帕茲合作，許多文本於是得以遇見稱職的譯者。溫伯格回憶他翻譯帕茲作品的過程是一種團隊合作，作者會提供建議，每次都讓譯者下最後的決定。此外，在發現翻譯過程中突顯的一些幽微細節後，帕茲偶爾也會修改原作。「我對講西班牙文的自己多所質疑，」他曾說，「但是我喜歡講英文的自己。」

如翻譯理論學者所堅持的，文學作品翻譯有兩種策略：歸化和異化。根據教科書定義，費茲傑羅將奧瑪珈音文本中某個建築物描述為「殘破的商隊驛站（Caravanserai）」是異化的例子，而另一詩節中的「客棧大門敞開」則是在描述同一座建築物時採用歸化策略。撇開理論不談，這些明顯相對的概念在作者和在讀者眼中分別意味不同的事物，但在譯者眼中卻是一體兩面。我總是要思考一下才記得起來，「歸化」代表順應本國文化加以改編，而「異化」表示保留異國風情。這個二元對立的邏輯，就跟最初為什麼會變成二元對立一樣含糊。畢竟，任何翻譯之舉都無可避免會將原文「歸化」，而譯入語在翻譯過程中有時候也會經歷「異化」。既然這些方法策略適用於不同的事物，將兩者相互對立就像比較蘋果跟橘子。譯者的任務難道不是將兩者相融混合嗎？

溫伯格主張，翻譯是一個真正國際化的文化的先決條件，但並不認為歸化和異化的原則完全無法相容。他認為作者和譯者都應該在作品中努力結合本國文化和異國文化，既能避免不必要的註解說明，同時也不會讓讀者覺得疏離。他的辯證也延伸論及多元文化主義，以及多元文化主義對於翻譯（未必正面）的影響，揭示了「當前東方主義那套陳腔濫調——亦即學術研究踵繼帝國主義。」他以翻譯在十九世紀日耳曼地區大行其道為例，尤其是將梵文和波斯文作品譯為德文，雖然當時日耳曼諸邦在印度和波斯還無利可圖。溫伯格關於文化所有權可能引發相關爭議的看法，可用一句不妨建議翻譯糾察隊牢記的格言扼要概述：「翻譯並非如有些人聲稱的挪用，而是一種後續會改變你如何說話的聆聽形式。」如果你把翻譯想成一種對話，那麼對談自然也會改變你的談話對象的說話方式，比起單純每聽對方講一句就換成自己的話，改變的地方會更多。

早在翻譯研究成為一個學科之前，異化和歸化的概念就已經成形。日耳曼學者弗德里希．士來馬赫（Friedrich Schleiermacher）在一八一三年的演講中表示：「譯者要嘛不打擾作者……並讓讀者朝自己靠近；要嘛不打擾讀者……並讓作者朝自己靠近。」士來馬赫偏好前一種方法，而這種方法也引領當時大量引介外語作品譯為德文的風潮，扮演中介的譯者不願讓讀者和作者在相互靠近的路途上遇見，擔心他們可能錯過彼此。哲學家約翰．戈弗里．赫爾德（Johann Gottfried Herder）也在十八世紀中葉表達同樣看法：「荷馬若要進入法國，只能以俘虜之身用法國人的方式包裝，否則會傷了法國人的眼……至於我們這些可憐的日耳曼人……只想看到荷馬本來的樣子。」這番話意圖諷刺的對象想必包括十七世紀著名翻譯家尼古拉・達布朗庫（Nicholas D'Ablancourt），達布朗庫希望自己的經典作品譯文讀起來是平凡無奇的法文，因為「駐外大使在穿著打扮上向來入境隨俗」。

喬裝改扮這個通俗的比喻，也適用於外來者為了讓自己的語言更好懂，而採用當地的文化符碼的情況。十九世紀英國探險家、作者暨譯者理查・波頓（Richard Burton）即以採用這種同化策略著稱。在他往來亞洲和非洲的旅程中，最驚人的一趟莫過於一八五三年前往麥加（Mecca），當地禁止外國人進入，違者將處以死刑。波頓聲稱自己能講三十五種語言，會用十七種語言作夢，他改扮成穆斯林成功混入麥加，保險起見還行了割禮。不過波頓為同胞譯介東方文本時，卻沒有讓故事入境隨俗、包裝成維多利亞幻想故事。在大眾以前熟悉的《天方夜譚》舊譯本中，說書人莎赫札德（Scheherazade）的故事角色全都披上了體面的英國服飾，而波頓的新版本讓讀者大為震驚。

波頓於一八八五到一八八七年間印刷出版《一千零一夜》及《補遺》（*The Book of the Thousand Nights and One Night* and *Supplemental Nights*），使用的印刷機是他原本為了出版東方情色文學而裝設的。他是《魯拜集》書迷，對詩歌也略有涉獵，不過他將自己的冒險經歷寫成引人入勝的散文。波頓是好譯者嗎？波頓過世之後，湯瑪斯・萊特於一九〇六年出版波頓的傳記，萊特稱波頓為傑出的語言專家和人類學家，還比對了波頓的《一千零一夜》譯本和較早的約翰・佩恩（John Payne）譯本，發現波頓的譯文有至少四分之三都出自佩恩的版本。有人認為萊特的指控很荒謬，堅稱波頓早在佩恩開始翻譯許久之前就蒐集好文本材料。佩恩則將所有資料提供給萊特，並告訴他：「有任何疑義的話，就把功勞歸給波頓。」

然而英國文學界群情激憤，並不是因為波頓涉嫌剽竊譯文。他們對於淫穢露骨的場景描寫大為反感，先前的譯本中並未譯出「她與他歡愛，兩人纏綿片刻」之類的段落。波頓還寫了大量譯註，提供關於伊斯蘭教、當地傳統、神話、建築、地理等多方面的豐富資訊，鉅細靡遺的譯註也引起公憤（譯註是波頓親自執筆這點倒是無人質疑）。於是波頓的譯本十多年來在英國遭到審查、刪改和嚴詞抨擊；一八八五年的一篇書評給予肯定：「博大精深、苦心孤詣的傳世之作」；一百餘年後，歷史學家羅伯特・爾文（Robert Irwin）在《天方夜譚研究導論》（*The Arabian Nights: A Companion*）中指出波頓的種族主義，稱他的譯註「突兀變態、流於人身攻擊」、「呈現各種偏執行為的奇特案例」，以及「瘋狂賣弄知識」。

《一千零一夜》英譯本出版後，在社會上引發對於文學中色情描寫的爭論，珂蕾特．寇利根（Colette Colligan）就此主題進行相關研究後寫道：「波頓的譯文令英國讀者感到陌生，他們習慣軟性而節制的英式東方主義。」。波頓在前言中述及「長久以來終於有機會引起讀者注意全人類都會有興趣了解的風俗習慣」，並告訴英國人他們不應以「莊重得體」和「合宜守禮」之名加以譴責。他希望能在這方面循循善誘，幫助他們擺脫「最不合宜的現代端莊合宜，明明沒有任何影射之意，卻覺得有隱晦暗示；未有嚴重不合宜、不守禮情事，卻認為有『不得體』之嫌。」

波頓也提出，了解阿拉伯人私密生活的另一個理由，是有助於推動帝國霸業。他相信英國甫於阿富汗失利，肇因於「對東方諸民族的徹底無知」，而要避免「受到歐洲及東方世界輕視」的唯一方法，就是深入了解「所有異教徒中勢力最為強大者——穆斯林。」究竟了解性方面的風俗習慣如何有助大英帝國拓展霸業，波頓並未明言。波頓的觀察中時常流露居高臨下對待「東方諸民族」的態度，與一般印象中堅定支持殖民統治者、或如爾文所稱「抱持許多偏見的人」的態度無異。

至於維多利亞時代貶損攻擊波頓的人也絕非了不起的世界主義者（cosmopolitan）。其中一人在讀到阿拉伯人除了享受傳統性愛和外遇偷情之外，也很熱衷肛交、人獸交以及與異族通婚繁衍後代後寫道：「我們有什麼理由要辛苦進口其他種族的巨大垃圾堆……還付出一大筆錢換取把它們吞下去的特權？」當時，書本售價（一本一堅尼〔guinea〕）還比作者的偏見引發更多人憤怒。即使已有許多相關評論，如今我們依然難以在波頓對於探索異國的興趣與種族主義之間畫出界線。

波頓是在一八七二年開始翻譯（當時他在里雅斯特〔Trieste〕的領事館工作），在此之前英國文學評論家早已注意到《天方夜譚》這部作品，其中一位認為歐洲最早的譯本，即十八世紀初於法國出版、安托萬・加朗（Antoine Galland）翻譯的《一千零一夜》（*Les Mille et une nuits*），文字有失妥當，因為其中呈現的「東方……還穿戴著上世紀流行的法國帽飾、手套和鞋履。」充滿異國情調的原文在赤身裸體時無比怪異陌生，不論譯者選擇以哪一種服裝為原文穿戴包裝，成品永遠都有可能遭批評為裝扮失當。「在所有譯本中，加朗版的文筆最差，」波赫士（Jorge Luis Borges）於〈《一千零一夜》的譯者〉（The Translators of *The Thousand and One Nights*）一文中寫道，「背離原文最多，最不精采動人，但流傳卻最廣。」之後在世界各地有無數版本問世，譯者往往選擇呈現整體平順一致的譯文，或是竭力營造盎然古意的文字。近年，雅斯敏・席爾（Yasmine Seale）試圖扭轉局勢，希望她的新版《阿拉丁》（*Aladdin*）能夠「帶出文本中既有的現代性。」她計畫在接下來數年陸續出版《一千零一夜》其他故事的譯本，有幾則是加朗以法文撰寫的故事，其他故事則直接譯自阿拉伯文。席爾版《阿拉丁》中的敘事者兼具機智與魅力，展露先前被層層傳統包覆住的幽默詼諧，如果從新版《一千零一夜》的第一部來看，席爾已經為她的莎赫札德找到一襲優雅新裝。

納博科夫在《俄國文學講稿》（*Lectures on Russian Literature*）中，將翻譯錯誤分成三大類，一類是真的無知，一類是刻意混淆，還有最為罪大惡極的一類，是企圖潤飾美化原文。第一類錯誤是常見鬧笑話的愚蠢錯誤，大多是看到「假朋友」或借譯詞就望文生義，例如英文的「public house」（酒吧）若照字面直譯為俄文，就成了「妓院」。為了說明第二類錯誤，納博科夫以他見過「最迷人的維多利亞時代合宜規範」為例，這個例子出自早期的《安娜・卡列尼娜》（*Anna Karenina*）英譯本。安娜在有人關心問候時回答：「I am *beremenna*」，「外國讀者看了一頭霧水，不知道究竟是什麼可怕的東方怪病；一切只因為譯者認為譯出『我懷孕了』可能會嚇到心靈純潔的讀者。」接著他舉例說明最嚴重的錯譯：「譯者加油添醋，依照個人品味改變莎赫札德的閨房擺設，角色樣貌在他優雅專業的譯筆之下慘遭美化。」

而在維多利亞時代的英國，波頓就是因為有失莊重的態度引發大眾怒火，很多人認為他應該要將旖旎香閨潤飾改寫得比較像起居室。納博科夫自己採用直譯翻譯的《葉甫蓋尼·奧涅金》（*Eugene Onegin*）加譯評多達一千兩百頁（譯文僅占約兩百二十頁），他可能會贊同波頓加上詳盡譯註的做法，但他肯定會譴責波頓的譯文不夠精確。很多直譯主義者（以及主張發揮創意跳脫直譯的反對派）無法接受妥協，納博科夫也一樣。然而碰到究竟該讓作者靠向讀者，或讓讀者靠向作者的問題，這些選擇其實可以同時成立。波頓的譯本很有意思之處在於靈活變通：他想讓讀者看見東方璀璨耀目的異國風情，同時也能在閱讀中獲得樂趣，不會一下子看到大量陌生的隨身物品名稱而難以招架。因此，他筆下的人物纏頭巾、穿燈籠褲，但也穿戴蕾絲頭紗（mantilla）、軋別丁風衣（gaberdine）和軟質布帽；他們喝果露飲料（sherbet），吃司康；他們會拍擊鈴鼓，讀純文學，常常光顧市場和酒館，躺臥長沙發椅，躲在衣櫃裡，相互問候時說「salute」或「salam」。登場的角色有太監和閹人歌手，有種田的「費拉」（fellah）和朝臣，也有維齊爾和宮廷侍臣（chamberlain）。有一個角色在鄭重引介中的名號為「大衛之子蘇萊曼大人（願阿拉福祐孿生子！）」，波頓卻在一則大掉書袋的譯註中，將這個角色名號改成了令人莞爾的縮寫：「索羅門．大衛生」（Solomon Davidson）。

波赫士第一次讀《一千零一夜》就是讀波頓版，他在撰寫比較分析時仍然深深為之著迷。波赫士評論一九二六年到一九三二年間於法國出版的另一版本，稱讚譯者尚－夏爾・馬德魯（J. C. Mardrus）「背離原文的譯文巧妙高明、創意十足」。他也堅持翻譯時可以採取折衷：以原文為首要但又不為原文所奴役。如果譯本能讓讀者不僅僅在不同的語言之中，甚至有機會在不同的時代、文化和情境氛圍之中，以作者意圖達到的方式體驗作品（假設作者的意圖已知或可以猜想得到），那就算是以最動態的方式忠於原作了。

想像一下為開明的二十一世紀讀者翻譯古老的文本，比如尤瑞皮底斯（Euripides）的《酒神的女信徒》（*The Bacchae*）。在這齣古典戲劇中，大男人主義的統治者想要阻止婦女沉迷於崇拜酒神，希望婦女回家紡紗織布。怎麼樣的角色呈現才算是忠於原著：將尤瑞皮底斯筆下的角色刻畫成一意孤行的暴君，或者讓角色的想法符合所處時代，與大部分的古希臘國王差不多保守？查泰萊夫人（Lady Chatterley）和她的情人的行為在從前顯得驚世駭俗，如果按照原本呈現的方式處理，就現今的標準來看，會不會反而太過扭捏拘謹？譯者如果真正忠於原著，難道不必翻出足以被控淫穢猥褻的譯文嗎？

譯者改動的特權是翻譯各種文類的實用工具，但在譯詩時尤其好用。在《奧維德之女傑書簡》譯序中，譯者德萊頓先談到翻譯這種「繩索上的舞蹈」三種主要「舞步」：

直譯（metaphrase），或逐字翻譯；意譯（paraphrase），或「保有餘裕的翻譯」；以及仿譯（imitation）。仿譯是「後來的詩人努力像前輩詩人一樣以同樣的題材寫詩，意即不是翻譯前輩的字句，或是受限於原詩的意義，而是將前輩當成一種模範，以假想原作詩人如果生在與自己同一時代、同一國度的方式寫詩。」羅伯特．洛威爾（Robert Lowell）在《仿作》（*Imitations*）中採行了同樣的概念，他如此評述自己的歐洲經典詩作選譯：「我不怎麼在乎字面意思，但挖空心思捕捉語氣……我試著寫出富有生命力的英文，努力揣摩我翻譯的詩人假如生在現今的美國會如何寫詩。」可想而知，有些人指控洛威爾挪用經典，有些人指出他翻譯的詩讀起來像他自己寫的詩，也有人認為，如今是可能讀到以道地美國慣用語呈現的荷馬、韓波（Rimbaud）、波特萊爾（Baudelaire）、里爾克（Rilke）、蒙塔萊（Montale）等詩人的作品。

偶爾跨界翻譯的詩人，或是剛好也寫詩的譯者，則動輒得咎，到處不討好。批評者說他們自負甚至自戀，說他們四處搜尋點子能偷就偷，打家劫舍卻包裝成尋找靈感；說他們往往懶得費心研究自己模仿的外語，直接剽竊抄襲；說他們就算是從原作翻譯，一樣相信在那句老掉牙「詩就是翻譯過程中所遺失者」名言鞏固之下，自己的地位無可撼動，也就有權比其他勤奮的譯者享有更多自由。控訴他們的人往往忽略了，他們並沒有將所謂被他們挪用的詩作私藏，而是與全世界分享。至於他們究竟忠於哪一方，於二〇一八年出版《奧德賽》（*Odyssey*）新譯本的艾蜜莉．威爾森（Emily Wilson）說得好：

> 我們要記住翻譯必定偏頗，必定會加以詮釋演繹，必定是在創造者歷經漫長努力、做出許多選擇後造就的成品，每個譯者採取的方式或許截然不同，但都盡己所能對原詩及與我們處在同一時空的讀者真誠負責。

如果可以雙向通行，讓作者和讀者能在中間點歡喜相遇，且各自都在旅途中受益良多，為什麼要讓翻譯只能是單行道？如果我們不再爭執紙頁上的字句是由誰擁有，而是將它們當成大眾共有，也同意全世界的文學屬於所有作者、譯者和讀者——屬於我們大家，我們對中庸之道的尋索會更有收穫。這樣的展望聽起來會不會太過理想？如此又該怎麼看待著作權的概念？作者和譯者合作時，有可能平起平坐嗎？目前所知作者與譯者之間的關係，主要是由譯者這一方講述（這一點本身就昭然若揭），無論記述有多麼主觀，我們很少有機會能比較作者和譯者雙方的說法。很罕見，但不是毫無機會。

第十二章 波赫士的五成

「我很幸運，過去近三年來都有專屬譯者在我身邊，」波赫士於一九七〇年寫道，「我們一起完成了十或十二部著作，全是用英文這個我不夠資格應付的語言寫成，我時常希望自己生下來就會英文。」波赫士是在一九六七年訪問哈佛大學時，結識了充滿活力的美國青年諾曼・湯瑪斯・狄喬凡尼（Norman Thomas di Giovanni）。狄喬凡尼在回憶錄《大師的教誨》（*The Lesson of the Master*）中記述自己去上波赫士的大班講堂課，為大師話語中「展現的溫和特質和人文精神大受震撼」。他寫信給波赫士，提到自己最近翻譯了一部西班牙詩集，毛遂自薦希望能與波赫士合作將他的詩作譯成英文。當時的波赫士已經失明十五年之久，他口述一封回信請狄喬凡尼打電話給他。這是一段合作關係的開始；無論在文學、財務或私人層面，這段關係都將為兩人的人生帶來許多出乎意料的發展。

在波赫士訪美期間，兩人的合作起初相當順利。他們見面的第一天下午，聊起波赫士其中一首近期詩作，兩人就在「詩與文字的音韻」中建立了密切牽繫。「一個月內，」狄喬凡尼，「我和波赫士就規畫好了整本書。」波赫士於一九六八年返回阿根廷之前，邀請譯者搬到阿根廷繼續和他合作。六個月後，狄喬凡尼抵達布宜諾斯艾利斯（Buenos Aires），準備好繼續與波赫士共事。他並不是兩手空空前來，而是帶了一紙與《紐約客》（*New Yorker*）雜誌談妥的誘人合約，《紐約客》將付給作者和譯者同樣酬勞，以換取未來譯作版權的優先購買權。簽署合約彷彿「達到涅槃境界」，狄喬凡尼於二〇一〇年時告訴我，「提醒你啊，拿到波赫士的五成可不能算是挖到石油。」當時波赫士在阿根廷頗有名氣，是國外大學會邀請到校訪問開課的作家，但在阿根廷以外的地區不算是家喻戶曉，作品英譯本也從未登上暢銷書排行榜。讓《紐約客》雜誌讀者群認識波赫士是個千載難逢的機會。然而，這麼夢幻的計畫一開始似乎註定失敗：年近七十的波赫士當時只寫詩，已經八年未出過新書。他擔心新作的評價不如先前作品，拒絕出版任何新書。狄喬凡尼在《大師的教誨》中如此描述：「他覺得自己可能再也不會寫作。」

儘管身為作家的波赫士有強烈的不安全感，狄喬凡尼堅持不懈：就算沒有新作，還是可以翻譯舊作。每天下午四點整，他會去波赫士的公寓接他，兩人一起走去波赫士擔任館長的阿根廷國立圖書館（Argentine National Library）。然後他們會一起工作。波赫士熱愛英語文學，他的英文絕佳，而兩人研究出的合作方法很有效率。狄喬凡尼會先準備好譯文草稿，和波赫士一起在辦公室坐定後，他會每次唸半行給波赫士聽，先唸西班牙文再唸英文，然後一起討論如何修改。回到家後，狄喬凡尼會打字整理當天筆記，再準備隔天要改的新一批草稿。翻譯工作持續進展的同時，波赫士愈來愈信任他的工作夥伴。他有時會被譯者的建議說服，回頭檢視、修改原作，至於新寫的詩作，他也曾聽從建議，將自己最愛的十四行詩改成其他形式。

這對作者和譯者的搭檔二人愈來愈親近，他們會聊天、結伴散步和參加派對。有一回一起出遊時，波赫士講了他構思中的大略故事情節，但是當狄喬凡尼提議將故事寫下來時，大師卻猶豫不決。之後，波赫士又提到自己構思中的其他故事，譯者「巧妙地勸誘鼓舞，增強大師的信心，向大師證明他絕沒有江郎才盡。」為了哄騙波赫士推翻先前不再出版新書的決定，狄喬凡尼又是讚美鼓勵又是嘲弄挖苦：「胡說八道……才八頁，你寫得出來的。」狄喬凡尼一度撒謊說自己缺錢。波赫士聽了立刻伸手去拿皮夾，但是狄喬凡尼表示不願意借錢，如果有作品能讓《紐約客》刊登，就可以解決他的財務問題。數天後，波赫士給了狄喬凡尼一份由他口授的打字稿，即短篇小說〈相會〉（The Meeting）的草稿，講述兩把刀之間的決鬥和它們可能隱藏的祕辛。接下來數週，兩人合作將原稿譯為英文，翻譯過程中也修訂了原稿。《紐約客》和阿根廷的《新聞報》（*La Prensa*）刊載了這則故事。「在此之後，波赫士就成了一股襲捲書市的旋風，勢不可當。」

同時，他們合作翻譯的詩集《影子的頌歌》（*Elogio de la sombra*）西文版於一九六九年波赫士七十大壽當天出版，波赫士送給狄喬凡尼一本並題贈「獻給我的合作夥伴暨至友，並祝新婚燕爾」（狄喬凡尼的婚禮於數天後舉行，波赫士與妻子艾莎〔Elsa〕到場證婚）。西文版中的兩首詩是從英文草稿再翻譯成西文，兩人也再合作修改了一些地方，完成了英文版《影子的頌歌》（*In Praise of Darkness*）。狄喬凡尼原本計畫在阿根廷待數個月，後來卻住了將近三年。他和波赫士合作的其他作品包括短篇故事集《阿萊夫》（*The Aleph and Other Stories*；根據一九四九年初版增訂，收錄一篇在譯者協助下撰寫的簡短作者自傳）、新的短篇故事集《布羅迪報告》（*Doctor Brodie's Report*），以及兩人合作將一系列早期彙編的文字片段「修潤、擴寫和翻譯」而成的《想像的動物》（*The Book of Imaginary Beings*）。在這幾部英譯作品加上《紐約客》持續刊登新作的推波助瀾之下，波赫士得以揚名英語世界，而他似乎也因此奇蹟似地重獲信心，於一九八六年辭世前再出版了六部詩集和十七篇故事。

「我的生活很平凡，從事翻譯總歸一句就是改用英文訴說。」狄喬凡尼在《大師的教誨》中寫道。「這是英文嗎？這個問題我每週要自問個一百遍。」波赫士除寫作外也翻譯，他和狄喬凡尼兩人都將翻譯視為一種創作實踐，過程中有充裕的機會表達自我；他們也相信「應避免使用看到西文字詞時立即想到的英文字詞」，或許可以說他們都傾向「過載翻譯」（overtranslation）。在〈萬有與虛無〉（Everything and Nothing）一詩中，波赫士描述莎士比亞的用字「繁複龐雜、充滿奇思異想且躁動不安」（copiosas, fantásticas y agitadas），他們在譯成英文時並未譯成「copious, fantastic and agitated」（另一個英譯本採用了這個譯法；還有一個譯本則譯為「繁複多變，帶著奇異怪誕和擾動不安的特質」，將這句處理成類似「繁多、奇特且激昂」的意思）。狄喬凡尼拒絕「每字每句緊貼原文」，認為好的翻譯應該「盡可能低調不引人注目，甚至無影無形，讓人找不出原文的蛛絲馬跡。」

他們的這句箴言也呼應了勞倫斯．韋努蒂（Lawrence Venuti）於《譯者的隱形》（*The Translator's Invisibility*）中所引美國翻譯家諾曼．夏彼羅（Norman Shapiro）的名言：「好的翻譯就像一塊窗戶玻璃，你只有在上面有刮痕、氣泡之類的小瑕疵時才會注意到它。理想的狀態應該是毫無瑕疵，絕不應該引人注意。」從其他語言譯成英文的譯者傳統上普遍採取這種做法，但這與納博科夫提倡的剛好相反，他認為譯文讀起來就是要像翻譯出來的。然而納博科夫本人也未必一以貫之：在文學事業剛起步時，他將《愛麗絲夢遊仙境》翻譯成俄文，將主角名字改為安妮亞（Anya），並在她的冒險歷程中融入俄國文化的元素。他巧妙地改寫原作者卡洛爾的文字遊戲（例如利用俄文中的同音詞，將「他教〔taught〕我們，所以我們叫他『陸龜』〔Tortoise〕」這句雙關語，替換成拿著棍子巡視的章魚），另外也將原作中的詩句替換成通俗的俄文詩——換句話說，他將文本徹底俄羅斯化。讀到這麼妙趣橫生的譯本，你會惋惜他後來怎麼就成了迂腐學究。

拉丁美洲文壇也有直譯派，可以預期他們難以容忍狄喬凡尼和波赫士合作之下的成品。很多年後狄喬凡尼和我談話時，一回憶起他和直譯派人士的爭論依舊氣呼呼的。

> 他們老是挑剔這個字或那個字有問題。有一則故事裡，英文版譯成「他抬頭望向天空」。原文是「cielo」，在西文中可以表示「天空」或「天堂」。我們翻譯時，波赫士告訴我他要表達的是天空，所以我就寫下來。這位學者前來與

師問罪：為什麼翻成「天空」？作者本人都為譯文背書了，但這重要嗎？不重要，他們永遠最有道理。

我以前認識另一位阿根廷的學者，她教翻譯研究。要是有誰想跟你討論翻譯研究，建議你趕快逃命。她這麼跟我說：「狄喬凡尼，我想問你一個問題。波赫士的短篇小說〈佩德羅·薩瓦多雷〉（Pedro Salvadores）共有七百零三個字，你的譯文有七百五十三個字。」我說沒錯。她想知道為什麼。於是我向她解釋，是英文這個語言的特性使然。她說：「好吧，但我還注意到另一點。波赫士的原文只分成四段，你的譯文分成七段。」真是罪過！

波赫士有一則著名短篇〈《唐吉訶德》的作者皮埃爾·梅納德〉（Pierre Menard, Author of *Don Quixote*），故事的主人公「懷抱雄心壯志，想要創作出每一字每一句都與塞萬提斯（Miguel de Cervantes）著作一模一樣的作品」，我向狄喬凡尼詢問他有何看法？還沒有人搞清楚究竟要如何完成這個不可能的任務，但也因此更值得嘗試。無疑是一則翻譯的寓言？「他們常常想要我就這麼做，」狄喬凡尼回答，「變成波赫士，將他的話逐字翻譯。」

相較之下，大師「配合度極高」，非常尊重合作夥伴。他們最初考慮合夥時，波赫士擔心自己的名字如果列在譯者欄，可能會影響狄喬凡尼的地位。等他得知這麼做只會拉抬作品的地位時，他說在阿根廷「譯者妒忌心很強，絕不願讓作者搶走功勞」。後來討論與《紐約客》的合約條件時，波赫士對於作者和譯者平分版稅的反應是：「你分這樣夠嗎？也許你應該多分一點。」狄喬凡尼聽了大受感動。在公開場合談論合作的作品時，波赫士同樣慷慨大方：「在試著將我的詩或文章翻譯或改寫成英文時，我們不會把自己想成兩個人，會覺得我們是齊心合力、不分彼此。」

兩人一心這樣合作無間的狀態，卻常常受到第三者的存在擾亂。波赫士在一九六七年赴美前不久與艾莎結婚，艾莎並不打算和任何人分享自己的丈夫。「有我在，」這是狄喬凡尼的說法，「波赫士就有盟友，艾莎就不能完全控制他。」狄喬凡尼在著作《喬奇與艾莎》（*Georgie and Elsa*）中傾力敘說這段他親眼目睹雙方苦苦掙扎的婚姻中「不為人知的故事」，他鉅細靡遺描述艾莎如何頤指氣使、惡言辱罵、愛慕虛榮、貪得無厭，提出種種不合理的要求，也對波赫士的文學志業興趣缺缺。根據狄喬凡尼所述，艾莎的態度極端，一下靠著他的肩頭哭訴「身為男人的喬奇如何對不起她」，一下又卯足了勁對他大肆汙衊，有一次甚至指控他偷竊。敘事語氣滿懷怨怒，充滿是是非非、酸言酸語，很難判斷究竟是誰比較嫉妒誰；唯一令人真心感到同情的，是波赫士。

狄喬凡尼回憶波赫士在他們相識初期，就向他坦承過自己「受盡婚姻的折磨」。最後，波赫士終於傾吐心聲。「我犯下了自己如今看來簡直莫名其妙的錯誤，」他如此形容自己的婚姻，「天大的錯誤——無法解釋、神祕離奇的錯誤。」或許波赫士常常洩露太多自己私生活的細節，但狄喬凡尼聽了之後不僅大肆宣揚，甚至插手干預。波赫士於一九七〇年冒出離婚的念頭之後，狄喬凡尼自告奮勇要確保朋友能脫離艾莎的「室人掌控」。他找律師群商談，幫忙波赫士整理出一份訴請離婚所需的事由清單，整份清單收錄於《喬奇與艾莎》中。二十七項事由裡包括：「她要我停止和與我有相同文學品味的朋友來往，要我和其他經商有道的人交朋友。」

事情到了緊要關頭，兩人暗中計畫塵埃落定前要先離開布宜諾斯艾利斯。某天，波赫士離開與艾莎同住的公寓，假裝照常出門工作。其實他是在狄喬凡尼陪同下前往機場，他們順利逃離，數天後回到到波赫士母親的家，他婚前一直與她同住。故事讀起來像一齣糟糕的喜劇，有很多想引人發噱卻失敗的笑點，敘事者語氣幾乎掩藏不住惱怒。

儘管如此，我印象中的狄喬凡尼（在二〇一七年過世）是一位才華洋溢的譯者，他熱愛翻譯工作，言談風趣幽默中帶點諷刺。和我聊起他和波赫士之間複雜的關係時，他一度表示：「我現在不會騙你說：你看，我跟波赫士的感情好到他一見到我就感動痛哭。」

有一張波赫士與狄喬凡尼的合照：兩人一起走在布宜諾斯艾利斯的街道上，老人倚著年輕同伴的手臂。阿根廷某家週刊刊出照片時，狄喬凡尼覺得那是自己成為眾人目光焦點的一刻。一個年輕美國人來到阿根廷這個不受民主國家歡迎的軍人獨裁國家，幫助阿根廷最知名的作家在國際上贏得肯定——照片證明他的作為獲得這個國家的認同。「這就是為什麼書中講的是我的故事，」狄喬凡尼在《大師的教誨》中寫道，「也是為什麼照片中是阿根廷國寶倚靠著我，而不是我倚靠著波赫士。」此時就讓人很想說一句，關於譯者隱身性的討論就到此為止；可惜作者本人無從得見。但話又說回來，隱身是相對的概念，取決於觀看者的立場。要讓自己在譯文中「隱形」，必須下很大一番工夫，而所費的工夫本身幾乎不可能完全不引人注意。若讀者不知道眼前的書是譯本，這本書看起來可能只是以他們自己的語言寫成的文本，否則透明的窗戶玻璃表面上自然會留下譯者的指紋。無論譯者採取什麼策略，不難發現文中字句終究是譯者個人的用字遣詞。

對波赫士來說，譯者最首要的，得是一名「精讀、細讀的讀者」，他相信好讀者「是比好作家更稀罕的黑天鵝」，他們的活動「更含蓄低調、毫不起眼，更加知性」。狄喬凡尼的回憶錄不會讓讀者馬上想到「含蓄低調、毫不起眼」的形容，可能是因為回憶錄是在一次比他曾出力安排的那次更加劍拔弩張的「仳離」之後寫下的。經歷合作五年間的風風雨雨，波赫士與狄喬凡尼漸行漸遠。一九八六年，病重的波赫士與助理瑪麗亞・兒玉（María Kodama）結婚，兒玉在波赫士過世後不僅斷絕與狄喬凡尼的合作關係，也廢止兩人共同簽署的最新一份出版合約（版稅同樣由作者、譯者平分），另行委託其他人翻譯新的英譯本，以取代兩人合作的版本。我和狄喬凡尼見面時，他講了許多兒玉和其他死對頭的事，說他們「從來都不理解真正的波赫士」，說他們羨慕他和波赫士交情這麼好，更別說給予他這麼優渥的合作條件。看著他聊起自己扮演波赫士的譯者、文書助理、代理人暨密友的經歷，我想像他在四十年前肯定更有魅力（七十幾快八十歲的他仍然很迷人），能夠激勵一位隱遁於黑暗的作家再次提筆。

至於他們合作的作品品質，有些讀起來確實讓人覺得作者與譯者之間毫無隔閡、恍若一人。以下引文出自題為〈波赫士與我自己〉（Borges and Myself）（常譯為〈波赫士與我〉〔Borges and I〕）的短篇，原本是在寫共存於同一人中的不只一個自我，但也可以有更多種解讀：

> 要我承認他努力寫出了值得稱道的幾頁並不難，但是這幾頁救不了我，也

許是因為任何好的都不再屬於任何人——甚至不屬於另一個人——而是屬於言語或傳統。無論如何，我註定徹底失落，只有我自己的某個時刻會在另一個人身上存活……於是我的生命就是不斷逃離，而我失去一切，一切都遭到遺忘或遺留給另一個人。

是我們之中哪一個寫下此頁，我不知道。

我並不是研究波赫士的專家，不過比起其他英譯本，我通常偏好他和狄喬凡尼共同創作的英譯本，這麼想的也不只有我。保羅．索魯（Paul Theroux）讀了波赫士基金會與狄喬凡尼決裂後另行出版的新譯本後，寫信給狄喬凡尼：「這不是波赫士，你才是波赫士。」

「如果寫作是藝術，那翻譯就是藝術。」狄喬凡尼於《大師的教誨》中寫道：「如果寫作是技藝，那翻譯就是技藝。」很多譯者將寫作和翻譯相提並論，同為譯者的溫伯格則在〈匿名來源〉（Anonymous Sources）中闡述了不同的看法：「翻譯作品是翻譯作品，不是藝術作品——除非經過數世紀之後……成為藝術作品。」他並未堅持翻譯與寫作絕對平等，而是讚揚翻譯是一種「絕對獨特的文類」，不需要藉由類比方式來定義；

假如常有人將譯者視為「必要的不便」，這個事實頂多值得譯者機智反諷，倒不需要氣憤抗辯。聽到溫伯格耍嘴皮般的建議「高舉譯者重要且討喜的匿名性大旗」，有些譯者（在下例外）或許會有些疑慮，但他以平和反諷、謙遜低調卻仍不卑不亢的方式，表達他對翻譯在文學中扮演之角色的看法，對於翻譯專業的助益，或許超過其他極力聲稱譯者不該隱身的人。

翻譯文學的讀者很少會根據譯者的相對知名度來判斷一本書，但他們從未放棄知道作者是誰的權利。義大利作家艾琳娜・斐蘭德（Elena Ferrante）的身分保密到家，據稱匿名性對於她的作品無比重要，關於她的真實身分有諸多推論。其中一種說法是「真正的斐蘭德」其實是斐蘭德作品的美國譯者安・高斯坦（Ann Goldstein）。即使這樣的說法只是一種比喻，仍遭高斯坦本人鄭重否認。她並不認為自己是作者的化身，也不相信自己的譯本是原作的重新詮釋；然而高斯坦是唯一一個能見到斐蘭德本人的書迷。

順帶一提，在追查斐蘭德這位不尋常作家真實身分的過程中，卻意外揭露了涉身其中的另一位譯者。二〇一六年，一名記者依據版稅支付紀錄抽絲剝繭，斷定斐蘭德的真實身分是義大利的德文譯者安妮塔・拉賈（Anita Raja）。一年後，專家分析多份文本後發現，斐蘭德一系列小說真正的作者，最有可能是拉賈的丈夫、作家多梅尼克・史塔諾

（Domenico Starnone）。故事發展至此，如果要再來個離奇轉折，應該是發現這一系列義大利文小說其實是從另一種語言翻譯而成。

與譯者的隱身或現身關聯最密切的，或許不是每部譯作都可能有所不同的譯文風格，而是任何翻譯甚至寫作活動本身固有的二元性。〈波赫士與我自己〉就是最鮮明的例子，故事敘事者將自己與其分身相互比較。如下就是很典型的並列比較：「我欣賞沙漏、地圖、十八世紀印刷術、字根、咖啡香和羅伯特·史蒂文生（Stevenson）的作品；另一個人也有同樣的喜好，但是他刻意引人注目的姿態反而顯得矯揉造作。」波赫士在失明後，常常要人朗讀史蒂文生的作品給他聽，並將史蒂文生寫的《寓言故事集》（*Fables*）翻譯成西文。也許他在請譯者「把我變得簡單……把我變得質樸……把我變得削瘦陽剛如同高卓牧人」時，是希望達到某種「化身博士」般的效果？想像波赫士與狄喬凡尼一同漫步在布宜諾斯艾利斯，邊走邊編故事，敘事者就是故事的譯者，他先是鬧失蹤，之後調查自己為何消失，最終坦承他和作者是同一個人——多麼令人神往的想像。

第十三章 以字為尊

二〇一八年七月，某個人可能剛好閒閒沒事，可能為了寫網路資訊專欄文章，在「Google翻譯」網頁輸入了「ag」。網頁偵測後辨識為愛爾蘭文（撰寫本書時的偵測結果仍然相同，主要詞義顯示為「在」）；但輸入二十五次之後，網頁顯示的英文翻譯結果是：「正如主的名寫在希伯來文中，它也寫在希伯來民族的語言之中。」由於出現諸如此類的詭異翻譯結果，且大多和稀有的語言相關，開始有人假設谷歌（Google）是用《聖經》來訓練演算法。谷歌公司不予置評，不過移除了這些詭異語句。如此一來，關於《聖經》在機器翻譯中所扮演角色的揣測和討論也更加熱烈，在只有極少來源可辨識的情況下，程式編碼會回歸到其中一種來源，試圖根據輸入的無意義內容「幻想」產出某種結果。

哥本哈根大學（University of Copenhagen）研究團隊於二〇一五年開始訓練軟體時，就是利用聖經語料庫，將一種已有深入研究的語言與另一種「可用資源稀少」的語言參照對應。另一個在美國達特茅斯學院（Dartmouth College）的團隊研究如何改善機器翻譯的風格，他們也不諱言就是使用《聖經》的三十四種英文版本進行分析。《聖經》是很龐大的資料集，涵括數百份平行文本（parallel text），全都具有一致的結構，而且通常皆採用保守翻譯策略（至少科學家是這麼說的），這也表示語言相關軟體開發商若懂得善用，應該會獲益良多。

無論如何，人類譯者早已知之甚詳。翻譯時碰到原文出現引用《聖經》的文字總是令人欣慰不已：《聖經》引文不像大部分引文，不僅非常好查，還能省去要自行翻譯的麻煩。現今能有這種福利，要歸功於過去不同時期辛苦奮鬥的所有《聖經》譯者，最早留下紀錄的是西元前兩百年的一批譯者。傳說有七十二位譯者分別待在斗室中，將希伯來文《舊約聖經》翻譯成希臘文，在七十二天後完成的七十二篇譯文字句完全相同。如哲學家亞歷山卓的斐洛（Philo of Alexandria）所說：「他們就如同聽到預言、獲得啟示的人一般，不是各說各話，而是眾口一詞，統統採用了同樣的名詞和動詞，彷彿有某個看不見的提詞人向他們提示了所有的字句。」這個奇蹟證實了《聖經》原文的本質神聖超凡，而譯本則依照希臘文的數字七十稱為《七十士譯本》（Septuagint），在權威拉丁文譯本問世之前的數百年，一直被視為標準的《聖經》譯本（不過這個譯本本身就有無從溯源考據的不同版本）。

扛起重責大任將《聖經》譯為拉丁文的是尤西比烏斯・熱羅尼莫（Eusebius Hieronymus），以聖耶柔米（St Jerome）之名為人所知，許多圖像中都描繪他置身書房，有些時代錯置、不合常理的圖像甚至描繪他身穿主教紅袍、戴著眼鏡，但圖中的他身旁必定有書。他手邊的書冊肯定包括一開始翻譯時依據的《七十士譯本》、可供回頭參照的原始希伯來文和亞蘭文（Aramaic）《聖經》，以及較早期的拉丁文《聖經》譯本。他在公元三九一到四一五年間完成以通俗拉丁文翻譯的《武加大譯本》（Vulgate Bible），其中包含《新約》修訂版和《舊約》新譯版，至今仍是天主教採用的權威版本。

耶柔米的拉丁文被譽為最接近古羅馬時期的標準拉丁文，但他的翻譯之道常常自相矛盾。他的文章不時顯得氣急敗壞，邏輯上也並非無懈可擊。他抨擊直譯，但對於他視為神聖的原始文獻又網開一面。〈給帕瑪契烏斯的信〉（Letter to Pammachius）寫於西元三九五年，堪稱現存最早的譯者宣言，耶柔米在文中表示：「我不僅承認，而且要以最大的音量宣告，我從希臘文譯為拉丁文時並未逐字直譯，而是採取意譯，但翻譯《聖經》經文時除外，因為每字每句甚至字詞順序都是神的作為。」「神的作為」（God's doing）是路易・凱利（L. G. Kelly）的英譯，也有「聖禮」（holy sacrament）或「神祕難解」（mystery）等不同譯法，但耶柔米的拉丁文原文用字「mysterium」本身就很神祕難解：耶柔米究竟想表達什麼意思？他又如何界定翻譯《聖經》和其他原文時，何時只能直譯或者可以意譯？如今我們只能猜測。即使如此，這位譯者的主保聖人所指出的翻譯困境——忠於原文或自由變通——至今仍困擾著承繼其業的所有譯者。

翻譯不是精確嚴格的科學，而耶柔米不斷在意譯和直譯之間擺盪，在另一處又再次論及同樣的問題：「如果我逐字翻譯，譯文會很荒謬；如果我迫於必要改動字詞順序或用語，又會被認為有愧譯者的職責。」無論採取什麼策略，永遠有人挑剔批評。「敵視我的人告訴未受過教育的基督信眾，說耶柔米篡改《聖經》原文，說耶柔米沒有逐字翻譯，說耶柔米把『尊貴的先生』改成『蒙愛的朋友』，還說耶柔米更可恥的是惡意簡化，刻意略過修飾語『最可畏』（most reverend）。」他在〈給帕瑪契烏斯的信〉中氣憤難平。在反駁翻譯意見時，有時他會話鋒一轉追究起道德問題：「真希望能盤問這些把狡詐惡意說成審慎小心的人。你是從哪裡拿到我的譯本？……如果一個人連藏在自己房內書桌中的祕密都會洩露，還有什麼地方是安全的呢？」然而他還是繼續翻譯，在忠於原文和自由變通之間、在專業原則和宗教信仰之間不斷游移。

在專業原則和宗教信仰有所衝突的層面，二十一世紀的批評者其實和耶柔米並無二致，也是先指責人品有問題，再申論譯者的觀點如何影響他的譯作。小說家安瑞特（Anne Enright）在〈怪罪的起源〉（The Genesis of Blame）一文中批評「造假的老頭聖耶柔米」應該為他的厭女情結負責。其中一項針對耶柔米的控訴，是他曲解《聖經》中描述人類墮落的段落，例如在翻譯未特別指明是什麼果實的禁果之名時，巧妙選用拉丁文中可指稱「邪惡」或「蘋果」的「malum」；另外在與亞當和夏娃有關的描述中，他譯成「受誘惑」而非「受迷惑」，形容他們「赤身露體」而非「柔弱易受傷害」。如數名專家所指出，安瑞特的指控有誤：「受誘惑」對應的拉丁文原文為「seductus」，該詞在四世紀時並不像現代英文中的「seduced」帶有性暗示；至於「赤身露體」則是希伯來文「erom」的標準譯法，在《聖經》中其他處提及通姦情事時也用了同樣的字。「耶柔米不是一個討喜的人，」一名評論者如此總結，「但卻是非常敬業的譯者，不會受個人看法影響而扭曲心目中神聖文本的意思。」

安瑞特指出的一些誤譯則有理有據：例如希伯來文《創世紀》（Genesis）中說「你必戀慕你丈夫」（your desire will be for your husband），《武加大譯本》中則譯為「你必受你丈夫轄制」（但耶柔米翻譯《聖經》中其他處出現的「desire」並未誤譯。）在〈武加大譯本《創世紀》及聖耶柔米對女性的態度〉（The Vulgate Genesis and St. Jerome's

Attitudes to Women）這篇考據周詳的文章中，珍．巴爾（Jane Barr）也引用了這句與原文有出入的譯文，她首先肯定耶柔米譯文風格出眾，且對希伯來文掌握極佳，巴爾還舉出他的譯法優於先前譯本的例子。接下來她又列舉幾個例子，只有部分顯示譯者相當武斷偏執。某一節經文中有一句「甜言蜜語地安慰她」，耶柔米的譯法「他溫言軟語安慰傷心的她」表現出同情；另一節中的「有了身孕」，耶柔米譯為較直白的「肚子大了」；而在描述約瑟拒絕主人妻子勾引的這一節中，耶柔米的譯文多了兩個字「molesta」（意為厭煩）和「stuprum」（意為偷情或不貞）。巴爾如此總結耶柔米翻譯時的「介入」：「有些洩露了他對女性的憎惡，有些呈現深刻敏銳的覺知……一般來說，耶柔米在翻譯時很忠於希伯來文，因此任何與原文有歧異之處都不尋常且有其重要性。」

看起來耶柔米確實有厭女情結，而且常常試圖推卸責任。為了替自己自由翻譯的風格辯護，他指稱《聖經》中會有不正確的地方是先前的譯者所造成，而他的《福音書》譯本中如果有誤，則是福音書作者造成的——先發制人這一招相當高明，因為批評《七十士譯本》這樣如奇蹟般的文本或《福音書》會被視為異端邪說。耶柔米固然有普通人的一面，卻是認真可靠的專業譯者。他的翻譯方法可以與另一種譯者「傳教士」的做法互相比較，他們因應到各地傳教的需求，將經文譯寫處理成不同的語言。

知名聖經學者尤金・奈達（Eugene A. Nida）人生中大部分時光都努力將神的話語傳播到世界各地。他在二戰結束後不久獲聘為美國聖經公會（American Bible Society）語言學家，負責督導《聖經》翻譯。他遠赴世界各地，主要為各地譯者提供將既有《聖經》英文版譯介為當地語言的建議。他投入《聖經》翻譯工作長達數十年，邀集母語和非母語使用者一起討論可能碰到的困難，舉凡基本的基督教概念、宗教方面的細節、不同語言的特殊之處，甚至不同民族的文化特質，都在討論範圍。

奈達和他的同事主要關注的是如何讓譯本更平易近人，因此特別費心研究直譯或意譯的問題。他們相信《聖經》所有內容轉換成任何其他語言都能讓人完全理解，因此合力編寫了一份給譯者的解說，解釋如何呈現內容可能的涵義最為理想，此外還編纂「新約聖經希臘文」字典，依據在全文中出現的頻率高低列出每個字詞的不同定義（機器翻譯演算法也運用同樣的概念）。奈達對於宗教文本翻譯的看法適用於大多數文類的翻譯：「最大的障礙……莫過於普遍的『以字為尊』（word-worshiping），認為看似重要的字眼就一定要按照字面翻譯。」他提倡「動態對等」，呼籲譯者在譯介新的詞語和概念

1 譯註：「甜言蜜語地安慰她」、「有了身孕」分別出自《創世紀》第三十四章第三節、第三十八章第二十四節，皆為《和合本》譯文。

時，敏於察覺不同文化間的差異。巴拿馬一位傳教士在翻譯「成聖」（sanctification）一詞時，因為瓦倫特半島（Valiente）原住民對這個概念完全陌生而大傷腦筋，他看到婦女在溪邊洗衣的場景時靈機一動，用「受到聖靈洗滌並保持乾淨」的說法來解釋「成聖」，奈達對此大為激賞。奈達曾提出不少翻譯建議，例如要將《聖經》譯介至一些從不下雪的國家時，他建議將經文中的「潔白如雪」改成「潔白如白鷺羽毛」或「潔白如白色蕈菇」。不過奈達對有些變通的譯法就不表贊同，例如經文描述耶穌騎驢進入耶路撒冷（Jerusalem），拉丁美洲一些譯者並未譯成西文中對應的「burro」（可指「驢子」或「屁股」），而是譯為「有一雙長耳朵的動物」，會讓一些讀者以為是「一隻很大的兔子」。

要將宗教信仰移植到一種全新語言，註釋是很關鍵的一環。耶穌會士利瑪竇（Matteo Ricci）於一五八三年來到中國希望引入天主教，就改穿儒服以建立受人敬重的文士形象。他容許改信天主教的民眾繼續依循傳統祭拜祖先，並引介「天主」這個涵括儒家典籍中既有概念的新詞，他認為「天主」對中國人來說比拉丁文的「神」（Deus）更容易為人所接受。然而與耶穌會相互競爭的道明會士（Dominicans）不贊同這種配合在地文化因地制宜的做法，指控他們將偶像崇拜與真正的宗教信仰混為一談。直到一九三九年，中國的天主教徒獲得教廷准許，得以遵照傳統祭拜先人，爭議至此總算平息。

早在十六世紀，耶穌會士就認為將天主教傳入中國應該多頭並進，除了宗教信仰之外，也引入科學和藝術。他們發展出自己的一套教育系統，從教拉丁文和希臘文開始，接著教自然哲學、數學和天文學，神學則留到最後才教。他們注意到中國社會尊重文人學士、崇尚知識學術，而西方的科學觀念和真正的天主信仰之間有著深刻的連結，引入中國應該會很實用。一五八三到一七〇〇年之間，傳教士出版了大約四百五十部中文書，至少五十部是譯作，通常是和母語為中文的人合作翻譯，這些翻譯助手功不可沒。耶穌會士可能是口述讓中國的合譯者寫下來，或將寫好的草稿交給合譯者修訂。

「我的才識不足，」利瑪竇如此描述自己練習翻譯後的感想，「再者，東方和西方的邏輯差異甚鉅。找了很多同義詞，仍有很多字詞難以找到對應說法。即使我能口頭解說事物……書寫成文依舊極度困難。」不過歷史學家夏伯嘉稱許他「譯筆優美」，「採用中文句法和慣用語，努力透過以中文辭藻修飾的天主教論述說服大眾。」利瑪竇打入中國的文人圈，將他們視為「多方輔助自己傳教志業」的學者同儕。除了讓數名地位顯赫的人物改信天主教，他的成就還包括完成最早於中國印製的歐洲式世界地圖，以及和其他傳教士利用自家的音譯系統編纂葡中字典，這是中國的第一部歐語字典。

《聖經》引入中國則要等到十八世紀晚期，是由前耶穌會士賀清泰（Louis de Poirot）根據《武加大譯本》編譯的版本，但最早將福音書故事傳入中國的是利瑪竇，有些故事是他依據記憶翻譯而成。利瑪竇忠於文化適應（cultural adaptation）的原則，在翻譯《聖經》故事時盡量迎合中國人的道德觀和宿命論。為了搭配從羅馬帶來的圖畫，他時常根據手邊的現成圖畫改動故事內容。他的編輯技巧令人驚嘆。有一則故事描述耶穌基督在海面上行走，他的版本則改成站在海灘，以配合原本描繪其他情節的圖畫。還有一則故事的標題琅琅上口：「兩門徒聆聽真理，拒一切虛華富貴」，在印行出版時搭配了正確的插圖，不過利瑪竇為了確保文圖一致，還是必須刪去一個故事片段。這則故事出自《路加福音》，敘述兩名門徒在前往以馬忤斯（Emmaus）的路上遇見耶穌但不認得他，等耶穌擘餅分給他們之後，他們才認出耶穌，其中涵義極為豐富，神學上可以賦予多種詮釋。利瑪竇的版本略過了擘餅的關鍵場景——不是因為中國人不熟悉餅，而是因為雕刻插圖圖版的師傅沒辦法雕出這個細節。大多數譯者也會碰到類似的情況，碰到精巧修辭時不得不妥協，拒絕虛華而略去不譯。

《聖經》翻譯受到意識形態、實務考量、隨機事件等無數因素影響，加上有無數譯者參與其中，大多數的譯本也就難免出現謬誤。除了耶柔米自創的「蘋果」之外還有許多誤譯，有些如今已經成為基督教傳統的一部分。例如常有人引用的《以賽亞書》（Isaiah）第七章第十四節，講述主預告一名童女（almah）將生下孩子，並為他取一個象徵意義的名字。《七十士譯本》中將希伯來文的「almah」譯為「parthenos」（處女），如此選字很可能是指「尚無子女」，而非如一些評論者相信是預言聖靈感孕。批評者在對誤譯大加撻伐之餘，往往也顯露自己的宗教觀和哲學觀。近代的激進基督新教徒批評《新約聖經》譯本沒有完全照字面翻譯，堅持「episkopos」應該譯成「監督者」而非「主教」，而「ekklesia」應該譯成「會眾」而非「教會」。思想自由開明的十七世紀荷蘭學者科爾巴格指出：《舊約聖經》裡有一個希伯來文字詞通常譯為「魔鬼」，但它正確的意思是「控訴者」或「誹謗者」。

最具啟發性的翻譯作品，展現了由多重意義生成的無限可能性，既是詛咒，也是祝福。《英王欽定本聖經》由五十四名譯者於一六〇四到一六〇九年間，依據希伯來文、拉丁文、希臘文、西文、法文、義文、德文、英文等版本合力翻譯，其中處處展現無窮的可能性。譯文「gave up the ghost」確實應該是「breathed his last」（嚥下最後一口氣；《和合本》作「氣絕而死」），但譯者的選擇造就一個生動的英文片語。「在地上平安歸與他所喜悅的人」這一句，在《新國際版聖經》（New International Version）裡的英譯是「and on earth peace to those on whom his favor rests」，而《欽定本》的英譯「and on earth peace, good will toward men」（在地上平安，喜悅歸與人）相形之下又更為鏗鏘有力。

奈達他們也必須處理誤譯，例如有人要求「their debts forgiven」（《和合本》作「免了人的債」）時，指的是赦免他們的罪，而非金錢債務（希臘文的用字也有「罪」的意思，有時會譯為「過犯」〔trespass〕）；《使徒行傳》（Acts）第六章第二節中一群門徒「serve tables」（《和合本》作「管理飯食」），指的其實是「管理財務」（部分英譯本譯為「分配伙食」也造成混淆）。他們特別列出多個可能容易搞混的說法，例如「Lead us not into temptation」（《和合本》作「不叫我們遇見試探」）這句，乍看似乎暗示是神讓我們陷入試探而後犯罪；教宗方濟各（Pope Francis）於二〇一八年提議應將此句英文改為「試探中也不離棄我們」。奈達認為有一些「讀來彆扭的直譯」如「our daily bread」（《和合本》作「日用的飲食」）和「to know God」（《和合本》作「認識神」），或許也能加以修訂。

《欽定本》的特色之一是不合時宜的語言，因此既優美又難懂，但也成為向普羅大眾推廣這個版本的最大障礙。奈達指出古色古香的譯本往往更加珍貴，因為「文本看似愈老派，感覺似乎就與事件發生的年代更靠近一點……而且很多人相信，如果能夠理解自己所用語言的某種怪異形式，就證明了自己收到神所賜予的特別禮物，能夠解讀神的奧祕用語。」不過奈達後來意識到，他指導的許多大學或神學院畢業生其實看不懂古文用法如「hallowed be」（和合本作「尊為聖」）和「Your kingdom come」（《和合本》作「願你的國降臨」）。《聖經》公會展開大規模修訂計畫，準備好犧牲一些古雅風味換得更清楚易懂的譯文。在拉丁美洲先從街頭民意調查開始，匯整出一千七百頁的建議。傳教士依據建議著手修訂，哪怕收到一些日本譯者提出的問題也毫不動搖：「要是把《聖經》改得這麼清楚好懂，那傳道講道的人還要講什麼？」

在《聖經》引發的種種課題中，又以特定時代語言（period language）最為精采迷人。英王詹姆斯一世（King James）下令編譯日後將成為唯一權威版的《聖經》新版本，翻譯原則相對保守，因此「verily」（誠然）和「it came to pass」（是以、是故）等用語即使在一六〇四年已經顯得古老，但仍舊保留下來。這樣的想法或許與奈達的看法不謀而合：風格古雅老派的文本，本身即散發歷史氣息。「希望我們行在正道上，」《欽定本》譯者群於譯序中表示，「希望我們領受傳達了神的聖言。」《欽定本》中大量新創詞語廣為流傳成為慣用語，證明翻譯策略的成功超乎預期，不過即使已有如此輝煌成就在前，後續仍然有人積極編譯新的版本。我第一次聽到希伯來文譯者亞塔・哈達里（Atar Hadari）說他計畫重譯《聖經》時，不可置信地望著他，但聽到他唸了幾句押韻的譯文——就有了光。

只願他雙唇在我嘴上一吻／
你的觸動甜美比香檳更甚[2]

他如此處理《雅歌》（The Song of Songs）中的兩行，希望稍微帶入一九二〇年代舞曲的味道，「那時候的流行歌曲雖然有點老派，但大家現在還是會聽。」

沒想到哈達里的爵士風味譯文會讓我大為陶醉，其實我自己翻譯時偏好的做法和他的策略剛好是兩個極端。首先，只要著手將較古老的文本改為現代用語，很容易忍不住濫用一些新興詞語。每次只要有機會修改舊譯文，我都忍不住想到曾有人開玩笑（希望只是玩笑），說要將杜斯妥也夫斯基（Dostoevsky）的《少年》（*The Adolescent*）書名改成「屁孩」（The Teenager）之後重出。如果用字遣詞刻意仿古，當然也有過頭的風險，但我在這方面相當幸運。在我目前為止譯過的書中，彼得・艾克洛德（Peter Ackroyd）的《霍克斯莫》（*Hawksmoor*）帶給我最多樂趣，這部一九八五年出版的小說運用了兩種語域，奇數章節的敘事者是生活在十八世紀的主角，以十八世紀英文寫成，其他章則採用現代英文。我翻譯時極力模仿十八世紀晚期俄文，以呈現類似作者採用的特定風格慣用語，我根據那個時期的俄文文獻整理出詞彙對照表，還提供一份文法指南給編輯，免得編輯以為我刻意仿古的譯文有錯。最後的成品讓我格外滿意。數年後，我在寫談《霍克斯莫》的文章時上網搜尋讀者心得，其中一則引起我的注意：「真慶幸我是買譯本。十七世紀英文？哈哈，不用了謝謝。」我留言詢問對方是讀哪個語言的譯本。答案讓我瞠目結舌：「俄文 :)」。

耶柔米根據自己的信仰解讀特定經文段落時，他的主要準則是「隱藏或忽視神的奧祕是褻瀆神聖。」當他聲稱「處理《聖經》譯文時必須考慮實質，而非拘泥字面」，這麼說不只是要迴避批評，也是聲明為了正當目的可以不擇手段。他堅稱他是出於神聖的理念翻譯《聖經》，因此雖然對成果很自豪且肯定自身的價值，他也準備好在翻譯最重要

2 譯註：此句出自《雅歌》第一章第二節，《和合本》作「願他用口與我親嘴！因你的愛情比酒更美。」

的「mysterium」時，要有所取捨犧牲。

異化或歸化，何者更佳？很多《聖經》譯者都了解因應不同文化加註的重要性，也都盡力而為。他們對於譯入語的尊重值得讚揚，但問題仍然存在：要做到什麼程度才夠？想像譯者花了很長的時間絞盡腦汁，努力想找到譯入語中直接對應的詞語，但其實只要自創新詞就能解決問題。納博科夫的經典例子說明了譯者如何跟不上語言的變遷發展，他將《蘿莉塔》（*Lolita*）自行譯為俄文時使用「藍色的牛仔長褲」的說法，不知道俄文中指稱牛仔褲的「dzhinsy」已經是常用字（僅限這個字詞；牛仔褲在一九六〇年代的蘇聯仍然十分稀有）。我不再接英譯俄的筆譯案子，原因之一就是俄文持續借用「fastfud」、「skvot」、「feĭk」等外來語，而我雖然看得懂，卻沒辦法將這些字詞收入腦中的詞彙庫，自認已經無法跟上這個語言的發展。

新把戲或許很難學會，但如果在書中看到眼熟的語句，一查之下發現已有現成譯法，事情就容易許多，而這些現成譯法正是過往爭議論辯得來的結果。時至今日，《聖經》仍是非常實用的字典，不過前提是要能辨認出是《聖經》引文，否則就可能和苔菲（Teffi）的諷刺性短篇小說〈譯者〉（Translator）主角落得同樣遭遇。故事敘事者自封語文大師，她翻譯的神學論文中有一段提到「能夠想辦法獲取一頭公羊」的人前景大好，她極力發揮想像力，幾乎想破腦袋才發現，原文其實是指涉迷途羔羊的典故。但假如你確實發現原文中的語句是引用《聖經》，且假設譯入語是一個常用《聖經》典故的語言，那麼除非有很好的理由，否則就不該自創新譯法。確實，《聖經》幾乎無所不在，也因此成為集眾人之力翻譯的縮影，翻譯過程橫跨無數時代，牽涉許多不同語言、品味偏好和準則。亞歷山大・普希金（Alexander Pushkin）曾在一首詩作手稿旁草草寫下：「譯者是拉著啟蒙馬車的驛馬。」而《聖經》給了我們一個難得的機會，讓我們得以回顧自從有文字以來，翻譯前輩在一片蒙昧中達成的功業。

第十四章 新聞編譯

十八世紀初期，創辦新刊物的風潮襲捲歐洲及其他地區。無論德文刊物《觀看者》（*Zuschauer*）、《愛國者》（*Der Patriot*）、法文刊物《旁觀者，或現代蘇格拉底》（*Le Spectateur ou le Socrate moderne*）、《女旁觀者》（*La Spectatrice*）、西文《思想家》（*El Pensador*）、瑞典文《愛國旁觀者》（*Patriotiske Tillskuer*）、俄文《觀看者》（*Zritel'*）或葡文《軟布帽》（*O Carapuceiro*），都是受到約瑟・亞迪森（Joseph Addison）和李察・史提爾（Richard Steele）於倫敦發行的《旁觀者》（*Spectator*）刊物所啟發。這股風潮起於一七一四年，歐洲各地的出版人分別將英文《旁觀者》的文章翻譯後介紹給本地讀者。法文刊物《旁觀者》的前言揭示創辦主旨為「希望引導讀者異中求同，並啟發讀者追求榮譽和美德」，不具名的譯者以英國和「外國」的中介者自居，相信英國的《觀察家》文章定能讓讀者受益匪淺。這次嘗試很快贏得大眾青睞：僅僅在法國，於一七八九年法國大革命如火如荼展開時，就出現了至少一百種跟風刊物；在荷蘭約有七十種類似刊物，以荷文或法文發行；至於德語地區的類似刊物，一位刊物譯者露薏絲・葛舍德（Louise Gottsched）描述為族繁不及備載。

大多數刊物採取的翻譯方式介於自由翻譯和仿譯之間。例如在一篇省思靈魂不朽性的文章中，聖保羅座堂（St Paul's Cathedral）在俄文版中成了克里姆林宮，另一篇文章的巴西葡文版內容則加上奴隸和熱帶果汁。英文版《旁觀者》的各國仿譯版很快發展成一種特殊文類，比中規中矩的翻譯版本更受歡迎。編譯者中以賈克－樊尚・德拉克洛瓦（Jacques-Vincent Delacroix）的仿譯作品數量最多，他為至少十五種名稱中有「旁觀者」的刊物撰稿。他在一七九一年某期法文《旁觀者》中提到英文版《旁觀者》，說「有些原創的書刊無從模仿」，還說「用同樣的顏色描繪兩個不同的國家違反了藝術法則」。伏爾泰（Voltaire）讚揚德拉克洛瓦是亞迪森和史提爾的真正傳人，而反對德拉克洛瓦的人則批評他矯情做作、狂妄自大。和英國同業不一樣的是，德拉克洛瓦除了討好大眾，還得取悅審查機關。他對革命抱有很大的期望，但在幾次為文試探性地批評新政權之後，他遭到逮捕，還被指為「人民公敵」。

早在更久之前，新聞就被當成一種國際商品。最早的英文報紙是單張的「新聞傳單」（coranto），內容主要譯自拉丁文、德文和法文。一六一八年前後，全歐洲在三十年戰爭（Thirty Years War）爆發後迫切需要最新消息，於是催生每週出刊的《大報，或義德匈西法新聞》（*Corante, or News from Italy, Germany, Hungary, Spain and France*）。十七世紀稍晚，英國官方開始發行《倫敦公報》（*London Gazette*），關於歐陸戰事的報導特別依賴法文消息來源，而於一七〇二年發行創刊號的《每日新聞》（*Daily Courant*）則會刊登根據法文和荷文報紙內容大幅編譯的新聞報導。現今各大新聞媒體靠著駐外記者（經費許可的話），以及路透社（Reuters）、美聯社（Associated Press）等通訊社，提供來自世界各地的新聞報導。無論採用何種模式，翻譯新聞報導的新聞工作者和一般理解的「譯者」有所不同。有一種說法是他們的工作比較接近口譯，因為他們常常需要換句話說、概述大意、改編、加註和提供外文報導的背景說明，為閱聽大眾提供有助理解的框架脈絡。這群人的工作稱為「新聞編譯」（transediting），他們就是「編譯」或「編譯員」（journalator）。「journalator」這個合成的新詞聽起來可能有點拗口，但相當精準描述了編譯工作：譯者必須將內容本地化、簡化和模式化，也就是提供背景脈絡。

當然，本地化並不是新聞界所獨有。任何消費品，舉凡平面廣告、電腦遊戲、網站、電影和報紙上的報導，要從一個國家安全地移植到另一個國家，只是傳統意義上的「翻譯」還不足夠。如果要贏得消費者的青睞讓他們掏錢買單，必須以不同的方式包裝這些產品。古老的翻譯手法「文化重構」在全球化時代已經不可或缺，任何事業的成敗就取決於能否輕易跨越各種疆界。新聞媒體為了吸引特定觀眾，考量他們在語言、文化和政治方面的特性，調整全球的報導內容，採取了特別有趣的方式。

在世界上某個遙遠角落發生的事件，從觀眾的角度看來無疑是陌異的；另一方面，這些事件發生在遠方卻值得報導，表示目標觀眾應該能找出事件與自身的關聯。閱讀小說時，我們可能會留意那是翻譯小說，可能不會，但我們通常會意識到這是虛構作品，但看新聞時，我們想看到的是事實真相，而非欣賞原文的風格。此外，我們常常把編譯的新聞當成原文，只有在內容似乎出錯時，才會記起自己看的其實是譯文。

任何需要翻譯的文本，既有空間容許多半以意識形態為名的刻意扭曲，也有空間容許真正的錯譯。新聞編譯總是急就章，因此也特別容易落入常見的翻譯陷阱，例如「假朋友」。「假朋友」這類分屬兩種不同語言、拼法或發音相近的字詞，是外電編譯稿中常見的偷渡客。一九六六年就曾發生過一次，當時法國政府宣布退出北約整合軍事指揮體系（NATO Integrated Military Command Structure），並要求所有外國軍隊撤離法國，讓美國和其他北約盟國措手不及。面對退出的決定是否無可逆轉的提問，法國總統戴高樂（De Gaulle）的回答讓人以為是法國「終有一天（eventually）重新加入」）北約體系，但他的回答其實只是說「有可能會（éventuellement）重新加入」。到了二〇〇九年，法國重新加入北約，終於等到這麼一天。

撇開常見的誤譯和誤解不談，新聞編譯會出錯，可能是因為處理原文時太過自由或者太過直譯；換言之，過猶不及，無論本地化過頭或保留太多原汁原味的內容，都會弄巧成拙。僅舉一個二〇〇六年的例子：蓋達組織（al-Qaeda）第二號人物艾曼·薩瓦里（Ayman al-Zawahiri）表示，埃及伊斯蘭聖戰組織（al-Jamaa Islamiya）已經加入蓋達組織。然而埃及伊斯蘭聖戰組織在自己的網站上發表聲明，「斷然否認」（categorically denied）薩瓦里的話，而許多國際新聞媒體的報導中也翻譯了這句話。

其中，俄羅斯大報《消息報》（*Izvestiya*）下標時用了動詞「otkrestit'sya」：這個動詞非常普通，有一點口語，意思是「嚴正駁斥」，但照字面直譯卻是「在胸口畫十字發誓（聲明某事與自己無關）」。於是俄國讀者大開玩笑，說伊斯蘭極端組織成員看來都改信基督教了。不幸中的大幸，俄文裡沒有直接對應「在胸口劃十字發誓，違者不得好死」的慣用語。

另一名新聞編譯的疏失，則為匈牙利文新增了指稱錯譯的字詞「leiterjakab」。

一八六三年，法國攝影家納達（Nadar）進行熱氣球首航，一名匈牙利記者根據維也納一家報社的德文報導編譯新聞稿。德文原文寫道：「Empor, empor, wir wollen so hoch hinauffliegen wie Jakobs Leiter」，意思是「飛啊，飛啊，我們要飛得跟雅各的天梯（Jacob's ladder）一樣高」，但是記者沒注意到句中有《聖經》典故，翻譯成「跟雅各．萊特（Jakob Leiter）一樣高」。（第一次讀到這個故事時，我自己也搞混了，誤以為「巨人」〔Le Géant〕是納達的同伴，但那其實是熱氣球的名字。）

每個新聞記者都有幾則類似的故事可說。誤譯會發生，有可能是一看到字詞，不假思索就選擇最常用的定義，因此原文是「美國解除（lifted）制裁」，可能誤譯成「美國升高（raised）制裁」；也可能是因為過度簡化或以偏概全，例如「éradicateurs」其實是指阿爾及利亞（Algeria）的政治派系，有可能誤譯成「強硬派」。在一些人稱為「翻譯工廠」（讓員工相當氣惱）的英國廣播公司國際頻道（BBC World Service），發生過特別多類似的軼事。作家哈米德．伊斯梅洛夫（Hamid Ismailov）回憶自己於一九九〇年代在BBC中亞部任職時，曾有一次要將英文新聞翻譯後廣播。他們從編輯室拿到的新聞稿開門見山寫著：「A member of the Kyrgyz parliament, Jokorgu Kenesh, died today」。伊斯梅洛夫的同事將這句話翻譯成「吉爾吉斯（Kyrgyz）國會議員『Jokorgu Kenesh先生』今天過世。」他們播完新聞才發現「Jokorgu Kenesh」就是指國會或「最高委員會」（Supreme Council）。「所以就在那一天，」伊斯梅洛夫說，「我們幫整個吉爾吉斯國會發了訃聞。」

世界各地的新聞編輯室每天都會面對語言相關的挑戰。二〇一〇年某天早上，BBC廣播四台（BBC Radio 4）的「今日秀」節目（*Today*）播報了一則新聞：「伊朗總統艾馬丹加（Mahmood Ahmadinejad）對聯合國通過的新一輪制裁措施嗤之以鼻，稱之為『用過的手帕』，另一種譯法是『用過的面紙』。艾馬丹加表示無論哪一種，都該扔進垃圾桶。」數分鐘後，應該是因為編輯台下了決定，播報時就只講「用過的手帕」，而BBC駐德黑蘭記者評論：「可以預期伊朗會這樣回應，還用了特別鮮明的比喻。」羅伯特．霍蘭德（Robert Holland）撰寫一篇論文分析這段廣播，頗能洞悉全球新聞媒體的生態。將兩種譯法都提出來很不尋常，也引發一連串疑問：哪一種譯法比較精確？不同譯法的差異為什麼重要？編輯為什麼在選擇其中一種譯法之前先引起聽眾注意？霍蘭德指出幾種可能性：製作單位可能想要避免鬧出國際醜聞，可能想要表現出「跨語言認知」，或單純就想開個玩笑，以避免過去因翻譯波斯語（Farsi）不夠精確而衍生問題。在二〇〇六年也曾發生過類似醜聞，艾馬丹加聲明伊朗「有權使用核能科技」，而美國有線電視新聞網（CNN）在編譯時將「科技」改成「武器」，伊朗政府因此禁止CNN的記者在伊朗境內從事新聞工作。

新聞用字出現分歧的原因之一，是有愈來愈多非英語國家在報導例如主政者言論時，採用自行翻譯的英文稿。二〇〇九年，艾馬丹加在聯合國大會上質疑安全理事會（Security Council）擁有否決權的發言引發爭議，伊朗將其中一句話翻譯如下：「這樣的邏輯符合人道主義或宗教的神聖價值嗎？」BBC的版本用字沒有那麼直截了當：「這樣的邏輯與哪種人道精神和神聖價值相符？」自從二〇〇五年起，新聞媒體就很清楚艾馬丹加的發言必須審慎處理，用詞解讀的分歧在當時達到高峰。艾馬丹加在「沒有錫安主義的世界」（The World Without Zionism）大會上引用柯梅尼（Ayatollah Khomeini）的話，西方媒體最初將其中一句譯為「必須將以色列從地圖上抹去」，引發各方怒火之後修正為「這個占據耶路撒冷的政權必須從歷史的一頁消失」。

另一個難以解決的爭議，永遠是公正性的問題。記者可能很希望達到公正，但是翻譯必須有所取捨，也特別不易達到公平、公正。從原文選錄段落編譯時，尤其難以完全避免偏見，但是編譯必須一直節選摘譯，即使提供了背景脈絡，人為下的判斷依舊難免「斷章取義」。「本於推廣充分知情的民主選擇的精神，」霍蘭德在論文中提議播出中加註類似「本片可能含有性、不當言語等敏感性內容」的標示警語，好讓聽眾知道接下來的報導涉及翻譯內容，「英語聽眾接收到的意思可能與原文所傳達的大為不同」。無論再怎麼精妙高明的本地化，都無法改變這一點，但是新聞若不經過本地化，就難以遠傳千里。

二〇一一到二〇一二年的冬季，俄國爆發一連串反政府示威，民眾抗議執政黨作票贏得國會大選，要求重新選舉。抗議群眾的年齡層和政治信念各異，但他們全都覺得試圖表現得很民主的政府剝奪了自己的公民權。其中一句抗議標語寫著：「Vy nas dazhe ne predstavlyaete」。句中的俄文動詞「predstavlyat」意指「想像」或「代表」，這句雙關語可以翻譯為「你們根本無法想像我們」或「你們根本無法代表我們」。如果理解為前一種意思，「你們根本無法想像」這句話常常出現在日常對話中；另一種意思就比較少用，因為「代表」語氣較正式，而「根本」帶有情緒，兩者的衝突讓這句話顯得不太自然。將人民與所謂代表民意卻不擇手段保住權力的那群人之間的鴻溝加以突顯，就社會運動而言是很巧妙的做法。

這句標語一時之間大為風靡，成了示威活動的主要迷因（示威在數個月後無疾而終，未有任何實質成效）。任何雙關語在翻譯之後註定翻車，但為了多少彌補，我試著朝兩個方向闡述背景脈絡。在示威活動發生之前數年，克里姆林宮以現代化計畫自豪，承諾要讓俄國脫胎換骨，在經濟和政治方面迎頭趕上西方國家。然而，貪腐情況普遍，外加缺乏民主，無論官方推動什麼改革措施，多數人民的處境依舊沒有好轉。思索這句標語時，我想到另一句預示美國獨立革命的標語：「沒有代表，就不納稅」（No taxation without representation）。這句話最初是十八世紀英國殖民地人民提出，抗議他們向英國政府納稅，在議會卻連一席代表都沒有，後來也由其他社會運動人士沿用。我決定參考這句將俄文標語翻譯成「沒有代議士講話，就不算現代化」。原本的雙關難免流失，但是這個譯法從背景相關的英文標語改寫而成，保留了人民要求採行代議民主制的意思，而且有押韻。

在現今新聞速食化的世界，編譯即使天賦異稟，通常也必須將就採用沒那麼順口好記的標題，不過仍有一些標題令人拍案叫絕——「Foot Heads Arms Body」是一九八六年《泰晤士報》報導麥可・富特（Michael Foot）出任裁減核武軍備委員會主席的標題；「Trump Slips on Ban Appeal」是二〇一七年《赫芬頓郵報》（*Huffington Post*）報導美國地方法院駁回川普上訴所頒布旅行禁令違憲的標題；「May Ends in June」是二〇一九年

《每日鏡報》報導當時的首相梅伊（Theresa May）下台時的標題。[1]無論新聞標題是否玩了文字遊戲，編譯新聞時大多會重新下標，書籍命名時採用的策略也類似。雖然不應只看封面判斷一本書的優劣，但是書名的重要性無庸置疑，吸引讀者注意之外，也兼具概述情節和引人好奇的功能。看到書名中有雙關語或新詞、指涉在地元素或引經據典，譯者理想上會努力想出對得起作者創意的譯法，如果找不到對應的用語，還是可以處理得稍微誇張，或保險一點，採用低調保守的譯法。

彼得．漢德克的中篇小說《夢外之悲》（*Wunschloses Unglück*；書名原意為「無欲的悲歌」）就是書名構思已臻藝術境界的例子。原本的德文書名是把表達「作夢都想不到會這麼開心」的德文慣用語改寫成意思完全相反的「極度不開心」，而英文譯者拉爾夫．曼海姆（Ralph Manheim）將書名譯為「A Sorrow Beyond Dreams」（即「夢外之悲」）。另一個例子是湯姆．麥卡錫（Tom McCarthy）的小說《殘餘地帶》（*Remainder*），法文書名在譯者提耶里．狄寇蒂尼（Thierry Decottignies）的生花妙筆下則像是一行詩：「Et ce sont les chats qui tombèrent」，直譯是「這就是那群掉下來的貓」，指涉書中一個反覆出現的情節。保羅．哈蒙德（Paul Hammond）將米榭．韋勒貝克（Michel Houellebecq）的小說處女作《戰線的延伸》（*Extension du domaine de la lutte*）譯為英文時，則用精簡扼要的「無所謂」（Whatever）當書名。

維克多・佩列文（Victor Pelevin）另類小說《P世代》（*Generation 'П'*）也衍生出一長串譯本書名。原書以俄文書寫，於一九九九年出版，混用兩種語言的書名中以「П」代表「P」或「百事可樂」（Pepsi），講述一名廣告人在後蘇聯資本主義初期暈陶陶的社會氣氛中出人頭地的歷程。安德魯・布隆菲（Andrew Bromfield）翻譯的英國版書名為《巴比倫》（*Babylon*），源自故事主角瓦維倫（Vavilen）在英文版中的暱稱「Babe」（巴比）。美國版書名《智人》（*Homo Zapiens*）則是佩列文自己想出來的，指的是故事中以西里爾字母縮寫「X3」代稱的模範消費者，而「X3」正是常用來替代俄文粗話「鬼才知道」（Fuck knows）的委婉簡稱。不過書名之外，還有很多俄國文化元素需要譯者布隆菲以歸化策略處理。

俄文原文中的文案寫作雙關語俯拾即是，譯者則明智地加以取捨。當譯者「絞盡腦汁、搜索枯腸半小時」，頂多擠得出一個拙劣標語，那還不如略去不譯，讓讀者在過量

1 譯註：「Foot Heads Arms Body」意為富特擔任軍武相關單位之首；「Trump Slips on Ban Appeal」玩了「ban appeal」和「banana peel」音近的雙關，意為川普上訴失敗／踩到香蕉皮滑了一跤；「May Ends in June」意為五月／梅伊於六月（任期）結束」。

文字遊戲中喘一口氣。其他段落的譯文中，布隆菲則以自創英文雙關語的方式彌補：「洗衣用碧浪，潔淨又舒爽」（Ariel洗衣粉）；「白線三加三」（愛迪達運動鞋）；「幸福子民最好的主！」（全能的神）。英文版中改寫與神有關的廣告概念詞以配合標語，結尾則逐字翻譯。故事中的文案撰稿人寫出來之後看著成果，忍不住熱淚盈眶問道：「主啊，祢喜歡嗎？」

佩列文與布隆菲想出的標語中，有些令人激賞，有些——在作者刻意設計之下——則應列入史上最慘烈的廣告文案。廣告行銷的慘劇層出不窮，以下是幾個經典案例。百事可樂的廣告語「活過來！你身在百事可樂的世代」（Come alive! You're in the Pepsi generation）翻譯成中文時改成「與百事可樂一同活過來」，根據部分資料來源記載，有些中國消費者看到廣告，以為「喝百事可樂會讓祖先活過來」（廣告界就像翻譯圈，由於有許多不同版本草稿，軼聞故事也往往帶有杜撰訛傳的成分）。

一九九〇年代晚期，法國電信業者「橘子電信」（Orange）在北愛爾蘭（Northern Ireland）大打廣告時也遭受類似挫敗。當地民眾是天主教信徒，廣告詞「未來『橘』燦光明」會讓他們聯想到效忠英國王室的新教組織奧倫治會社（Orange Order）。新聞媒體紛紛刊出「橘子電信凶多吉少」之類的報導，而橘子電信的營收極差，雖然拓展業務失敗的原因不一定只有廣告讓民眾聯想到奧倫治會社，但也難免讓人歸納出心得：行銷創意部門或許應費心運用一點「在地色彩」為佳。

話又說回來，即使是適合傳遞給觀眾的訊息，也可能聽起來不太對勁。另一則常有人引用的廣告趣聞是「伊萊克斯吸力無可匹敵」（Nothing sucks like an Electrolux），這是英國代理商一九七〇年代為了行銷瑞典品牌吸塵器想出的廣告詞。很多美國人看到這句廣告詞時，當成了大笑話，英國消費者倒是很滿意，因為美式英語以「suck」表示「爛透了」的俚俗用法還沒有傳到英國。字詞不脛而走，對背景脈絡的理解卻姍姍來遲，這樣的現象可以追溯到至少三百年前歐洲各地都有《旁觀者》的年代。

第十五章 與當地人打交道

一八七〇年四月十一日，七名英國人和兩名義大利人結伴出遊，他們從雅典（Athens）啟程，準備去參觀馬拉松（Marathon）古戰場。他們聘了希臘嚮導亞歷山大·艾莫揚尼（Alexander Anemoyannis）；歷史學家羅密利·詹金斯（Romilly Jenkins）描述此人「素為許多外國旅人所知，不過名聲好壞有待商榷」。當時希臘王國盜匪橫行，鄉村地區向來有治安敗壞的惡名。回程途中，這群遊客遇到一支獲派來護送他們的護衛隊，但是堅持不帶護衛繼續前行。他們成了一群強盜的俘虜，婦女後來獲釋，男人則遭扣留。艾莫揚尼想逃走，但強盜還是喊道：「把翻譯員也抓起來！」並將其俘獲。

接下來的贖金談判有時會由艾莫揚尼居中翻譯。強盜要求鉅額贖金（原本是三萬兩千英鎊，後來增加至五萬英鎊），加上承諾不可追究他們的罪行，以及赦免他們在獄中的同夥。其中一名俘虜是孟卡斯特爵爺（Lord Muncaster；強盜聽名字以為他是維多利亞女王的表親），強盜放他回去籌措贖金。英國人懷疑希臘政府與「山賊」（klepht）勾結，雖然準備好要求的贖金，但也安排人手營救人質。

計畫進行得並不順利。強盜頭子多次警告人質，如果不立刻滿足他的要求，他就割破他們喉嚨。艾莫揚尼翻譯了強盜的要求，但沒有譯出威脅撕票的話語。這幫盜匪遭到軍隊追捕，於是派艾莫揚尼去傳話給指揮官。據約翰尼斯・吉納狄烏（Ioannes Gennadius）在《希臘近期盜匪殺人案筆記》（*Notes on the Recent Murders by Brigands in Greece*）中所述，帶隊的上校告訴艾莫揚尼：「趕快回去告知強盜不用害怕，他們可以安心留在席卡麥諾（Sykamenos），因為已有命令要士兵不准對強盜開火，等他們拿到錢，希臘政府會遵守先前承諾，讓他們安全離開希臘。」艾莫揚尼沒能將這番答覆轉告強盜，或許是因為強盜逃往迪雷西村（Dilessi），而他沒能趕上。剩下四名人質分別是義大利和英國公使館祕書、一名律師和一名年輕貴族，他們在逃亡途中無法跟上而遭強盜殺害。

「在整起事件中，翻譯員亞歷山大在綁架案中扮演的角色可說極為撲朔迷離，」詹金斯在《迪雷西命案》（*The Dilessi Murders*）中分析，更稱他為「最不可靠的中間人及證人。」艾莫揚尼遭控為綁架案共犯，且涉嫌在談判過程中有意疏忽。審訊時，一名護衛隊士兵作證說他多次向這群遊客提出警告，要他們千萬不要自行前進，但遊客並未理會。艾莫揚尼聲稱自己翻譯了士兵提出的警告，但遭到反駁。他也涉嫌向盜匪告密，洩露人質與救援部隊使者之間用義大利語對話的細節。

為了替希臘政府說話，吉納狄烏強調即使「嚮導的背信忘義是釀成悲劇的原因之一，不表示政府應該為一名私聘嚮導的行為負責。」他也對艾莫揚尼遭到的部分指控提出疑問：「還比較有可能是孟卡斯特爵爺搞混，畢竟另外兩個人……希臘文比較好。」但無論孟卡斯特的希臘文有多好，口譯譯成英文時都不應有所遺漏。大家對於口譯常有一些錯誤的假設，認為口譯為了盡量不介入或是節省時間，應該翻譯他們覺得聽者不懂的部分就好，其他時候就保持靜默。如果採用這種辦法，任何一場口譯都可能遍布語言相關的地雷。

雖然有一些證詞不利於艾莫揚尼，但他最後洗脫罪嫌，而根據詹金斯所述，他想辦法重操舊業，之後多年依舊擔任外國遊客遊覽希臘的地陪。關於他疑似涉案的消息必定不脛而走，但在那個年代，甚至許久之後，很多旅人都預期嚮導不會是老實人，將自己對當地人最壞的印象投射在嚮導身上。貝德克爾（Baedeker）旅遊指南中的「與當地人打交道」單元就耳提面命要讀者小心嚮導，並提供物色嚮導的好地方及費用行情。「開羅（Cairo）有大約九十名翻譯員，多少算得上聰明稱職，」一八九二年的貝德克爾指南寫著，「但其中只有近半數忠實可靠。」

十九世紀晚期的遊記中，嚮導通常也是東方風情不可或缺的一部分，描繪得愈陌異奇特愈好。但是嚮導的表現很難讓遊客滿意，遊客既想要感受狂放趣味，又想要他們展現扎實專業，而最根本的窘境是，他們根本無從評價嚮導兼口譯嘴裡吐出的陌生語句是否正確。「東方的翻譯員並非排斥說話，」查爾斯・達德利・華納（Charles Dudley Warner）在《尼羅河冬遊記》（*Winter on the Nile*）中回憶道，「但他每次翻譯都簡單扼要，讓人無從接續話題。我想翻譯員在會晤場合通常只譯出他們覺得你應該說的話，也只翻譯他們覺得對你好的回覆給你聽。」

這個時期的嚮導兼口譯可說是自由接案的語言專家，而客戶期待他們做的遠遠不只翻譯，還包括協商交涉、打探消息、殷勤伺候和保護、跑腿打雜、居中斡旋、採購物品、代訂各項服務；其實古往今來的翻譯人員也都背負類似的期待。如果有什麼事不如客戶的意，他們就會責怪嚮導，但不管嚮導多麼任勞任怨，不僅得不到稱讚，還常常被客戶壓榨。然而在瑞秋・梅爾斯（Rachel Mairs）和瑪婭・穆拉托夫（Maya Muratov）合著的《考古學家、觀光客與口譯員》（*Archaeologists, Tourists, Interpreters*）一書中，記述了一個比較美好的故事。歷史上大部分的譯者沒沒無聞，而索羅門．尼吉瑪（Solomon Negima）本來也會和其他同行一樣遭人遺忘，但卻因為保存了一冊記錄工作點滴的剪貼本而留名青史，本子裡有客戶寫的信、照片和翻譯職涯中留下的其他證明。例如一八九一年四月十八日的條目寫著：「達令普爵爺（Lord Dalrymple）謹表示他在一八九一年春天，在翻譯員蘇萊曼．尼吉瑪（Suleiman Negima）陪同下遊歷巴勒斯坦和敘利亞，且樂意讚賞尼吉瑪，認為他是聰明敬業的得力助手，值得向所有希望遊覽上述地區的旅人大力推薦。」

尼吉瑪是敘利亞天主教徒，曾在德語教會學校唸書，通曉英文和德文。他最早在一八八五年擔任英軍口譯員，曾在埃及和蘇丹服役，戰爭結束後開始從事嚮導工作。尼吉瑪以冷靜沉著的個性和優異的語言能力大獲客戶好評，他和古往今來許多口譯員一樣，不得不應付一些難纏的客戶。其中一位是英國的愛倫．米勒小姐（Miss Ellen E. Miller），她覺得尼吉瑪太膽小；（從她的遊記《隻身行過敘利亞》〔*Alone Through Syria*〕書名，可知她沒有其他歐洲人旅伴）。她想大膽偷看當地人帳篷，尼吉瑪表示不鼓勵這種行為時，她大為惱怒；她在生病時則認為尼吉瑪有義務照顧她。尼吉瑪受聘於約瑟．勒韋林．湯瑪斯（Joseph Llewellyn Thomas）的經驗就好多了，這位聖公會牧師來自牛律，當然他也把尼吉瑪視為僕役，但就不怎麼熱衷追尋異國冒險。他也在尼吉瑪的古代版「領英（LinkedIn）個人檔案」留下一筆客戶好評。

現在已無從得知艾莫揚尼是不是也有一本類似的工作紀錄，或者他獲判無罪之後如何說服遊客聘用他當嚮導。某方面來說，他還找得到要去那一帶的遊客已經算很走運。英國曾在一八二一到一八二八年獨立戰爭（War of Independence）支持希臘反抗鄂圖曼帝國，也自一八三〇年代起為希臘提供保護。但迪雷西命案的消息傳遍全歐，希臘與英國也因為這樁命案而交惡。同時，在英國有很多人認為希臘只配獲得等同殖民地的待遇，認為希臘人全是山賊，辜負偉大的古希臘文化。

美國駐雅典大使查爾斯．塔克曼（Charles Tuckerman）於一八七一年所寫的小冊《希臘的劫掠行為》（*Brigandage in Greece*）引發熱議，他認為山賊劫掠行為正是整個政府體制貪贓枉法、勒索頻傳的根源。多年後，希臘外交部一名官員將塔克曼所著小冊譯為希臘文，他以細膩手法處理譯文，巧妙地替自己的國家開脫。羅丹蒂．查涅利（Rodanthi Tzanelli）在論文〈無主殖民地〉（Unclaimed Colonies）中指出該官員並未譯出「勒索」，並在譯註中說明：「這是英格蘭和蘇格蘭的傳統，因為……在英文和蘇格蘭文中都可以找到描述這種過程的詞彙，在希臘文中則沒有這個詞語，也沒有理由擔心會出現這個字詞。」譯者的論證很高明，但並非滴水不漏。希臘文中確實有一個字指稱勒索：ekviasmos。這個字與英文中的「勒索」不能完全對應，和「via」（暴力）字源相同，即使母語人士可能認為這個字不涉及具體的利益，但還是足以形容勒索行為。

如果以語言為稜鏡觀看，會發現當時的英希關係格外複雜，也反映了更廣的政策面。根據一九三三年版《牛津英語詞典》（*Oxford English Dictionary*），一些十九世紀初期的文獻會將愛爾蘭和希臘相提並論。愛爾蘭的「動盪不安地區」常以「如同希臘」來形容；《每日電訊報》（*Telegraph*）稱希臘山賊為「歐陸風格的芬尼安」；《旗報》（*Standard*）建議將殖民地俚語中的「愛爾蘭」改稱「希臘」。[1]迪雷西命案發生後，政壇講到希臘山賊常稱之為「banditti」，這個字原本用來指稱愛爾蘭鄉村的祕密組織「綠帶會」成員（Ribbonmen）。英國人固然能擺出上國姿態輕易跨越疆界，但就得在不可靠的嚮導陪同下行動。

※

任何譯者都能找到無數理由自責：該開口時沒開口、該閉嘴時沒閉嘴，太積極主動、太含蓄被動，有時候只是省略某個字，或者用了某個字，危機四伏，處處陷阱。譯者對於原文的忠實程度也時常遭質疑，有時原文甚至完全被忽略，而這也該受到質疑沒錯——在此我以一個於自己能力範圍內背離原話的口譯員角度表態。之所以背離原話都是基於善意，多數情況也能在發現後立刻改正，或許這麼說可以從輕論罪，卻依然無法完全開脫。但就算我對自己犯錯不知不覺（不過考慮到翻譯工作的本質和侷限，很難想像譯者毫不知情），一想到許多客戶對我的全心信任，這種信賴仍令我十分驚奇。客戶第一次見到我的時候，可能是在警局的拘留室或是法院的證人室，客戶會認為我會講他們的語言，而且是去幫忙他們，就會站在他們那一邊，所以什麼話都可以跟我說。我會告訴客戶不要誤把我當成他們的事務律師，只要把我當成一台機器，只要對著我說他們想說給英語人士聽的話就好。我會提醒客戶，開始錄音之後，不管他們說什麼，我都必須翻譯，也包括「你覺得我是不是最好別提是我先動的手？」有時候，解釋這些才是最困難的。

接著就是正式上場——出錯的機會很多，但幾乎都來不及改錯。有時候回想起來，連我都不信任自己。有一次是家暴案開庭，受害者的原話是說「vypivshi」（一個有很多

1 譯註：芬尼安（Fenian）係指十九世紀中葉密謀推動愛爾蘭獨立建國的「芬尼亞兄弟會」（Fenian Brotherhood）及愛爾蘭共和兄弟會（Irish Republican Brotherhood）成員。

意思的常用俄文字，通常不到「酩酊大醉」的程度），我很快考慮了不同譯法，「微有醉意」太古雅，「他的酒醉狀態可以形容為介於有一點醉到中等醉，可能稍微再醉一點，但絕不是爛醉」又太冗長正式，最後翻譯成「他喝醉了」——出於某種原因我沒想到最妥切適合的「他喝了酒」。

有時候一句話翻譯到一半，我腦中會察覺有錯，這時我會及時改口：「通譯要修正一下……」事後分析為何出錯，通常得回去查詞彙表、筆記和參考資料。不過有些時候，我也想辦法在翻譯時做到兼顧內容和形式。其中一個例子是替一名接受警方審訊的強暴案嫌犯口譯。審訊時他講俄文，我譯成英文，他告訴警方發生關係是雙方合意，而且顯然是急於營造好印象，在描述他和受害者相遇的過程（發生在當地公園的樹叢下，當時正在舉行飲酒狂歡的活動）時，此人用的語言活像十九世紀言情小說。我將他的敘述大致翻譯如下：

> 我朝彼處望去，眼神落在一位年輕佳人身上，花容月貌的她倚樹而立，姿態極為撩人。體內忽然竄起熊熊烈焰，我從長椅上站起身來，從插科打諢的友伴身旁走開，接近那位獨自陷入沉思的佳人，發現她對我的熱情關注也好意回

應。我們在那棵樹下找好舒適的位置，很快就陷入肉體交纏……

我臨機應變，翻譯時盡量忠於他的用字和風格，雖然我們都知道這番獨白很可能不是事實全貌。

翻譯不是板球遊戲。翻譯主要有三方參與，來源語講者、目標語對象和中間人，其中至少有一方無法搞清楚狀況，他們也會因此（算是合理）假設遊戲不公平，而自己的勝算並不大。等他們開始居於下風，或覺得自己快輸了，他們的直覺就是責怪那個什麼都聽懂的中間人。當文字讀起來沒有說服力，或話語聽起來有問題，就難以順利溝通。反過來說，原文愈不信實可靠，翻譯的難度就愈高。互不信任造成的惡性循環很難打破。有一張年代標註一九一七年前後、從埃及寄出的明信片，很多譯者和翻譯服務使用者如果看到，一定會心有戚戚。明信片上是一個棕色皮膚的男人，照片裡他身穿埃及當地服裝，頭戴塔布什氈帽（tarboosh），睜大雙眼凝望的表情表達誠實不欺，圖說寫著：「可靠的翻譯員」。明信片上寫著：「這是嚮導兼口譯，明信片說他是可靠的翻譯員，別上當。」

第十六章 必也正名乎

亨利・薩維奇・藍道（A. Henry Savage Landor）在《中國與八國聯軍》（*China and the Allies*）中寫道：「中國的仇外團體自稱『義和團』，我不知道是誰發明了『拳團』的譯法，但不論是誰，都翻譯錯了。」藍道是英國作家、人類學家暨冒險家，於一九〇〇年發生義和團之亂時正在中國，當時義和團打著扶清滅洋的旗號在各地發起排外運動。藍道的探險經驗豐富，曾於一八九〇年代進入西藏（圖博），會說數種方言，他思考應如何將義和團相關組織（常常獲得清廷祕密支援）的不同名稱譯成英文。他將「義和拳」譯為「Volunteer United Fists」（義勇聯合拳），將「義和團」譯為「Volunteer United Trained Bands」（義勇聯合團練）。

俄國記者狄米崔・揚奇夫斯基（Dmitry Yanchevetsky）是藍道的同行，他也寫下事變時身在中國的第一手紀錄。他寫的《亙古屹立的長城旁》（*By Never-Changing Cathay's Walls*）和《中國與八國聯軍》都記述相同的事件，但兩本書的風格截然不同。揚奇夫斯基的書名取自普希金的一首愛國詩，也為他的記述定調，書中偶爾流露侵略主義思想，而且文字華美雕琢。藍道的風格保守自持，記錄事實通常很謹慎，而揚奇夫斯基偏好讓文句有一點詩意，有時會以豐富的想像力加油添醋。揚奇夫斯基身為聖彼得堡大學（St Petersburg University）東方研究學院校友，如果有什麼能讓他字斟句酌、吹毛求疵，那就是清帝國所使用、有不同方言及官方書面語的中文。光是清廷官方書面語，就足以讓學中文的人焦頭爛額。藍道為了義和團名稱中的「義」與「和」兩字躊躇苦思，「和」意指「和諧」，「義」通常譯為「righteousness」（正義），他最後譯成「united」（聯合）。揚奇夫斯基則將兩字結合後自行發揮創意，他的俄文譯法字面意思為「真誠和諧拳」和「真誠和諧民兵」。

將揚奇夫斯基的著作譯為英文時，我選擇相關英文文獻中常用的說法「Righteous and Harmonious Fists」（正義和諧拳）和「Righteous and Harmonious Militia」（正義和諧民兵），也會以「Boxers United in Righteousness」（義聯拳團）或單純「Boxers」（拳團）來指稱義和團。義和團名稱在史料和現代文獻中，根據不同音譯系統而有不同拼法，我也必須製作專有名詞一覽表，好讓編輯挑選適合的英譯。我試著參考藍道的著作，只看最前面幾頁，就發現同一個中文字有好幾種不同拼法，一點幫助都沒有；所幸，揚奇夫斯基的拼法比較一致。兩人都一致同意「Boxers」的英譯有誤導之嫌：叛亂分子打鬥時並不是赤手空拳。義和團的訓練包括體能鍛練，以及讓自己刀槍不入的祕術，雖然武術是其中很重要的一環，但是主要目標是連成一氣，對抗挾著先進科技侵門踏戶甚至威脅要破壞傳統生活方式的洋人。起事者的行動一點都不「和諧」，清廷對於他們的態度反覆無常，前一天下令將他們「剿滅」，後一天又重拾鼓勵義和團的政策。根據藍道所述，慈禧太后「在諭旨中褒揚義和團，嚴令他們絕不能在外人面前再提一個『和』字」，於是「和」字獲朝廷認可改為「合」。有些譯法於是加入「合」的意思，也有些譯法依舊採用「harmonious」。然而無論哪一種譯法，都無法反映義和團對待洋人及為洋人辦事的中國同胞的殘酷暴虐。

藍道和揚奇夫斯基兩位「特派記者」記述了在天津的見聞，之後又前往北京。一九〇〇年六月，天津、北京兩城上方烏雲籠罩，京城之內的情況尤其嚴峻：亂賊四處放火，外國人根本不敢踏出使館區一步。多國部隊組成的聯軍從天津緩緩向北京推進。聯軍行動遭到義和團阻撓，他們認為電報、鐵路都不是好東西，歐洲人的電報線路常常遭到干擾或破壞。揚奇夫斯基被困在天津，可能是因為收到的可靠消息非常有限，於是他寫了一篇特別駭人聽聞的報導。

他發揮創意描寫義和團聚集在火神廟的經過，整個場景鋪天蓋地盡是紅色。寺廟位在城市隱祕之處，在大紅燈籠照耀下一片燈火通明，一群裸著上半身的男子在頭、腰和脖子上綁著繡有神祕字符的紅布條。為首者紅衣紅褲，在隆重盛大的場面中登場，以慷慨激昂的發言鼓動群眾，吆喝著要他們殺死所有洋人。「我們處死了一個日本駐北京使館的通譯，」他說，「他想違反禁令出城，董福祥的豹子兵抓住他，割了他的鼻子、耳朵、嘴唇和十指，刺穿他的身體，把他背上的皮剝下來當腰帶，還將他的心掏了出來。」接下來還有更多恐怖的細節，最後以一句鼓舞士氣的話總結：「我們將敵人的心切塊分食了，現在我胸膛裡就有一塊敵人的心，我天不怕、地不怕。」

藍道對於此事的記述比較簡短：「日本使館書記杉山（藍道拼成「Sogiyama」）先生前往車站途中，遭董將軍麾下馬隊殘暴虐殺。」杉山彬（大多數英文文獻拼成「Akira Sugiyama」）確實是日本使館書記。他前往火車站欲與日本軍隊會合，但董福祥手下士兵在城門抓住他，在市井百姓眾目睽睽下將他殺害。這是義和團之亂裡北京第一個遇難的外國人，遺體隔天被發現時已殘缺不全，據說士兵將死者的心臟剜下來當成戰利品獻給董將軍。藍道並未述及這些未經證實的傳聞，揚奇夫斯基則繪聲繪影、大書特書。他書中如何處死通譯的這段描述，究竟是為其他人的敘述添枝加葉，或者單純誤解？這樣一名因誤譯而存在的通譯，很適合用來比喻一場在多國語言中發生的戰事。

至於真正身陷戰禍的通譯也難免成為眾矢之的，這些幫「洋鬼子」（二十世紀初的文獻中多譯為「foreign devil」）做事的當地人往往能領高額酬勞。在距北京數百英里處的鐵路沿線有一群歐洲工程人員，他們在暴民發難後被迫逃離，藍道如此記錄：「三名替工程師翻譯的中國通譯滿臉淚痕進入比利時領事館，報告說拳民攻擊歐洲工程人員，要是不派救兵，恐怕他們全都會沒命。」領事館立刻派出一群志願軍前去救援，其中一名通譯也加入行列。之後有生還者講述他們蜷縮在戎克船（junk）船艙躲避攻擊時，有另一名中國通譯挺身保護歐洲人。大多數的人安全地抵達北京；總工程師、他的姊妹和兩名部屬不幸罹難；那位忠心通譯的命運無人知曉。

雖然要冒著遭到報復的風險，有些當地人還是繼續幫外國人做事。揚奇夫斯基提到「一位中國男士小劉」時態度相當親切，「我們大多叫他列昂尼・伊凡諾維奇（Leonid Ivanovich）」。小劉在天津教書，擔任直隸總督的口譯，很聰明，俄文流利，也喜歡和俄國人來往。揚奇夫斯基說他們一群人有一次出遊，一起享用「上海風味的中國糕點加歐洲餐點佐法國香檳」，小劉對同伴大談義和團的發展史，嘲笑他們想法落後，並將義和團與清乾隆晚期以來的民變相互對照。義和團打著「扶清滅洋」的口號，基層單位稱為「壇口」或「爐」，早先名為「義和拳」，前身包括大刀會、紅燈照、金鐘罩等民間結社。至於小劉的全名，以及他許多通譯同行的名姓，皆已不可考。揚奇夫斯基在書中另一處提到一名外國工程師遊訪中國各地，陪同的是一名得力口譯員：「取了俄文名彼得・伊凡諾維奇（Petr Ivanovich）的中國人」。無論這些中國男士對於取外文名有何想法，他們可能覺得最好跟毗鄰的俄國老大哥保持友好。

當我努力與揚奇夫斯基書中諸多中文名稱搏鬥，拆解晦澀難懂的名號、地名、機構名，我想到先賢孔子的語錄《論語》（英譯本由李克曼〔Simon Ley〕翻譯）中的一段：「子路曰：『衛君待子而為政，子將奚先？』，子曰：『必也正名乎！』……『名不正，則言不順……禮樂不興，則刑罰不中；刑罰不中，則民無所措手足』。」對於名字的重要性，相信所有譯者一定跟作者有同感，尤其是想到名字還需要翻譯成外文。也許義和團在取名時應三思而後行，至少也要確保不被人誤認成某種體育社團。

義和團之亂期間，揚奇夫斯基有時也擔任口譯，在審問犯人時幫忙翻譯。有一回，他從一個受傷且意識不清的男人口中問出含混的幾個字，他事後不無同情地記述：「我不知道他們最後怎麼處置那個囚犯。我懷疑聯軍士兵會不會饒他一命，真是草菅人命。」眼看人類基本價值岌岌可危，揚奇夫斯基也不再認為國家主義至上。這位漢學家雖然擔心自己不夠熟悉各地方言，但在語言方面的專業表現還是可圈可點。不過他在像小劉這樣的專家面前還是自嘆不如，尤其是在拜會欽差大臣李鴻章那一次，當時小劉在任職學校遭義和團焚燬後已逃離天津，轉而擔任李鴻章的全職通譯。「我能跟這位傑出人物說什麼？」揚奇夫斯基暗自沉吟。所幸小劉開口解圍，告訴李鴻章：「這位俄國記者對今年的事件有一些寶貴看法，如有機會與大人分享，他會非常感激，也是他莫大的榮幸。」

揚奇夫斯基拜訪天津的俄國領事館，聽到俄國女士與一名中國僕人閒聊時大為驚奇：「她們竟然能把孔子的語言講得那麼流利！」在他看來，她們能夠說很流利的中文，在於中文書面語與口語比起來，寫中文要學數千萬個代表詞素的中文字，但講中文只需要掌握音素，不用學太多文法，相對比較容易（肯定要強調的是：「相對」）。他舉了一些例子，包括哥薩克人（Cossacks）在遠東地區待了一陣子就略通中文，以及一名官員只學了兩年中文就成為出色的外交人員。

外交與翻譯向來息息相關。義和團之亂發生的四十年前曾爆發英法聯軍之役（亦稱第二次鴉片戰爭），清廷與英、法議和時，被迫開放列強公使駐京及擴大通商口岸。在《改變中國》（*Changing China*）一書中，威廉・加斯寇－賽西爾（William Gascoyne-Cecil）講述英、法兩國於一八六〇年簽訂條約時提出種種要求，而清帝國積弱不振，已無力反抗。其中一份條約文件出現了幾行預期之外的條文。根據加斯寇－賽西爾所述，法國代表看不懂中文，遂由他的通譯——「一名有才幹的耶穌會教士」協助審閱條約中文版。這位通譯狄拉瑪神父（Père Delamarre）在條文中加了兩項條款：准許基督徒於中國從事宗教活動，以及准許法國傳教士擁有私人財產。「發現神父基於虔誠信仰而偽造文書後，」加斯寇－賽西爾記述道，「法國代表認為指責通譯也沒有好處，於是法國官方承認中文版條約具有效力，中國代表則不曾提出質疑。」

漢學家柯文（Paul A. Cohen）在《中國與基督教》（*China and Christianity*）中寫得更為詳細：「英法聯軍強迫清廷同意的附加條款，進一步鞏固了傳教士和教民的特權。」和約的法文版條文只是正式承認先前頒布的一道旨令，承諾彌補天主教徒在戰事中的損失，中文版條文卻造成更深遠的影響。條文准許法國傳教士在中國各地租地、購地及建造房屋；天主教在中國不受禁令限制；若無合法理由，不可隨意逮捕教民，違者將受懲處。「中國人……接受中文版條文具備權威地位，」柯文寫道，並指出條文版本差異「顯然出於法國方面其中一名通譯心懷不軌……究竟何人應該為條文遭竄改負責，現今已不可考。」歷史學家眾說紛紜，有一說是狄拉瑪，也有說法指出另一名法國通譯梅希佟男爵（Baron de Mèritens）曾「自己坦承」應為此負責。也有研究者認為可能是英法聯軍攻打時任法軍指揮官的葛羅男爵（Baron Gros），指出他默許通譯竄改條文，以確保法國同胞享有特權。或許有多名共犯參與其事，而不是如一般人所想，一名譯者大筆一揮就將條文改寫。

翻譯揚奇夫斯基的著作時，我一直有股衝動，想改動比較難以理解的名稱，還有改掉作者不時展露的侵略主義思想。最後我並未更動，單純是因為光查那些專有名詞，就把精力都消耗光了。過去一百年來，中文字的羅馬拼音和俄語拼音方式發生過多次變動，藍道著作、揚奇夫斯基著作和其他諸多史料文獻採用的音譯拼法可能天差地遠。要辨認兩本書中的特定人名或地名，有時候最簡單的方法是看圖片：當時到現場拍攝者寥寥無幾，特派記者用的照片就只有同樣那幾張。此外，清廷官方文件的俄譯和英譯多半非常相近，因此耙梳過濾一番後，我總算找到相關的英文摘錄，可以複製貼進我的譯文。直接自行翻譯成英文也許比較快，但我還是勤加查考，確保譯名正確道地。

聯軍攻入北京解救已遭圍困八週的公使館人員時，保存文件絕不會是他們的要務。藍道回憶自己在聯軍攻占總理各國事務衙門（藍道稱為「War Office」）後走了進去。他發現裡頭凌亂不堪：無論清軍操練手冊、槍炮彈藥書籍、航海書籍、化學書籍、照片、地圖或航海圖，全都散落一地，甚至還有清廷與外國所簽條約的正本（可能就包括四十年前法國人竄改的那一份），統統四散各處。當他四處走動，「幾名雜工進來，開始將那些珍貴的書冊文件掃進水溝。」他也提到一名傳教士在某總督府發現一些重要文件，遂將文件獻給英國當局並附上譯文，「最後獲得絕對稱不上客氣的對待」。

傳教士普遍熱衷書寫，書寫既是啟蒙的工具，也能展現軟實力。來自威爾斯的浸信會（Baptist）傳教士李提摩太（Timothy Richard）將非常多文學、科學和宗教作品譯成中文，獲藍道讚譽為「在全中國廣受愛戴」。他翻譯的書籍流傳很廣，尤其大受年輕人歡迎，他們迫切想要「知道洋鬼子知曉的一切」。李提摩太成為知名公眾人物，扮演了中國現代化推手，他在義和團之亂期間努力保護其他傳教士。那年夏天，兩百三十九名傳教士遭殺害，還有三萬兩千名中國教民也遇害。漢學家周錫瑞（Joseph Esherick）於《義和團運動的起源》（*The Origins of the Boxer Uprising*）中寫道：「對中國北方的平凡村民來說，不平等條約、炮艦外交、沿海租界都無關緊要。村民如果看到外國人，那人肯定是傳教士——外國人的存在等同『外國宗教』。」換句話說，即使義和團並未將基督教視為西方帝國主義在中國展現的另一面，他們憎惡傳教士干涉傳統生活方式的程度，絕不下於對外國科技的痛恨。義和團之所以對於洋人深惡痛絕，在一八六〇年《中法北京條約》動手腳的人也推了一把。

拳民在中國各地大肆鬧事，傳教士和通譯面對始料未及的嚴峻局面，往往別無選擇，只能採取主動。其中一名較知名的通譯是退役挪威軍官曼德先生（Munthe），他深受藍道和揚奇夫斯基敬重，通曉多國語言，原本接受清廷聘用擔任教官。據藍道記述，曼德在戰火蔓延時辭去教席，「主動提議協助聯軍，拒絕接受任何報酬，唯一的要求是讓他隨時待在前線。」曼德先加入英軍，後又加入俄軍，「反倒是有些將軍往往偏好聘用一些確有其長處的人，但他們對部隊並沒有太大的幫助。」聯軍攻破北京時，曼德證明自己不僅是出色的通譯，也是勇猛的士兵。一名將軍傷重垂危，曼德和揚奇夫斯基在槍林彈雨中護送他撤退。兩名通譯獲得褒獎當之無愧——但有很多中國通譯得冒更大的風險，卻未受到應得的表揚。

動亂之後餘波盪漾，對一些人來說，外語能力還是相當好用。占領天津之後，聯軍高層起初允許自己人任意劫掠。然而翌日，很多外國人運了一車又一車戰利品送到公使館門口，卻遭到長官攔截，貴重物品全遭沒收。為了避免這種藍道形容為「黑吃黑」的情況，有些人耍了個小花招。例如一名英國軍官攔下載滿戰利品的人力車，會發現對方「滿口含混不清的法文」。由於聯軍有協議，各國代表僅能沒收本國同胞搜括的財物，軍官也只能「鞠躬行禮並承認尊敬的法蘭西共和國人民非屬他所管轄」，讓人力車通過。「所以那些會講好幾種語言的幸運兒——不是士兵，」藍道在記述中如此總結，「蒐羅了不少好東西帶回家。」

揚奇夫斯基也提到洗劫全城一事，每次皆強調俄國人從未參與（我只能咬著牙翻譯完這些段落）。周錫瑞指出搜括戰利品的不只是「各國軍隊（不過歐洲人最無法無天，日本人最守規矩）」，還有傳教士，他們甚至寫文章為自己辯護，並取了美妙的標題「戰利品倫理學」。然而，當時那些搜括戰利品的人究竟外語需要講得多流利，才能用這種伎倆順利矇混過關。發音怪異含混地咕噥幾句，很可能就足以騙過不懂任何外語的軍官，但伎倆是否奏效，與其說要看投機分子的外語多好，不如說要看其他人外語能力是否不足。

義和團之亂期間，與「洋鬼子」合作的中國人會處於左右不是人的境地，而大多數的衝突中也會有類似情況。當地口譯得活在可能遭同胞報復的陰影之下，一旦戰事結束，他們往往要面臨被拋下的命運。近年也有一些雙方關係類似的例子，比如英軍過去二十年在阿富汗聘用的隨軍口譯員。起初英國告知會准許他們移民英國，但後來的情況卻與先前承諾的不同。首先，這些口譯協助英國與塔利班（Taliban）為敵，其中一些人還曾在赫爾曼德（Helmand）的前線工作，英國為了保護這些安全受到威脅的人員，制定了所謂（名稱足以令譯者卻步）的「威嚇計畫」（Intimidation Scheme）。四百零一名口譯員提出申請，最後獲得安排遷往英國安身。二〇一八年，他們的簽證即將到期，一百五十名前口譯員發現必須重新申請才能留在英國，此外換新簽證必須支付兩千四百英鎊，有些人甚至無法讓家屬也到英國團聚。另一個選擇是接受遣送回阿富汗，如此一來就要冒著遭塔利班處決的巨大風險。這群口譯員向英國內政部請願，希望政府重新考慮當前政策，獲得國防大臣及從前的同袍支持。曾與口譯員共事的艾德．愛特肯（Ed Aitken）上尉表示：「在陌生的異國，與我們合作的口譯員貢獻難以言喻，而我們置身嚴酷可怕的環境，更是全心全意信賴他們。」

二〇一八年五月，英國政府終於免除他們的簽證費，有五十名前軍方人員獲核發簽證。同時還有一些阿富汗口譯員雖然遭塔利班追殺，卻未獲准入境英國。二〇一九年四月，已在英國安頓的前口譯員得以和家人團聚，但一年後仍有一些家屬還未等到簽證。這些「阿富汗軍事行動中無人歌頌的英雄」（媒體如此形容極少數有機會上新聞的案例）在自己的國家被視為叛徒，為英國效命後卻遭到拋棄，英國雖然最後接受他們，卻不算是敞開雙臂熱烈歡迎。他們的故事少有傳述，如今似乎只有老戰友還記得他們。從前他們曾在赫爾曼德、拉什卡加（Lashkar Gah）、馬爾亞（Marjah）並肩作戰，如今大眾對這些地名還有依稀印象，但那些再也回不去的人已經被申請庇護的沉甸文件掩埋。

為美軍工作的口譯員也面對類似困境，可能還更為不利。「任何上過伊拉克和阿富汗戰場的老兵都會說，最棒的資源就是一名優秀口譯。」《軍事專刊》（*Armed Forces Journal*）二〇一一年的報導中寫道。最優秀的口譯員不只會翻譯，他們「熟諳當地文化，擅長辨認非語言的蛛絲馬跡或變化。」他們相信日後得以移民美國才接受徵召，但只有十分之一的人順利移民；其他人無論在阿富汗的處境有多危險，皆被視為資格不符。我曾和其中一位名叫拉茲·穆罕默德·波帕爾（Raz Mohammad Popal）的口譯員談話，他曾有三年多在坎達哈（Kandahar）擔任美國和加拿大部隊的口譯。他的父親擔心遭到塔利班報復，叫他不要回村裡。有些人於二〇一五年向美國申請「特殊移民簽證」，但在焦慮等待四年後遭拒。波帕爾現居喀布爾，他說申請簽證像在「買樂透」，只能盡力照顧好家人。

伊拉克口譯員伊瑪·阿巴斯·亞辛（Imad Abbas Jasim）的例子同樣令人氣餒。他於二〇〇三年在巴格達（Baghdad）一處美軍基地門口偶然獲得工作機會（當時他在門外賣罐裝百事可樂），之後為美軍工作了三年。亞辛於二〇〇六年在一次爆炸中受傷；他的兄弟也為美國人工作，遭到綁架後下落不明。亞辛擔心自己和家人的安危，於是向美國申請重新安置。十餘年過去，多次送件之後，亞辛還在伊拉克，美國以安全問題為由最終駁回申請。他認為美軍格言「一個都不能少」（No man left behind）是「天大的謊言」。

涉入武裝衝突的譯者往往是最倒楣的一方。他們心知肚明交戰的兩方不會完全信任他們，也不能期待維和部隊會帶給他們多大的幫助。他們永遠要擔心哪一天會遭到報復。如今已有團體投入，力圖改變這種情況。非營利組織「Red T」以支援世界各地的口筆譯者為宗旨，已向聯合國發起請願，希望通過決議案以保障冒著高風險工作的外包譯者。假如上述的故事能夠引起讀者省思前線譯者面臨的困境，我們或許又離世上只需為用字遣詞爭戰的那一天靠近一步，例如「合」「和」之爭。

第十七章 主管機關的義務

「我完全不懂英文，」中國作家閻連科近年受訪時表示，「所以作品翻得好不好，我都不在乎。」文學家大可以說這樣的話。如果文學跟所有藝術一樣不實用，那麼除了純粹美學的標準，在文學翻譯中加諸任何其他標準都沒有任何意義。在講究實務的商業和公部門事務的世界，情況截然不同。無論商業或法律文件翻譯、商務口譯或司法通譯，翻譯服務的最終使用者都有權期待服務提供者達到一定水準。但即使在這些領域，由於接收方對於譯文內容一知半解，而且除了他們不熟悉所用語言之外還有其他因素，評判譯文優劣也就變得很困難。「沒人抱怨，」一名資深聯合國口譯員曾告訴我，「就表示譯得很好。」無論翻譯得好或壞究竟是什麼意思，用有無負評來定義會比較容易。標準或許很難制定，但品質下滑時通常顯而易見。

伊芭・貝古姆（Iqbal Begum）涉嫌殺害對她施暴的丈夫，於一九八一年在英國受審。她被控犯下謀殺罪，她承認犯罪後即遭判無期徒刑。直到後來才傳出消息，原來會講旁遮普語（Punjabi）並替她翻譯的事務律師並未告訴她謀殺罪和非預謀殺人罪的差異，可能是因為律師和她講的是不同方言。「本院難以理解，」上訴聽證紀錄記載著，「被告自遭到收押到接受傳訊，始終沉默不語，竟無一人想到……只是因為從沒有人用她理解的語言對她說話。」最後結論為：「明顯缺乏溝通的原因出在未能適切翻譯。」貝古姆上訴成功，於一九八五年獲釋，但家人和她斷絕關係，她在數年後自殺。她的案例以及其他冤案，在社會上引發設置獨立機關規範全英國口譯員的呼聲。

英國公家機關原本是有需要通譯時自行找人，亟需建立相關系統和規範，於一九九四年始成立「公家機關通譯人員資料庫」（National Register of Public Service Interpreters）。譯者如想登錄，必須先通過包含口譯和筆譯等不同項目的考試，可依據個人專長選考醫療、法律或行政專門用語。報考資格已經降低，也開放以僅修課不考試方式取得遠距教學學位者報考。目前此資料庫開放免費使用，可供尋找司法通譯、醫療口譯，或在社工訪談、就業服務站面試陪同的合格口譯人員，但是循此途徑聘用通譯的公家機關愈來愈少。

《歐洲人權公約》（European Convention on Human Rights）第六條保障刑事罪被告免費獲得口譯協助的權利，而從刑事法院和法庭的通譯開始，公辦通譯服務逐漸轉為民營。我在二〇一一年開始擔任司法通譯，當時是由法院直接聘任，報酬為工作三小時八十五英鎊，第四個小時開始的費率較低，車馬費另計。但在英國政府自二〇〇八年開始力行撙節的氛圍下，聘請通譯的開銷甚鉅，司法部（Ministry of Justice）於二〇一二年開始將司法通譯服務外包。九千萬英鎊的標案由一家小翻譯社得標，這家得標廠商旋即由外包服務龍頭「加比德」（Capita）公司收購。

加比德公司開始聘任資格不符的口譯員，只支付時薪十六英鎊，工作時數不限且車馬費更少，造成口譯界大亂。很多專業口譯本於良知或財務考量展開抵制；相關人員紛紛到國會前抗議、投書議員，還出現「可恥事件大全」詳述外包口譯種種不專業的表現。口譯失約、遲到和接案檔期的衝突狀況頻傳之外，甚至出現誤稱「妨害司法罪」（perverting the course of justice）被告為「性變態」（pervert）的疏失。雖然二〇一三年一份報告中稱委外經營的新制「一場糊塗」，但新制依舊存在。委託加比德公司經營的合約於二〇一六年到期後，下一家得標提供通譯服務的廠商是「寶閣文」（thebigword），他們毫不在意品質，照樣「只拿出香蕉」低價轉包。新合約生效首日，由於先前負責該案的通譯不克到庭，一場幫派販運人口案的審判只能休庭；八週後，一名男子偷竊價值六百英鎊的生活用品未遂，遭拘留四十八小時之後，有關單位才終於找到通譯。

英國司法部聲稱，將通譯服務委外之後節省了數百萬英鎊，但相關數字並沒有計入訴訟延宕的衍生成本。找不到通譯的情況下，很多案件只能休庭。尼泊爾軍官庫馬爾・拉瑪（Kumar Lama）上校涉嫌犯下酷刑罪一案，檢方二〇一五年一度因無法找到通譯而暫時放棄追訴，一年後檢方提出的證據不足以起訴，但此案耗費的一百萬英鎊全由納稅人買單。其他破壞性的後果，無論道義或實質層面，更是難以量化——前提是這些後果真的能夠予以定量。誤譯、劣譯不僅在司法體系內釀成悲劇，更會有全面性的災難。二〇一五年，英國某工地發生事故，造成一名羅馬尼亞建築工人雙腿失能。調查發現，他接受安全衛生教育訓練時，只有非正規口譯員替他翻譯。

由於愈來愈多專業口譯不再與公部門合作，公家機關通譯服務水準持續下滑——然而更多證據（還需要證據的話）顯示，外包也無法改善品質。翻譯時難免出錯，也許是用字不夠精確，或是在文化上的細微之處有所疏漏，但法院報告中指出的一些錯誤簡直令人髮指：把「bitten」（被咬）和「beaten」（被打）搞混，「charge」應譯為「控告」卻譯為「罰款」，把「Home Office」（英國內政部）誤認成書房等等。由於翻譯很容易自由發揮，我原本半信半疑，覺得聽聽就好，直到我自己也親身經歷了類似事件。司法部顯然也很清楚情況，委任了另一家廠商提供「獨立的品質保證」服務，廠商會派評鑑員

（業內稱之為「神祕客」）至法庭隨機抽驗，而他們的薪酬也只比通譯的微薄酬勞稍高。

至於獲得通譯協助的當事人，有些人對任何協助都滿懷謝意，有些人已無力顧及，有些人除了自己誰都不信。曾有一名被告拜託我安靜坐著就好，因為他先前使用通譯服務的經驗都很差。另一方面，口譯員也努力維護自身權益：有些人呼籲政府廢止通譯外包，有些人搬出傲人學歷，怪罪新手降價接案破壞行情。業界持續有人討論要成立工會和專業組織。公部門約聘通譯的酬勞和地位皆低，即使有譯者想熱心投入，也無法獲得持續進修的資源，或為每個案子挪出充裕的準備時間。自由市場並未帶來健康良性的競爭，而是低薪和劣譯的惡性循環。

在晚期資本主義時代，翻譯領域令人憂心的發展趨勢不分國界。全球語言服務市場由大公司主宰，為首的美商語言連線公司（LanguageLine Solutions）營收超過四億五千萬美金，寶閣文公司排名第四，他們大部分的生意多來自公部門，尤其是接美國、北歐諸國、英國和荷蘭等國的標案。其中許多金額介於一千萬到八千萬美金之間的標案與醫療衛生有關，這個市場預估將持續成長，在美國發展得尤其蓬勃。廠商會不會因此意識到，他們提供的語言服務應具備一定品質？二〇一四年，接線中心口譯員通知派救護車的地址有誤，造成耽擱，奧勒岡州（Oregon）一名年輕女子因此喪命。為了追求績效，就能忽視這類憾事嗎？

在這場品質和成本——或者良譯和劣譯——的拉鋸戰中，有些國家的表現略勝一籌。例如德國就很重視公部門通譯服務，至於西班牙則跟英國處於相同困境。義大利的司法通譯抱怨受到黑手黨（Mafia）威脅，而在丹麥，政府於二〇一八年將全國司法體系及執法機關通譯服務外包給一家廠商時，口譯從業人員醞釀罷工。譯者罷工不是新鮮事，有時也確實帶來成效。二〇一六年，在口譯員預告將罷工抗議減薪政策後，英國內政部撤回減少通譯報酬的決定；二〇一八年，歐洲議會（European Parliament）的同步口譯員為爭取改善工作條件罷工，會議也因此中斷。

令人擔憂的是，大西洋對岸同樣發生了體制化的不專業翻譯表現。加拿大近年有一個案例，是一名伊朗婦女申請庇護，卻因翻譯內容發生爭議而遭拒。該名婦女是受過訓練的助產士，她在移民聽證會上表示曾在家鄉施行「處女膜重建手術」。有一名病患家屬發現此事後，威脅要殺了她並向當局舉報，於是她不得不離開伊朗。移民裁決官請申請人描述該項手術的步驟，她用波斯語回答，通譯翻譯時用了「virginity curtain」（處女幕）和「virginity tissue」（處女組織），而非醫學名詞「hymen」（處女膜）。移民法庭認為這是申請人假造經歷的證據，駁回她和女兒兩人的庇護申請。所幸，在申請人提起上訴，指出「將醫學名詞從波斯語譯為英語時用字並不精準」之後，得以推翻原判。

美國對於「語言服務」（language access）有相當嚴格的規範，醫療院所和公家機關依法必須為英語能力有限的民眾提供口譯服務，但是相關法令也有變動。川普政府於二〇一九年宣布，移民聽證會初始階段將停止提供口譯服務。移民若要了解自己的權益，就必須改成觀看配上英文以外語言字幕的「迎新影片」（我撰寫本書時只有西文字幕，不過已有計畫預計再增加二十種語言）。律師警告，這種做法可能會引起爭議，他們認為影片可能造成混淆，而移民以後如果不是碰到剛好語言相通的律師，就再也不能請法官說明清楚。移民法官可以選擇在法院內找口譯員，或是要求使用電話口譯服務，但據《舊金山紀事報》（San Francisco Chronicle）所刊載某位法官的說法，那種方式往往「錯誤百出而且有嚴重時間差」。

政府削減預算無可避免會影響移民在法庭提出主張的能力，甚至讓他們難以理解即將面對的處置——但首先也要他們能進入這個階段。以二〇一九年於美國邊境遭攔阻的二十五萬名瓜地馬拉（Guatemalan）難民為例，其中至少半數是馬雅人（Mayan），很多人只粗通西語甚至完全不會，但因為政府只提供西語口譯服務，於是他們遭到遣返。另外，美國移民有關單位在決定難民的未來時，也會參考難民在社群平台的個人檔案，他們閱覽時也開始採用線上翻譯工具作為輔助。有人於二〇一九年指出這類線上翻譯服務皆附有免責聲明，政府的回覆是有關單位「了解線上翻譯工具的侷限」。

※

「主管機關的義務並不限於指派譯員，」《歐洲人權公約》第六條的指引寫道，「但是……亦得擴展到在某種程度上充分控管所提供之翻譯是否妥適。」最低價得標向「主管機關」承包的廠商沒有上述義務，他們的主要準則就是壓低成本（否則無法得標）。如果問翻譯公司以什麼標準評選口譯員，他們甚至會堅持自己的外包譯者「負責可靠」，而語言能力只是次要考量。比起考核語言能力，考核出勤狀況當然容易多了。

專業譯者對這一切有何看法？會議口譯喬納森·唐尼（Jonathan Downie）寫了一本相關書籍，他和我聊到業界關於價值的概念時，強調「絕對價值」與「知覺價值」之間的差異，前者是最終使用者付出的實際成本，後者是他們獲得服務後的印象。「如果一切只是試算表上的數字，」他說，「他們會想辦法殺價；如果他們知道沒有你不行，價格就不會是最重要的考量。」質比量更難以捉摸，評估翻譯品質的方法之一，是看口譯員的表現是否符合客戶的期待。唐尼在文章中指出，案主通常是「為了滿足特定目的才委託譯者」，達到目的「有時候可能比翻譯得很精確更重要」。我想到公部門通譯品質每況愈下，於是問唐尼覺得大眾是否還需要品質優良的翻譯。「爭取保留公部門通譯預算，」唐尼說，「其實就是爭取保障人權。」如果找通譯只是應付法律的相關規定，那麼大家就會想辦法用最低價找人。另一種方式是讓案主知道，找對譯者既可以省錢，也有助於達到目的，例如可以節省看病時間，或者讓遭羈押的犯人更快出獄。

另一位口譯員坂井裕美雖然知道某些領域的情況很不樂觀，仍然抱持相當正面的看法。她告訴我曾有一場會議，主辦單位重複發案給她跟另一位口譯員，她就留下來旁聽。她聽出太多誤譯，於是寫信告知發案給口譯員的翻譯公司。「他們把我封殺，」她回憶道，「之後再也沒發案給我。」坂井明白吹哨揭弊沒有用之後，將心力放在自己能力範圍之內的事：盡可能達到精確無誤，另外也營造互信的氣氛，最重要的是讓客戶開心滿意。有一些細節，客戶多半認為無關緊要，例如設備品質和發言步調，專業口譯也可以提醒客戶留意。最後一提，但同樣重要的一點是，如果想受人重視，絕不能自貶身價。「即使會失去一些客戶，我還是調高報價，」坂井說，「而且我不打算委屈自己。」

英國投票脫歐期間，多語溝通的問題變得格外敏感。二〇一八年發行的《英國脫歐白皮書》有二十二種歐盟語言版本，有些部分的翻譯特別糟糕——某位德語人士婉轉評為「像在讀神話」。另一位德語人士問：「『Fischergemeinden』到底是什麼意思？為魚祈禱的人？」（這個自創複合字是將德文的「漁夫」和另一個表示「社群」或「教區」的字拼湊而成。）愛沙尼亞文（Estonian）版本中的「Estonia」拼錯，芬蘭文版本中的「Finland」、德文版中的「German」跟克羅埃西亞文（Croatian）中的「UK」也都拼錯。「principled Brexit」（原則上的脫歐）在法文版中為「un Brexit vertueux」，成了帶有道德意味的「具有特定原則」的脫歐，而非「根據特定原則」的脫歐。威爾斯文版本中將「mission」（使命）譯為意思相近但帶有宗教意涵的「cenhadaeth」。從德語人士的反應來看，德文版誤譯情況顯然最嚴重，甚至將「letter (of the law)」（意指「〔法律的〕字面意義」）譯為「字母」。一名荷語人士在推特（Twitter）發文：「親愛的英國政府，您們的努力有目共睹。您們現在很可能還沒搞清楚，但如果想要我們理解您們的意思，請用英文就好。太可怕了。荷蘭敬上。」

很多歐洲人認為這種混亂情況表示英國政府沒有做好脫歐的準備，而且一點都不重視歐洲。然而，原因可能很平凡無奇：英國人的外語能力長期衰退。二〇一八年，英國付給歐盟執行委員會（European Commission）一百五十萬英鎊的翻譯服務費，有些政治人物譴責這筆開銷「浪費時間和納稅人的錢，令人難堪」。這筆費用包含脫歐談判期間付給歐盟口譯員的酬勞，例如歐盟執委會主席尚－克勞德・榮科（Jean-Claude Juncker）於該年十二月的發言稿就由其中一位口譯員翻譯。榮科談及英國對脫歐的立場時，用了法文字「nébuleux」（模糊不清）；英譯用了對應的「nebulous」（含糊），引發英國首相梅伊不滿，認為是針對她個人。榮科後來用英文解釋：「順帶一提，我並不知道英文也有這個字。」他想表達的是他看不出英國國會要往哪個方向走，無論如何，他說的不是梅伊，而是「英國國內脫歐討論的整體狀況」。

有這麼多前車之鑑，證明花錢確保翻譯品質是值得的，如今可以在英國看到一些好兆頭，例如出現了「內包」或「委內」（insourcing）。英國的分析報告於二〇一九年指出：「地方政府相信業務委內有比較大彈性的占百分之七十八；認為這樣也能省錢的比例為三分之二；表示業務委內的服務品質提升且管理作業簡化的超過半數。」再次引述唐尼：「大規模外包的時代即將告終。」已有跡象顯示局勢或將翻轉，情況也許會有所改善，端看接下來的經濟發展。「再等五到十年，」唐尼說，「我想我們對公部門口譯就不會那麼悲觀。」

國際標準化組織（International Organization for Standardization）於二〇一九年四月頒布的司法通譯標準中寫道：「由於財政困難、缺乏專業訓練，以及對於讓非專業人士擔任司法通譯的風險欠缺了解，目前數個國家的趨勢是走向去專業化。」其中包含數項一般及專業能力相關條件，但不令人意外的是，沒有任何嚴格具體的規定。評估翻譯的難度之高，就跟翻譯要達到完全正確一樣艱難，但不表示我們要放棄。無論有沒有人要求翻譯品質，譯者仍堅守崗位，有時表現好一些，有時表現差一些。

「我常將自己的工作比擬為煤氣技工，提供我已練到很純熟的基本服務。」羅伯特．沃克登（Robert Walkden）在二〇一八年寄給《倫敦書評》（*London Review of Books*）的投書中寫道，他是在回應另一位讀者認為任何翻譯都能達到藝術境界的看法。「非文學文本的翻譯絕不只是機械性不停重複的活動，但也不表示從事這類翻譯的譯者能夠成為藝術家。」為了佐證自己的論點，他提到現在很流行的電腦輔助翻譯（computer-assisted translation）工具，基本上是將翻譯內容切割成片段後儲存的資料庫，供使用者查詢前後文與待翻譯字句有關聯的片段。有些專業譯者從數十年前就開始運用這類工具，現在已經開始改為採用全機器翻譯（fully automated translation），結果好壞參半。

發明翻譯輔助工具是為了提升翻譯產能，但工具的表現是否總是符合預期？某位同業告訴我一個很典型的案例，他翻譯了一份法院判決書，工作時使用了從資料庫抓取既有資料的翻譯輔助軟體。他的客戶用比對程式檢驗全文，偵測出有四個段落「生成的譯文與機器翻譯結果相符比例為百分之百（一字不差），完全未以人工進行法律文件翻譯。」然而，所有標註相符的段落都是那一類判決書引用法條的固定寫法。譯者表示機器翻譯的結果「精確完美，我如果更動任何一處，反而會讓譯文品質變差。」但客戶拒絕付費。無論翻譯工具的設計初衷是改善翻譯界整體情況，或只是想加快工作速度並壓低成本，翻譯品質好壞如何定義的問題依舊存在。

第十八章 非邏輯元素

我要說的是：他說我的〈跳蛙〉故事很逗趣，但他想不通這則故事怎麼可能真的引人發噱——於是立刻著手將故事譯成法文，以便向全法國證明這個故事真的一點都不好笑。我之所以不滿，是因為他翻了也等於沒翻。

此段出自馬克．吐溫（Mark Twain）於一九〇三年出版的《跳蛙：先有英文版，再有法文版，然後由受難者歷經諸般折磨孜孜矻矻回譯的文明語言版》（*The Jumping Frog: In English, Then in French, Then Clawed Back into a Civilized Language Once More by Patient, Unremunerated Toil*）自序。該書收錄三部短篇小說：〈卡拉維拉斯郡著名跳蛙〉（The Notorious Jumping Frog of Calaveras County）、〈卡拉維拉斯郡的蹦跳青蛙〉（La Grenouille santeuse du comte de Calaveras）和〈卡拉維拉斯郡的跳來跳去青蛙〉（The Frog Jumping of the County of Calaveras）。第一部是吐溫最早期的作品，這則幽默故事最

初於一八六五年出版，背景是淘金熱時期的加州；第二部最初在一八七二年刊載於《兩個世界評論》（*Revue des deux mondes*）；最後一部是作者對法文譯者（飽受批評但姓名不詳）的復仇之作：吐溫自己刻意將不好笑的法文版照字面回譯而成的英文版。

無論法國讀者是否覺得故事好笑，吐溫的原作肯定幽默，但還是沒有回譯的英文版那麼荒唐搞笑。原作如此開頭：「從前這裡有個傢伙，他叫做吉姆．史邁利（Jim Smiley）」；回譯版：「從前從前在此地曾有一個人，大家都叫他吉姆．史邁利。」故事描述他好賭成性：「別人認為可以賭的，他都來者不拒——只要能賭，他什麼都好」；回譯版讀起來的意思也相同：「別人覺得適合的，他都覺得適合；只要有得賭，史邁利就滿意。」下一句的意思就有比較大的出入：「然而他運氣很好，非常罕見的好運；他幾乎每次都賭贏」，回譯版成了「他總是有機會！就算是沒有價值的機會；他幾乎每次都有收穫。」二十頁過後，如吐溫於自序中所形容：「譯本跟〈跳蛙〉原作的差異，大概等同我跟一道經線之間的差異。」

常有人打趣說回譯（back-translation）是多國語言版傳話遊戲，而吐溫正是用回譯技法捍衛自己身為幽默作家的名聲。一九九〇年代初期，回譯被應用在很實際的用途：評估機器翻譯的品質。方法如下：人類譯者先將英文新聞報導譯成數種不同語言，接著由機器將譯文翻回英文，再讓其他人閱讀後回答與內容有關的問題。這種「理解評估」（comprehension evaluation）方法難以面面俱到，很快就不再使用，原因是由人類譯者提供的譯文雖然譯自同一篇原文，但是譯文的差異很大，以致難以判斷理解上產生落差，是因為譯文有所出入，或是因為機器翻譯處理過程有誤。這類評估方法有兩個共通點：都涉及由人類輸入的內容（至少原文也是由人類寫成），而且多多少少帶有主觀成分。

二〇一八年，三百五十二名專家受邀評估人工智慧未來在某些領域超越人類的可能性，綜合各界專家的預測，人工智慧在翻譯的表現將於二〇二四年超越人類。在這份牛津大學和耶魯大學學者共同發表的報告中，機器在翻譯領域超越人類的定義是「幾乎和人類一樣通曉譯出語和譯入語，但不熟悉翻譯技巧。」在「人工智慧特殊能力」清單中，「語言翻譯」與「折衣服」並列。

翻譯實務很容易讓人產生誤解。或許大家會以為，機器翻譯演算法的發展會很難以理解，畢竟對很多人來說，翻譯演算法就跟翻譯過程一樣難以參透。但是背後的基本原則其實可以解釋得淺顯易懂，因為和人類翻譯的基本原則其實很相似。二戰後的美蘇冷戰導致有更多文本需要翻譯，於是興起自然語言處理相關研究。美國人首開先河，瓦倫・韋弗（Warren Weaver）於一九四九年發表的論文介紹了新的機器翻譯方法，影響極為深遠。他的研究是以美國科學家克勞德・夏農（Claude Shannon）的通訊數學模型為基礎。韋弗幫忙推廣夏農的概念並應用於翻譯，他認為撇除「語言中的非邏輯元素」如「靠直覺領略的風格、情感等等」，翻譯可以化約為一個邏輯問題。

首先登場處理這個問題的是規則式演算法。這種演算法發展於一九五〇到一九六〇年代，電腦根據雙語字典及複雜的規則系統，決定譯入語字詞的順序。各種語言適用的規則不同，而要維護數千套繁複的規則系統難度極高，但是初期的成果振奮人心，足以吸引更多資金挹注，尤其美國投入更多資金進行研究。然而初期的熱潮退去後，情勢有所轉變。一九五〇年代初投入研究的先驅之一耶霍書亞・巴爾－希列（Yehoshua Bar-Hillel）於一九五九年指出現有系統的侷限，還在報告中表示極不看好機器翻譯的發展。他認為演算法不夠繁複精細，對句子結構的分析無法達到令人滿意的程度，譯出語和譯入語文法迥異時尤其如此。如果機器翻譯的品質要比法文版《跳蛙》更好，那就必須採用更複雜的規則。

相關研究因此不復以往盛況，但巴爾－希列的批評並不是造成機器翻譯研究停滯的唯一原因。美國自動語言處理顧問委員會（Automatic Language Processing Advisory

Committee）接受投入資金研究機器翻譯的美國單位委託，於一九六四年發表對該領域的研究報告，其中就分析了對於機器翻譯的需求及相關成本。報告的一項結論是「大多數因應要求譯出的文本都無關緊要，最終可能只有一部分有人閱讀或完全無人閱讀（確實，大部分譯文想必乏人問津）。「在翻譯領域並無迫切需求，」報告最後判定，「問題並不在於要用不存在的機器翻譯滿足不存在的需求。」

主要的研究者和資金贊助者都被說服了，他們只是在自尋煩惱，根本沒有投入資金的正當理由，第一波的自然語言處理熱潮於是偃旗息鼓。隨著一九八〇年代網際網路興起，跌到谷底的機器翻譯研究再次迎來高峰。有了數位化的文本，研究者得以發想出統計式的機器翻譯。所有統計模型的關鍵就在於平行語料庫，也就是多組互為原文和譯文的文本，以翻譯品質優良的文本為佳（姑且不論「優良」的標準為何）。這些文本依據字、片語、句子或段落等層級，切分成一個個單位，任兩種語言的每個單位兩兩對應或配對。例如在句子的層級，由於一個句子的原文字數和譯文字數通常不會一樣，所以不是看每一句有幾個字，而是依據句子的相對長短來配對，這種方法相對簡單可靠。另一種方法是在字詞層級進行判斷，將類似的字串如縮寫、專有名詞或數字當成「對應點」，讓程式藉由對應點將互為翻譯的不同文本逐句配對。

建立了句子層級已配對的大型語料庫，再以下述方式執行統計模型：首先，應用一種字詞對應演算法建立某種字典，其中字詞的每種詞義都附有該詞義的出現機率。決定出現機率的，是語料庫中每組配對出現的相對頻率。接下來，統計模型利用新建立的字典翻譯每句話，根據語料庫的建議選擇最有可能的譯法——除了個別字詞之外，還有片語和句子的譯法。模型也會將生成的譯文與只包含譯入語的單一語料庫進行比對，確保譯文合理通順。

從這段概述（非常簡略）可知，在主要的翻譯階段，機器可說是亦步亦趨仿效人類：兩者都查字典；兩者都避免採用以不可靠著稱的逐字翻譯法；即使方式不同，兩者都試圖運用常識。面對多種詞義和可能的語境脈絡，人類是依直覺判斷，演算法只能選擇出現機率最高的特定詞義或片語譯法。翻譯之所以可能，是基於大多數的話語都已經有人說過，可以在儲存於伺服器、人類大腦或其他文明典藏庫中的巨大資料集找到一樣的話語。

隨著統計模型持續改善翻新，又出現一種概念相同的新方法——不需要重新發明輪子，只要大幅改革施行方式就好，亦即在多種語言中既有的想法或概念，不需要再發明新字句來表達。機器翻譯研究已在近十年引入類神經網路（neural network），逐漸取代先前採用的方法。類神經演算法同樣分析巨大的資料集，但在這個階段得到的是所謂「詞嵌入」（word embedding）。程式碼會處理特定的字與它周圍的數個字詞，將這群字詞視為可以使用該字的文意脈絡，就如語言學家約翰・魯伯特・弗斯（John Rupert Firth）所說：「要認識一個字，就看它有哪些同伴。」在二〇一九年一場人工智慧展覽，我試用了谷歌公司開發的詞嵌入產生器。我輸入「翻譯」，它產生的字詞是「殖民」、「誤譯」和「文學的」，再次證明了機器只會複製從創造者那裡學來的東西。

每個字通常都會出現在許多不同的文意脈絡下，所以演算法會排除較不常見的脈絡，將數量侷限在可處理的範圍。演算法接著用一組「特徵」（feature），或者說一組「以數字表示的特質」，來代表字詞，藉由「特徵」來評估某個「字詞」出現在一個已辨識之文意脈絡的機率有多高。譯出語和譯入語都需要建立詞嵌入結構，可能是利用單一語言語料訓練演算法時分別建立，或是利用配對好的雙語文本語料一起建立。如果是分別建立，那麼會再比對兩個結構，讓它們相互對應。這個稱為「深度學習」（deep learning）的過程會產生某種超級字典，能夠儲存數量極龐大的字詞和其他單位用法的資訊。

上述模型看起來可能還是很像「黑盒子」，讓人摸不著頭緒（要完全搞懂得去唸計算語言學研究所，不過等到搞懂，可能又有新一代演算法問世），但有一點很清楚：一切都和資料有關。翻譯軟體開發者最早使用的語料是立法相關文件，方便取得而且容易逐句配對，例如加拿大國會辯論紀錄有英文和法文版，歐盟文件有二十多種語言的版本，而聯合國大會會議紀錄則以六種語言發行。隨著網際網路征服全世界，多語版本網站也成了好用的來源，規模最大的就是維基百科（Wikipedia）。雖然同一主題的不同語言條目未必是相互對照翻譯而成，但找一個很小的主題比對不同語言條目，會比翻查傳統字典的效果更好。此外還有許多例子，TED演講影片通常會配上數種不同語言的字幕，《聖經》語料更是無比珍貴的資料庫。多語資訊無所不在，搜尋引擎能夠在網路上擷取更多資料建立新的訓練用語料，翻譯品質或許略遜一籌，但光是量大就很有幫助，量在這裡似乎比質更重要。此外，研究主力也從語言學家變成資訊科學家。

從前並不是這樣：在機器翻譯研究萌芽時，資訊科學家和語言學家合作很密切，先是於一九五〇年代開發規則式系統，直到一九八〇年代出現統計式系統，他們才漸行漸遠。等到進展愈來愈快，已經不流行找語言學家參與研究。知名資訊理論專家腓特烈．傑里尼克（Frederick Jelinek）曾在一九七〇年代中葉為國際商業機器公司效力，領導語音辨識研究團隊長達二十年，據稱他曾說：「我每開除一名語言學家，我們的系統性能就隨之提升。」此話或許是旁人杜撰，但就算是真的，無疑只是為了營造效果而這麼說。開除語言學家的主要理由是壓低成本，畢竟大家都清楚要將人類產物整合進一個複雜的系統有多難。比起聘用專家訓練演算法，讓演算法自主訓練更快、更便宜，而且一有新資料就必須重新訓練，因此在這高度競爭的產業中，能留給人為介入的時間和經費又更少了。

機器翻譯相關書籍讀起來，大多像是用某種罕見語言寫好之後，再由某個蹩腳軟體翻譯的，而數位人文學專家蒂埃里．普瓦博（Thierry Poibeau）的著作《機器翻譯》（*Machine Translation*）顯得格外清楚易懂，書中指出過去二十五年，已有人提議讓語言學家重新加入開發團隊，與軟體開發工程師平起平坐，但現在發明了可以自動運作的深度學習，語言學家似乎更不可能回歸；他們成了普瓦博所謂「機器學習的流氓無產階級」。谷歌公司於二〇一六年從原本的統計式方法改為類神經網路，並大張旗鼓宣告，下一步將是讓監督式機器學習進展到「非監督式學習」（unsupervised learning）。據《連線》（*Wired*）雜誌報導，谷歌聘來「大批語言學博士」組成「畢馬龍」團隊（Pygmalion），他們的工作是手動替訓練演算法用的資訊加註，某位前專案經理形容為「就是喀噠喀噠一直按」。及至二〇一九年，根據《衛報》（*Guardian*）報導：「對於手動標註資料的需求持續增長，需要招募更多人才加入畢馬龍團隊。」谷歌公司聲稱，類神經網路演算法的本質是自給自足，但員工的經驗剛好相反。「人工智慧、機器學習的機器沒那麼有智慧，」一名員工告訴《衛報》，「真正做事的是人類。」

無論語言學家是否參與研發，自動翻譯工具的進展一日千里。現今的應用層面極廣，包括跨語言資訊檢索（在多語網站輸入關鍵字搜尋）、自動產生字幕、收發文字訊息、語音訊息系統直接進行語音翻譯等多種用途。出版業也開始應用這項科技，有愈來愈多書籍是先用機器翻譯，再進行「譯後編輯」（通常還有一個「前編輯」〔pre-editing〕階段，目的是編輯出演算法更容易處理的原文）。伊恩・古德費洛（Ian Goodfellow）、約書亞・班吉歐（Yoshua Bengio）和亞倫・庫維爾（Aaron Courville）合著的《深度學習》（*Deep Learning*）就採用了這種方式，英文版於二〇一六年出版，兩年後由DeepL翻譯的法文版上市，DeepL正是Google翻譯的競爭者之一。這種方式需要一些前置作業，例如要先彙整資訊科技專有名詞輸入翻譯軟體，之後再由編輯「核對確認」譯文。法文版的翻譯品質頗佳，不過很難判斷人類的功勞占了幾成。普瓦博的經驗不太一樣：他將自己的英文著作譯為法文時，試著將修改過的結論輸入翻譯軟體。「是法文沒錯，」他說，「但是太照字面直譯，很貼近英文原文，所以自己從頭譯寫成法文還是比較快。」

不久之前，即將由機器取代人工的工作清單又新增了一項：歐盟文件翻譯。有趣的是，其中一種訓練演算法用的優良多語資料，正是由歐盟產出的文本以及專業譯者的譯文構成的大型資料集「歐盟文獻語料庫」（Europarl）。機器從語料學會一切之後，反過來取代了語料創造者。

進入機器翻譯時代，儘管歷經多次重大發展和變革，古往今來人類譯者曾面對的多數挑戰依舊存在，這也提醒我們機器始終是人造的。例如不同稀有語言互譯時當成中介的樞軸語（pivot language）：由於稀有語言的可用資料有限，不足以訓練複雜的類神經網路，因此採用有大量文本可用的英文作為中介語言也很合理。但這麼做可能會產生多餘的阻礙，依舊有其風險。數位人文學者費德列．卡普蘭（Frédéric Kaplan）曾發明「語言資本主義」（linguistic capitalism）一詞，他提到二〇一四年在Google翻譯輸入意思是「傾盆大雨」的法文片語「Il pleut des cordes」（直譯為「落繩大雨」），翻成義大利文時會譯為「Piove cani e gatti」（直譯為「貓狗大雨」），完全不通。這個譯法將比喻過度延伸，顯然是透過英文這個中介語言譯成義大利文的。

話說回來，還有比英文更通用的語言。「所以但願將中文譯成阿拉伯文或將俄文譯成葡萄牙文，不是採取直接翻譯——那就好比分別置身兩座高塔大聲朝彼此呼喊，」韋弗於一九五五年寫道，「或許應採取的方式是從各個語言的高塔下來，採用人類溝通的共同基礎——真正普世共通但還未有人發現的語言。」他指的可能是「思想語言」。與人類大腦運作的類比不只停留在理論階段，軟體工程師為了模仿人類大腦處理資訊的程序，設計了編碼器和解碼器——編碼器將原文翻譯成所謂「因特語」（interlingua，或譯「國際語」），這種形式語言（formal language）是為了讓電腦更容易處理而專門設計的人工語言。以因特語為基礎翻譯堪稱有史以來最雄心勃勃的方法，但一直以來都不曾大規模應用。不過從中可以窺知，原本的企圖是在內在的思想語言尋找，現在已經轉為在「機器版」思想語言中尋找表示意義的共通方法。後者的目的是將語言翻譯完全自動化，讓我們可以不用多學其他語言。

機器和人類同樣會碰到的問題還有一詞多義，廣義來說，是任何語義模糊或句法不明、有必要釐清的情況。在巴爾－希列嚴詞批評機器翻譯的報告中，以「The box was in the pen」（盒子在筆／圍欄裡）的例子說明優良的自動翻譯是多麼不可行。這句話在某些語境中合乎邏輯，因為「pen」的意思可以是書寫用具或是圍欄，但他認為電腦依據或然率不可能計算出這句話是「盒子在圍欄裡」的意思。巴爾－希列言之成理，但還有其他比較合情合理的語境也超出現今演算法能夠處理的範疇。普瓦博則以「The motion fails」（動議未通過）的例子說明，雖然「motion」（動議／動作）最有可能對應的法文字是「mouvement」（動作），但是任何還可以的模型都會判斷「La mouvement est rejetée」（動作遭否決）這句譯文不合理，應該譯為「La motion est rejetée」（動議遭否決）。其他語意含混不清的語句如「There was not a single man at the party」（派對上一個人都沒有／沒有任何單身漢），在抽離語境的情況下確實無法翻譯（即使不抽離語境也可能無法翻譯），但也不只有機器無法處理，任何人聽到這句話，通常也會摸不著頭緒。

看完抽象的例子，再看實際的事務，會發現機器顯然非常需要人類的幫助。二〇一九年八月，臉書（Facebook）由於未能阻止緬甸文使用者發布涉及羅興亞人的煽動性貼文而遭聯合國調查，羅興亞人信奉伊斯蘭教，已有數十萬人口因不堪種族迫害而逃離緬甸。臉書遭到的批評包括成為打壓少數族群、「散播恨意的好用工具」，以及提供錯誤翻譯造成誤導。例如一則緬甸文貼文寫著：「殺死所有你在緬甸看到的『卡拉』，一個活口也別留下」，「卡拉」（kalar）是對羅興亞人的蔑稱。臉書的貼文內容英譯是：「我在緬甸不該有彩虹」。臉書公司承認「防止錯誤資訊和仇恨言論流傳的速度太慢」，並移除了網站上翻譯緬甸文的功能。誤譯究竟全是翻譯軟體造成，或是也有人類譯者牽涉其中，目前仍無法確知。

翻譯時會碰到的挑戰族繁不及備載，在此無法全部探究，僅舉幾個例子看看機器能不能處理得比人類更好。語言學家馬克・李博曼（Mark Liberman）指出機器翻譯無法處理的有三：代名詞、慣用語和常識。他隨意翻開一本書，選了表達「（有人）放我鴿子」的法文慣用語「qu'on me pose un lapin」，Google翻譯的結果是照字面直譯為「問我一隻兔子」；如今撰寫本書時，我再次輸入Google翻譯，結果還是一樣。換成知名的《小熊維尼》匈牙利文版「Micimackó」（「小熊米契」），演算法的處理就比較細緻，會翻譯成「維尼熊」。Google翻譯處理粗言穢語就相當有創意，例如輸入「fuck」就能譯成不少咒罵語。機器翻譯碰到雙關語便無法處理，這也可以預期，就如同人類譯者除非福至心靈，通常也束手無策。最後，要測試機器翻譯的極限——機器能區分不同的語域嗎？輸入吐溫的幽默文句：「But still he was lucky, uncommon lucky; he most always come out winner」，譯為法文之後再回譯為英文的結果是：「But he was still lucky, a rare chance; he comes out most often winner」。讀者要是之後重複同樣的實驗，結果可能會不同（演算法讀取更多資料後會持續改變），或許改變程度會很大，大到能表示機器翻譯已優於人類譯者，但或許都還是得看譯文品質優劣如何定義。

✳

「目前為止，這類機器大多有一個主要缺點，需要人類主體持續介入以控管機器的動作。」梅納布雷亞於一八四〇年評論巴貝奇的分析機時寫道（英文版由愛達．勒夫雷斯譯寫並加註）。某方面來說，人類與科技的關係其實自那時候開始就沒有太大的變化。現今最具爭議的人工智慧問題，是機器是否真的具備人工「智慧」，能夠無師自通做出人類沒教過的事。依據翻譯演算法碰到的難題來判斷，目前機器仍然跟隨創造者的腳步，但如果要評估機器翻譯的品質，評量基準無疑仍由人類制定。現在有數種根據不同計分制的評估方法，目的是將適當性、流暢度等質性特徵量化，機器翻譯的擁護者甚至討論要採用「全自動」方式評估，但事實依舊是其中任何程序都需要比較機器產出的譯文，以及由專業譯者完成、被視為最佳版本的譯文。至於自動化的部分，普瓦博提到：「用於評估的資訊太過貧乏，以致排除了風格、流暢度，甚至句子文法正確性等概念。」我自己某一回的經驗是譯文被某個套裝軟體分切得支離破碎，我花了很長時間搶救，這讓我很想當個反科技的「手工業者」，至少目前為止是這樣。

另一種常見的評估方法是找一名譯者（最好是新手）來進行機翻譯文的譯後編輯，

並記錄完成工作所需時間。這種衡量品質的方法與人類處理語言的能力相關，因此同樣高度主觀化：無論譯者資深或資淺，都很難判斷一個人校潤完一篇譯文需要花多久時間。同樣的道理不只適用於全自動的評估方案，也適用於所有翻譯輔助工具。有些譯者避免使用翻譯輔助工具，認為傳統的工作方式還是比較有效率；有些譯者會善用可用資源，利用電腦輔助工具查詢加標籤並儲存的文本；有些人談到自動翻譯就避之唯恐不及；也有些人相信比起編校人類譯者的譯文，編校機翻文本往往更為容易。機器翻譯也有實用的一面，就是出錯的地方通常比人類誤譯容易發現：機器翻譯翻錯的結果多半是毫無意義的語句，既沒道理，也沒押韻。機器的知識廣度肯定勝過人類，但在機器的知識深度能與人類匹敵之前，人類譯者還不用那麼早認輸。

至於電腦輔助口譯科技，也就是結合語音辨識和機器翻譯，提供建議詞彙、訂正錯誤、記錄數字等即時輔助功能的工具，目前仍處於更陽春的階段。也難怪很多口譯員覺得這些工具根本是幫倒忙。除了擔心機器來搶飯碗之外，口譯界普遍擔憂的，是軟體開發商根本搞不清楚口譯員在做什麼。現場口譯的過程全程高度緊繃，任何一點細小變化都必須花一些時間和力氣才能適應。而科技總是如此，用不到的人總是比用得到的人更熱衷。司法從業人員於二〇一八年預測，人類司法通譯將在「數年內」遭到淘汰。懷疑論者將「Replacing interpreters with technology will lead to miscarriages of justice」（以科技取代口譯員將造成司法誤判）輸入Google翻譯，再將譯文回譯成英文，結果充分證明他們確實有理由懷疑。例如之前Google翻譯產生的保加利亞語譯文是「Replacing translators with technology will lead to a spontaneous assassination」（以科技取代譯者將造成自發性暗殺），不過現在產生的後半句譯文是「disputes over justice」（司法爭議），已經比較合理了。撇開長期展望不談，至少有一件事我們可以確定：無論筆譯或口譯，使用電腦輔助工具的主要目標是為譯者提供協助，並且讓最終使用者決定：個別譯案需要人類譯者投入多少心力。

「翻譯不是分析數據、順暢資訊流、電路拓樸或輸入輸出。」學識淵博、熱衷多語「烏力波」實驗的德瑞克・席林在〈翻譯作為整體社會事實及學術探求〉（Translation as Total Social Fact and Scholarly Pursuit）一文中闡述（全文是故意不用e字母的「漏字文」，這種文本更容易抗拒任何規則、演算法和所有可程式化之物）。「翻譯不只是在背光對話框打出一個字、幾個字串或整段話，然後按一下按鈕就能獲得立即的滿足（搞定！）。儘管大眾普遍抱持這種想法，但翻譯其實是一種具廣博歷史意義的哲學概念，是一種務實的活動或志業，也是一種社會文化行為。」確實，機器翻譯的興起，反而更加突顯了翻譯的人性本質。電腦做電腦的工作——包括篩選數量以兆位元組計的資料，提醒我們人類早已講過好幾次的話——我們也繼續做我們的工作。在語言被簡化成將或多或少正確的字詞以或多或少正確的順序排列之前，只要大家繼續說笑話、罵粗話、褒揚頌讚、嘲諷挖苦、說寫反話或真話，只要人類的溝通仍會出現上述和更多其他的情況，我們就可套用吐溫的名言、很有把握地說：關於譯者這一行就要走到盡頭的報導實在太過誇張。

參考資料

本書是大眾讀物，無須如學術專書一般羅列參考書目，以下謹列出我寫作時主要參考的資料來源。

前言

造成廣島遭原子彈轟炸的一連串事件概述見：Edward Wiley's report 'The Uncertain Summer of 1945' (https://www.nsa.gov/news-features/declassified-documents/cryptologic-quarterly/assets/files/The_Uncertain_Summer_of_1945.pdf)（二〇一一年解密）；更詳盡細膩的描繪可參見：約翰・托蘭（John Toland），《帝國落日：大日本帝國的衰亡，1936-1945》（*The Rising Sun: The Decline and Fall of the Japanese Empire, 1936–1945*）（繁體中文版由八旗文化出版）。

荷西・奧德嘉・賈塞特〈翻譯的苦難與輝煌〉一文出處：translated by Elizabeth Gamble Miller, *The Translation Studies Reader*, edited by Lawrence Venuti (London and New York, Routledge, 2000, pp. 49–63)。艾略特・溫伯格的演講稿〈匿名的來源〉中關於翻譯的討論十分豐富，收於：Esther Allen and Susan Bernofsky (eds), *In Translation: Translators on Their Work and What It Means* (New York, Columbia University Press, 2013, pp. 17–30)。

約翰・德萊頓的《奧維德之女傑書簡》前言見：https://www.gutenberg.org/files/54361/54361-

h/54361-h.htm。

第一章

威廉．陶布曼撰寫的赫魯雪夫傳記曾獲普立茲（Pulitzer）獎，以無數精采故事呈現前蘇聯領導人與西方之間的曖昧關係：*Khrushchev: The Man and His Era* (New York, W. W. Norton, 2003)。赫魯雪夫於一九六〇年訪美時發表的演講詞輯錄於《赫魯雪夫訪美記行》（New York, Crosscurrents Press, 1960），亦見於多家報紙與雜誌報導；訪美之行的詳細記述可參見：Peter Carlson's *K Blows Top* (New York, Public Affairs, 2009)。兩位口譯員的回憶錄目前僅有俄文版：奧列格．特羅亞諾夫斯基：*Through the Years and Distances* (*Cherez gody i rasstoyaniya*, Moscow, Vagrius, 1997)；維克多．蘇柯德瑞夫：*My Tongue Is My Friend* (*Yazyk mo – drug moĭ*, Moscow, AST, 1999)（書名「舌頭是我的朋友」巧妙改寫俄文俗話「舌頭是我的敵人」）。

第二章

葉爾辛與柯林頓兩位總統大笑的影片可於線上觀看：https://www.youtube.com/watch?v=mv7M0xmq6i0。大衛．貝洛斯是從業數十載的資深譯者，他的著作《你的耳朵裡是魚嗎？》（繁體中文版由麥田出版）討論豐富多元、令人手不釋卷，講笑話和雙關語那一章讀來格外讓人興味盎然。安伯托．艾可的《翻譯經驗談》（translated by Alastair McEwen〔Toronto, University of Toronto Press, 2001〕）是將講稿匯集成書，其中許多反思翻譯理論和實務的例子趣味十足。如想了解「烏力波」的文學實驗，可參見《現代語言短論》（*Modern Language Notes*）期刊發行的特刊《談設限文學的翻譯》（*Translating Constrained Literature*）（*MLN*, vol. 131, 4, 2016），編者為卡蜜兒．布魯菲德（Camille Bloomfield）和德瑞克．席林。

第三章

約瑟・沃爾夫的冒險經歷見《一八四三至一八四五年布拉哈傳教紀行：確認史多達特上校及柯諾里上尉命運之行》（London, John W. Parker, 1846）。查爾斯・史多達特的家書及身陷囹圄的記述見：'Papers Respecting the Detention of Lieutenant-Colonel Stoddart and Captain A. Conolly at Bokhara' (British government publication, 1839–44)。亞瑟・柯諾里遊歷各地的見聞參見：*Journey to the North of India, Overland from England, through Russia, Persia and Affghaunistaun* (London, Richard Bentley, 1838)。亞歷山大・伯恩斯的經歷見暢銷遊記《布哈拉紀行》（London, John Murray, 1834）。

尤里・提尼雅諾夫（Yury Tynyanov）以亞歷山大・格里博耶夫的人生最後一年寫成歷史小說《大使之死》（*Smert' Vazir-Mukhtara*），於一九二七至一九二八年間出版，英譯版：*The Death of Vazir-Mukhtar*, translated by Anna Kurkina Rush and Christopher Rush (New York, Columbia University Press, 2021)。哈米德・伊斯梅洛夫在所著小說中織入英俄中亞大競逐的史實，原文為烏茲別克文，唐納德・雷菲爾德（Donald Rayfield）將小說譯為英文：*The Devils' Dance* (Sheffield, Tilted Axis, 2018)。關於本章中述及的歷史事件，更詳盡的探討可參見：彼德・霍普克著作《帝國的野心：十九世紀英俄帝國中亞大競逐》（繁體中文版由黑體文化出版），以及卡爾・梅耶與夏琳・布萊賽克合著之《影子競賽》（London, Little, Brown, 2001）。

第四章

從天文學家喬凡尼・斯基亞帕雷利的著作及書信集，可一窺他如何解讀自己發現的「canali」：*Le opere di G. V. Schiaparelli* (Milano, U. Hoepli, 1930)；*Corrispondenza su Marte di Giovanni Virginio Schiaparelli* (Pisa, Domus Galilaeana, 1963)。斯基亞帕雷利與帕西瓦・羅威爾之間部分信件內容見：Alessandro Manara and Franca Chlistovsky, 'Giovanni Virginio Schiaparelli,

Percival Lowell. Scambi epistolari inediti (1896–1910)' (*Nuncius*, vol. XIX, 1, 2004, pp. 251–96)。帕西瓦・羅威爾的傳記提供另一個看待兩人合作關係的視角：Abbott Lawrence Lowell, *Biography of Percival Lowell* (New York, Macmillan, 1935)。帕西瓦・羅威爾在著作《火星》（Boston and New York, Houghton, Mifflin, 1895）、《火星及其運河》（New York, Macmillan, 1906）和《火星作為生命棲居之地》（New York, Macmillan, 1908）中發展出火星上有智慧生命的概念，另外亦有專書針對羅威爾的觀點提出質疑：Alfred Russel Wallace, *Is Mars Habitable?* (London, Macmillan, 1907)。「運河」爭議的概述見威廉・席安的期刊論文〈斯基亞帕雷利：色盲天文學家所見之景〉（*Journal of the British Astronomical Association*, vol. 107, 1, 1997, pp. 11–15）；亦可參見其他深入探討斯基亞帕雷利觀察結果的文章：Elena Canadelli, ' "Some Curious Drawings" . Mars through Giovanni Schiaparelli's Eyes: Between Science and Fiction' (*Nuncius*, vol. XXIV, 2, 2009, pp. 439–64)；其他林林總總的討論見：Michael J. Crowe's *The Extraterrestrial Life Debate, 1750–1900* (Cambridge, CUP, 1986)；George Basalla's *Civilised Life in the Universe* (Oxford, OUP, 2006)。

梅納布雷亞的論文〈關於查爾斯・巴貝奇先生發明之分析機的概念〉由愛達・勒夫雷斯翻譯為英文，篇名即清楚表達譯者的意見：'Sketch of the Analytical Engine Invented by Charles Babbage Esq. By L. F. Menabrea, of Turin, Officer of the Military Engineers, with Notes upon the Memoir by the Translator' (*Taylor's Scientific Memoirs*, vol. 3, 1843, pp. 666–731)。愛達・勒夫雷斯的生平事蹟參見：朵樂希・史坦的《愛達：她的人生與遺緒》（Cambridge, MA, MIT Press, 1985）；貝蒂・涂爾的《數字魔法師愛達》（Moreton-in-Marsh, Strawberry Press, 1992）；*Ada Lovelace: The Making of a Computer Scientist* by Christopher Hollings, Ursula Martin and Adrian Rice (Oxford, Bodleian Library, 2018)。

第五章

約翰・弗洛里奧翻譯的蒙田《隨筆集》、編纂的《字詞天地》以及其他大部分著作皆可於線上閱覽：https://warburg.sas.ac.uk/pdf/ebh610b2456140A.pdf，https://archive.org/details/worldeofwordesor00flor。弗洛里奧作品的詳細分析見法蘭西絲・葉茨的專書：*John Florio: The Life of an Italian in Shakespeare's England* (Cambridge, CUP, 1934)；亦可參見法蘭西斯・馬西森的《翻譯：伊麗莎白時代的藝術》（Cambridge, MA, Harvard University Press, 1931）。約翰・德萊頓的著作見：https://www.gutenberg.org/files/54361/54361-h/54361-h.htm。

本章中述及的真實事例，包括阿德里安・科爾巴格的故事，出自彼得・柏克（Peter Burke）與夏伯嘉主編：*Cultural Translation in Early Modern Europe* (Cambridge, CUP, 2007)。安伯托・艾可《翻譯經驗談》出版項見第二章參考資料。

第六章

英國駐鄂圖曼大使威廉・佩吉所留「佩吉文獻」（Paget papers）中收有鄂圖曼帝國議會「底萬」（Imperial Divan）首席翻譯員亞歷山大・馬弗羅科達撰寫的書信，現藏於倫敦大學亞非學院圖書館（SOAS library）。關於馬弗羅科達的翻譯員事業，見涅斯托・卡瑪亞諾著作《首席翻譯員馬弗羅科達》（Thessaloniki, Institute for Balkan Studies, 1970）。如想多了解馬弗羅科達及其他帝國翻譯員，可參見：狄米耶・坎特密著，*The History of the Growth and Decay of the Othman Empire*, translated by N. Tindal (London, 1734)；菲利普・曼瑟，《世界欲望之都：君士坦丁堡》（London, John Murray, 1995）；Christine M. Philliou, *Biography of an Empire: Governing Ottomans in an Age of Revolution* (Berkeley and London, University of California Press, 2011)；以及 Damien Janos, 'Panaiotis Nicousios and Alexander Mavrocordatos: The Rise of the Phanariots and the Office of Grand Dragoman in the Ottoman Administration in the Second Half of the Seventeenth Century'

(*Archivum Ottomanicum*, vol. 23, 2005–06, pp. 177–96)。

威尼斯翻譯訓練機構相關討論，見娜塔莉・羅斯曼專文〈解讀鄂圖曼帝國翻譯員〉（*Comparative Studies in Society and History*, vol. 51, 4, 2009, pp. 771–800）。關於翻譯員的個人著述係參考：Tijana Krstic, 'Of Translation and Empire: Sixteenth-Century Ottoman Interpreters as Renaissance Go-Betweens', in C. Woodhead (ed.), *The Ottoman World* (London, Routledge, 2011, pp. 133–40)。翻譯員服裝的討論可參見：Aykut Gürça lar's 'The Dragoman Who Commissioned His Own Portrait', in Zeynep Inankur et al・(eds), *The Poetics and Politics of Place: Ottoman Istanbul and British Orientalism* (Istanbul, Suna and Inan Kirac Foundation Pera Museum, 2010, pp. 211–17)。有兩本專書探討鄂圖曼帝國翻譯員的優缺點：Bernard Lewis in *From Babel to Dragomans: Interpreting the Middle East* (London and New York, OUP, 2004)；Alexander H. de Groot in 'Dragomans' Careers: Change of Status in Some Families Connected with the British and Dutch Embassies in Istanbul 1785–1829', in Alastair Hamilton, Alexander de Groot and Maurits van den Boogert (eds), *Friends and Rivals in the East: Studies in Anglo-Dutch Relations in the Levant from the Seventeenth to the Early Nineteenth Century* (Leiden, Brill, 2000, pp. 223–46)。

第七章

本章中的上議會聽證紀錄主要參考：*The Whole Proceedings on the Trial of Her Majesty, Caroline Amelia Elizabeth, Queen of England, for 'Adulterous Intercourse' with Bartolomeo Bergami: With Notes and Comments*，以及 *The Important and Eventful Trial of Queen Caroline, Consort of George IV for 'Adulterous Intercourse' with Bartolomeo Bergami* (London, John Fairburn, 1820)。在《卡洛琳王后受審相關之諷刺歌曲和雜文合輯》（London, G. Smeeton, 1820）中有更多資料。關於此場審判的現代觀點可見：Roger Fulford, *The Trial of Queen Caroline* (London, B. T. Batsford,

1967）；另外有學者從語言學角度分析這場審判：Ruth Morris, 'The Gum Syndrome: Predicaments in Court Interpreting' (*Forensic Linguistics: The International Journal of Speech, Language and the Law*, vol. 6, 2, 1999, pp. 1–29)。

大衛・貝洛斯的觀察出自《你的耳朵裡是魚嗎？》（出版項見第二章參考資料）。布萊恩・弗里爾的劇作《翻譯》初版由費伯出版社（Faber and Faber）於一九八一年發行。

第八章

本章寫作素材主要取自多本回憶錄：尤根・多爾曼：*The Interpreter: Memoirs of Doktor Eugen Dollmann*, translated by J. Maxwell Brownjohn (London, Hutchinson, 1967)；保羅・施密特：*Hitler's Interpreter*, translated by Alan Sutton (Stroud, The History Press, 2016)；亞瑟・柏西：*Memoirs of an Interpreter* (London, Joseph, 1967)；以及查爾斯・波倫：*Witness to History: 1929–1969* (New York, W. W. Norton, 1973)。獨裁者隨同口譯及昂代會談相關研究可參見：Jesús Baigorri-Jalón's *From Paris to Nuremberg: The Birth of Conference Interpreting*, translated by Holly Mikkelson and Barry Slaughter Olsen (Amsterdam, Benjamins Translation Library, 2014)。漢娜・鄂蘭《平凡的邪惡》（繁體中文版由玉山社出版）第一部分最初發表於一九六三年二月八日《紐約客》雜誌。

第九章

理查・索南費的回憶錄中有許多故事皆發人深省：*Witness to Nuremberg: The Many Lives of the Man Who Translated at the Nazi War Trials* (New York, Arcade, 2006)。艾弗雷・史提爾、彼得・烏伊柏和其他通譯的證言收錄於：*Eyewitnesses at Nuremberg*, edited by Hilary Gaskin (London, Arms and Armour, 1990)。另一位通譯齊格菲・漢姆勒的回憶片段參見：'Origins and Challenges of Simultaneous Interpretation: The Nuremberg Trial Experience', in Deanna L. Hammond (ed.), *Languages at Crossroads* (Medford, NJ, Learned Information, 1988, pp. 437–40)。如想更全面了解第一次紐倫堡審判及當時新引入的同步口譯系統，見：Ann and John Tusa, *The Nuremberg Trial* (London, Macmillan, 1983)；法蘭西絲卡・蓋芭《同步口譯的起源》（Ottawa, University of Ottawa Press, 1998）中的討論更為詳細。

第十章

安德魯・萊恩的回憶錄於一九四九年作者過世之後才出版：*The Last of the Dragomans* (London, G. Bles, 1951), edited by Reader Bullard。伊麗莎白・奧達嘉主編的《最後的翻譯員》（London, I. B. Tauris, 2005）記錄了瑞典駐君士坦丁堡公使團的活動。關於青年土耳其黨的崛起及後續引發的政治危機，參見：William Mitchell Ramsay's *The Revolution in Constantinople and Turkey* (London, Hodder and Stoughton, 1909)。查爾斯・道堤－懷利從阿達納發出的外交通訊現藏於英國外交部檔案庫（一九〇九年領事報告編號四十八、八十三）。鄂圖曼帝國屠殺亞美尼亞人的深入分析見：Peter Balakian, *The Burning Tigris: The Armenian Genocide and America's Response* (New York, HarperCollins, 2003)。菲利普・曼瑟《世界欲望之都：君士坦丁堡》（出版項見第六章參考資料）一書中亦述及一戰前英國對鄂圖曼帝國外交上的種種失策。

第十一章

愛德華・費茲傑羅代表作《魯拜集》有多個評述版本，其中之一：*Rubaiyat of Omar Khayyam*, edited by Christopher Decker (Charlottesville, VA, University of Virginia Press, 2008)。費茲傑羅譯寫創作《魯拜集》的背景可參見：*Letters of Edward FitzGerald* (London, Macmillan, 1901)；亞瑟・班森著作〔*English Men of Letters: Edward FitzGerald* (London, Macmillan, 1905)〕及湯瑪斯・萊特著作（*The Life of Edward FitzGerald*〔London, Grant Richards, 1904〕）中則有更完整的

敘述。

線上閱覽理查・波頓版的《一千零一夜》：http://www.burtoniana.org/；另外有許多文獻記述波頓生平，包括湯瑪斯・萊特為波頓所寫的傳記：*The Life of Sir Richard Burton* (London, Everett, 1906)。羅伯特・爾文在《天方夜譚研究導論》（London, Allen Lane, 1994）中評比不同譯本。珂蕾特・寇利根關於早期大眾對波頓作品反應的討論參見：'"Esoteric Pornography" : Sir Richard Burton's Arabian Nights and the Origins of Pornography' (*Victorian Review*, vol. 28, 2, 2002, pp. 31–64)。雅斯敏・席爾翻譯出版的《一千零一夜》首部曲為《阿拉丁》（New York, Liveright, 2018）。

關於詩歌翻譯的深入探討，參見約翰・寇恩著作《英文譯者及譯作》（London, British Council, 1962），另亦參見：Matthew Reynolds in *The Poetry of Translation: From Chaucer and Petrarch to Homer and Logue* (Oxford, OUP, 2011)。歐塔維歐・帕茲關於譯詩的討論見：'Translation: Literature and Letters', translated by Irene del Corral, in Rainer Schulte, John Biguenet (eds), *Theories of Translation: An Anthology of Essays from Dryden to Derrida* (Chicago, University of Chicago Press, 1992, pp. 152–62)。

艾略特・溫伯格〈匿名的來源〉及約翰・德萊頓《奧維德之女傑書簡》譯序的出版項，請見前言參考資料。艾蜜莉・威爾森關於翻譯的省思出自寄給《倫敦書評》的投書（vol. 40, 9, 2018）。

第十二章

諾曼・湯瑪斯・狄喬凡尼將自己和波赫士相處的點滴寫在《大師的教誨》（London, Continuum, 2003）和《喬奇與艾莎》（London, Friday Project, 2014）兩本書中；至於他和波赫士合作的譯本，包括《阿萊夫》（Boston, MA, Dutton, 1979）、《布羅迪報告》（London and New

York, Penguin, 1992）和《想像的動物》（New York, Vintage, 2002）（繁中版由麥田出版），很可惜大多已絕版。在《譯者的隱形》（London and New York, Routledge, 1995）一書中，勞倫斯·韋努蒂舉了許多例子探究不同的文學翻譯策略。艾略特·溫伯格〈匿名的來源〉出版項見前言參考資料。

第十三章

探討聖耶柔米的論文參見：*Translation – Theory and Practice: A Historical Reader*, edited by Daniel Weissbort and Astradur Eysteinsson (Oxford, OUP, 2006)。安瑞特於〈怪罪的起源〉（*LRB*, vol. 40, 5, 2018）一文中直指耶柔米是怎樣厭女。珍·巴爾於〈武加大譯本《創世紀》及聖耶柔米對女性的態度〉中的分析較為持平，收於：Julia Bolton Holloway, Joan Bechtold and Constance S. Wright (eds), *Equally in God's Image: Women in the Middle Ages* (New York, Peter Lang, 1990, pp. 122–28)。

尤金·奈達於 *Fascinated by Languages* (Amsterdam and Philadelphia, John Benjamins, 2003) 一書中娓娓道來擔任《聖經》翻譯顧問的經驗。夏伯嘉對於利瑪竇所用翻譯方法的概述見：'The Catholic Mission and Translations in China, 1583–1700', in *Cultural Translation in Early Modern Europe* (see notes to Chapter 5; pp. 39–51)，阿德里安·科爾巴格的軼事亦參考此書。其他關於利瑪竇的史料，可參見史景遷（Jonathan D. Spence）著作《利瑪竇的記憶宮殿》（繁中版由麥田出版）以及另一本專書：Mary Laven's *Mission to China: Matteo Ricci and the Jesuit Encounter with the East* (London, Faber and Faber, 2011)。

第十四章

本章大部分素材取自報章刊物及私人通訊。最開始的歐洲《旁觀者》刊物相關資料出處：

Maria Lúcia Pallares-Burke's '*The Spectator*, or the Metamorphoses of the Periodical: A Study in Cultural Translation' (in *Cultural Translation in Early Modern Europe*; see notes to Chapter 5; pp. 142–60)。與伊朗相關的例子引自羅伯特・霍蘭德所著題為「News Translation」的文章，收於：C. Millán-Varela and F. Bartrina (eds), *The Routledge Handbook of Translation Studies* (London, Routledge, 2013, pp. 332–46)。新聞翻譯歷史綜覽，請見：Roberto A. Valdeón's 'Fifteen Years of Journalistic Translation Research and More' (*Perspectives: Studies in Translatology*, vol. 23, 4, 2015, pp. 634–62)。由安德魯・布隆菲譯為英文的維克多・佩列文著作《巴比倫》（London, Faber and Faber, 2001）可以當成實用的雙關語翻譯指南。

第十五章

迪雷西事件的詳細分析可參見羅密利・詹金斯《迪雷西命案》（Plymouth, Longmans, 1961）；在約翰尼斯・吉納狄烏《希臘近期盜匪殺人案筆記》（London, Cartwright, 1870）中則提供當時的希臘視角。查爾斯・塔克曼所著《希臘的劫掠行為》根據 *Papers Related to the Foreign Relations of the United States* (London, 1871) 復刻，是在命案發生後不久寫下的評論。羅丹蒂・查涅利於〈無主殖民地〉（*Journal of Historical Sociology*, vol. 15, 2, 2002, 169–91）一文中檢視了英國對此命案的反應，以及塔克曼所著小冊的希臘文譯者翻譯時如何自作主張。

索羅門・尼吉瑪的故事主要參考瑞秋・梅爾斯與瑪婭・穆拉托夫合著《考古學家、觀光客與口譯員》（London, Bloomsbury, 2015）一書第六章。

第十六章

亨利・薩維奇・藍道的義和團之亂報導輯錄於《中國與八國聯軍》（New York, Charles Scribner's Sons, 1901）。他的俄國同行狄米崔・揚奇夫斯基的報導則彙整為《亙古屹立的長城旁》一書，最初於一九〇三年出版，我翻譯的英文版將由美國安默斯特學院出版中心（Amherst College Press）出版。關於中國與西方較早期的關係，可參見威廉．加斯寇－賽西爾的著作《改變中國》（New York, D. Appleton, 1912）。柯文於《中國與基督教》（Cambridge, MA, Harvard University Press, 1963）中從學術角度提供他對一八六〇年《中法北京條約》的見解。歷史學者哈里斯（Lane J. Harris）編譯的《京報：一窺十九世紀中國史》（*The Peking Gazette: A Reader in Nineteenth-Century Chinese History*，Leiden and Boston, Brill, 2018）蒐羅了豐富的新聞報導。周錫瑞教授所著《義和團運動的起源》（Berkeley and LA, CA, University of California Press, 1987）詳細分析十九世紀晚期到二十世紀初期中國的國內事務以及與外界的互動。其他相關學術專書包括大衛．席爾比（David J. Silbey）著作：*The Boxer Rebellion and the Great Game in China: A History* (New York, Farrar, Straus and Giroux, 2013)，以及彼得．哈靈頓（Peter Harrington）著作：*Peking 1900: The Boxer Rebellion* (Oxford, Osprey, 2013)。

有些現今發生的事是從前外包軍事口譯人員口中得知；其他內容則參考媒體報導及安德烈．卡巴耶羅（Andres Caballero）與索菲安．可汗（Sofian Khan）拍攝的紀錄片《口譯員大逃亡》（*The Interpreters*，2018），該紀錄片於二〇一九年由美國公共電視台（PBS）播出。

第十七章

本章主要根據我在二〇一七年二月為《倫敦書評》撰寫的一篇文章改寫而成（https://www.lrb.co.uk/blog/2017/february/shambles-in-court）。提及一些其他的案例時，主要參考英國和北美的新聞報導。喬納森．唐尼在著作《口譯的成功之道》（*Being a Successful Interpreter*〔London, Routledge, 2016〕）中講述他擔任專業口譯員的經歷，在蘇格蘭的赫瑞瓦特大學（Heriot-Watt University）語言及跨文化研究學系部落格也可讀到他的文章：https://lifeinlincs.wordpress.com/author/integritylanguages。二〇一八年《英國脫歐白皮書》中〈聯合王國與歐盟未來的關係〉（The

Future Relationship between the United Kingdom and the European Union）英文版可至英國政府網站下載：www.gov.uk/government/publications。尚－克勞德・榮科對使用「nébuleux」一字所作說明見：https://www.bbc.co.uk/news/av/uk-poli-tics-46572863/juncker-explains-nebulous-remark。羅伯特・沃克登的投書（*LRB*, vol. 40, 22, 2018）值得從頭到尾細讀。

第十八章

馬克・吐溫的跳蛙故事共有三個版本，收錄於《跳蛙：先有英文版，再有法文版，然後由受難者歷經諸般折磨孜孜矻矻回譯的文明語言版》（Harvard, Harper & Brothers, 1903）。本章中概述的歷史和科技相關資訊，主要參考蒂埃里・普瓦博曉暢易懂的著作《機器翻譯》（Cambridge, MA and London, MIT Press, 2017）。古德費洛、班吉歐和庫維爾合著的《深度學習》（Cambridge, MA, MIT Press, 2016）對於人工智慧的探討相當全面。另可參見費德列・卡普蘭的部落格：https://fkaplan.wordpress.com，及馬克・李博曼的網站：https://languagelog.ldc.upenn.edu/nll。德瑞克・席林的漏字文〈翻譯作為整體社會事實及學術探求〉收於《談設限文學的翻譯》頁841-45（出版項見第二章參考資料）。

致謝

本書之所以能問世，要歸功於對翻譯主題感興趣的同行和親友給予莫大幫助和鼓勵。我何其幸運，結識了許多傑出的譯者、作家、編輯和讀者，我由衷感謝他們。謝謝編輯艾德・雷克（Ed Lake），他首先提出寫作本書的構想，並說服我一定能勝任，和他合作十分愉快。謝謝休・戴維斯（Hugh Davis）明智審慎地校潤書稿。謝謝曾閱讀初稿並給予指點和建議，推動我在寫作上精益求精的諸位先進：克洛伊・亞里迪斯（Chloe Aridjis）、霍曼・巴雷卡（Houman Barekat）、鮑里斯・德琉克（Boris Dralyuk）、丹尼斯・唐肯（Dennis Duncan）、布林・葛菲（Bryn Geffert）、馬克・波里佐提（Mark Polizzotti）、洛娜・史考特・佛克斯（Lorna Scott Fox）、雅斯敏・席爾、尼古拉・史拜斯（Nicholas Spice）、安德魯・史蒂文斯（Andrew Stevens）和湯姆・萊特（Tom Wright）。本書其中一章原載於《倫敦書評》，謝謝湯瑪斯・瓊斯（Thomas Jones）以高明功力編修並讓此文刊出。本書大部分篇幅皆於圖書館和檔案庫寫成，謹在此向大英圖書館和倫敦大學亞非學院圖書館總是熱心提供協助的館員致謝，我能夠完成本書，館員們功不可沒。我也非常感謝各界專家在我蒐集相關資料的研究過程中指引明路：安德烈・卡巴耶羅、謝爾蓋・切諾夫（Sergei Chernov）、哈米德・伊斯梅洛夫、霍馬・卡圖茲安（Homa Katouzian）、小山騰（Noboru Koyama）、索・梅耶（So Mayer）、瓦婭・納托（Varya Nuttall）和唐納德・雷菲爾德。我很榮幸能訪問本書故事中的幾位主角，他們受訪時展現無窮魅力，最後謹向他們表達誠摯感謝：諾曼・湯瑪斯・狄喬凡尼、喬納森・唐尼、亞塔・哈達里、伊凡・梅庫彥、史蒂芬・珀爾、蒂埃里・普瓦博、拉茲・穆罕默德・波帕爾、維克多・普羅高菲夫（Victor Prokofiev）、坂井裕美，以及艾德娜・韋爾（Edna Weale），謝謝他們寶貴的時間和精采絕倫的故事。

國家圖書館出版品預行編目資料

鋼索上的譯者：翻譯如何引發戰火、維繫和平、促進外交或撕裂國際社會?口、筆譯者翻轉歷史、牽動國際大局的關鍵譯事／安娜・艾斯蘭揚(Anna Aslanyan)著；王翎. -- 一版. -- 臺北市：臉譜，城邦文化出版；家庭傳媒城邦分公司發行, 2023.05
面； 公分. --（臉譜書房；FS0164）
譯自：Dancing on ropes : translators and the balance of history

ISBN 978-626-315-280-9（平裝）

1.CST: 翻譯 2.CST: 溝通

811.7　　112003452